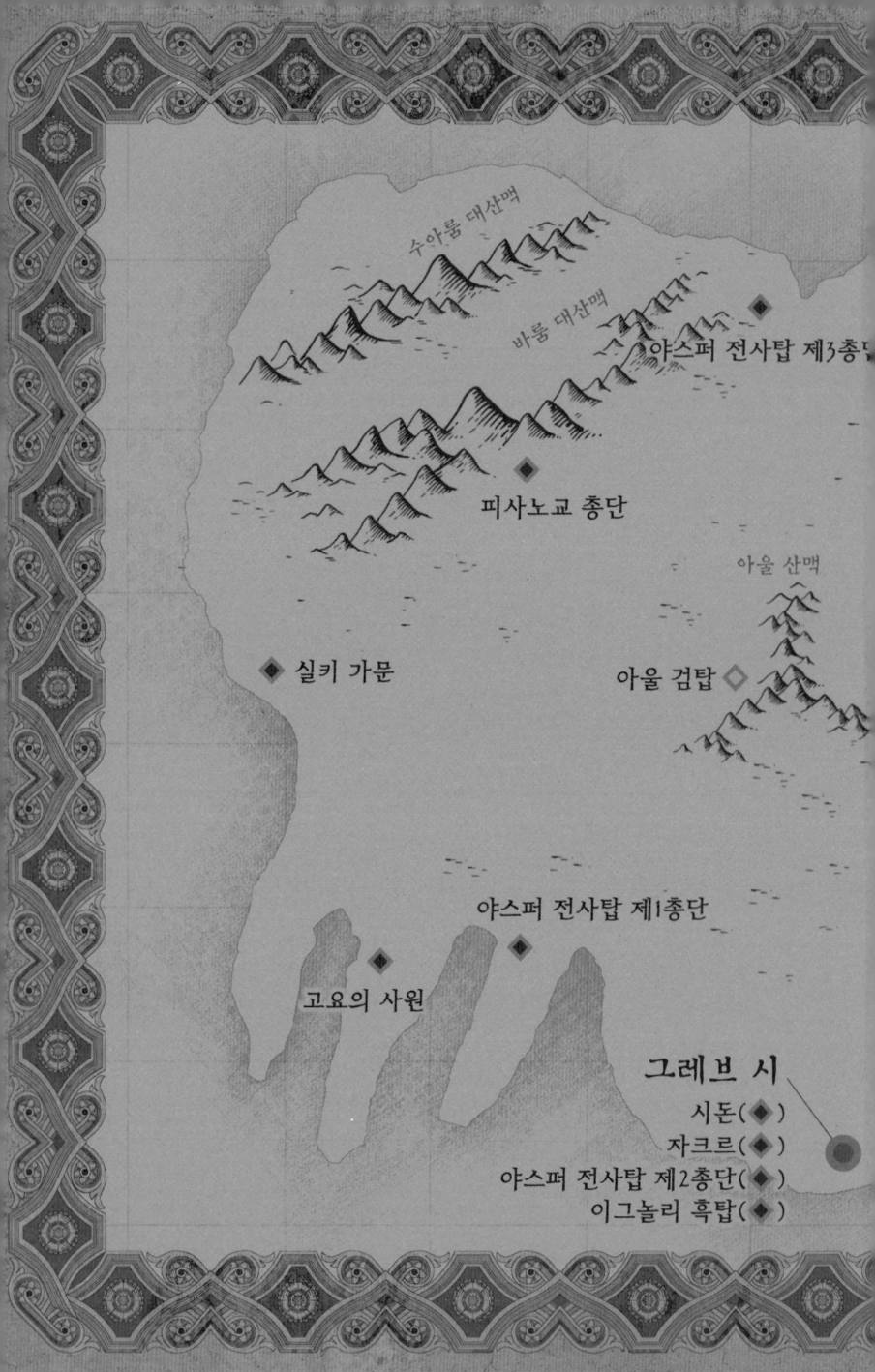

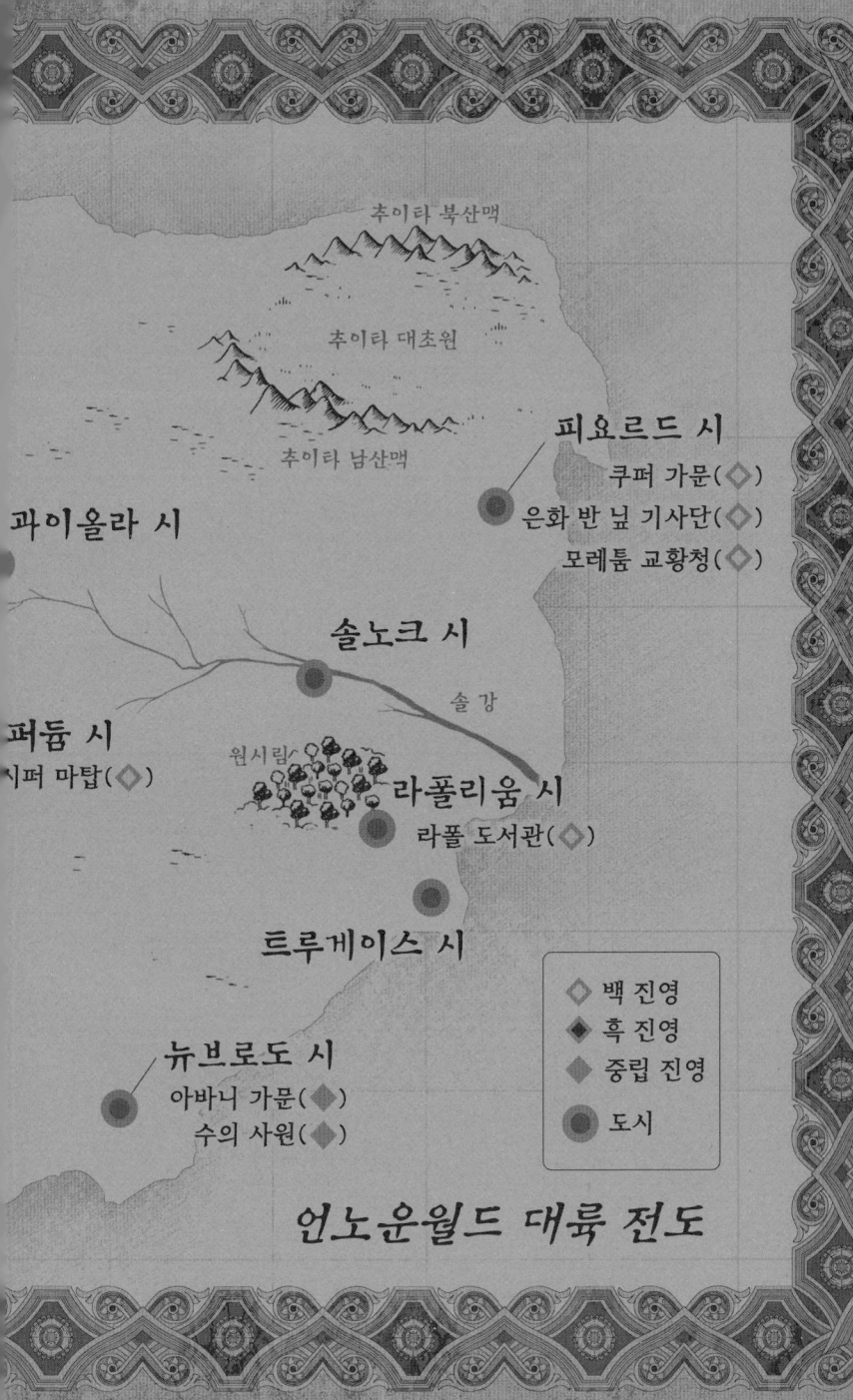

추이타 북산맥

추이타 대초원

추이타 남산맥

피요르드 시
　쿠퍼 가문(◇)
　은화 받닢 기사단(◇)
　모레툼 교황청(◇)

과이올라 시

솔노크 시

솔 강

퍼듐 시
시퍼 마탑(◇)

원시림

라폴리움 시
　라폴 도서관(◇)

트루게이스 시

뉴브로도 시
　아바니 가문(◆)
　수의 사원(◆)

◇ 백 진영
◆ 흑 진영
◈ 중립 진영
● 도시

언노운월드 대륙 전도

ETAN
의탄

ORIGINAL FANTASY STORY & ADVENTURE
쥬논 판타지 장편소설

dream
books
드림북스

# 이탄 17 그릇된 차원의 아조브

**초판 1쇄 인쇄** 2021년 12월 9일
**초판 1쇄 발행** 2021년 12월 24일

**지은이** 쥬논
**발행인** 오영배
**편집** 편집부
**일러스트** 필연
**표지 · 본문 디자인** 오정인
**제작** 조하늬

**펴낸곳** (주)삼양출판사 · 드림북스
**주소** 서울시 강북구 도봉로 173
**대표 전화** 02-980-2112 **팩스** 02-983-0660
**편집부 전화** 02-987-9393 **팩스** 02-980-2115
**블로그** blog.naver.com/dreambookss
**출판등록** 1999년 3월 11일 제9-00046호

ISBN 979-11-283-7115-8 (04810) / 979-11-283-9990-9 (세트)

**드림북스**는 (주)삼양출판사의 판타지 · 무협 문학 브랜드입니다.

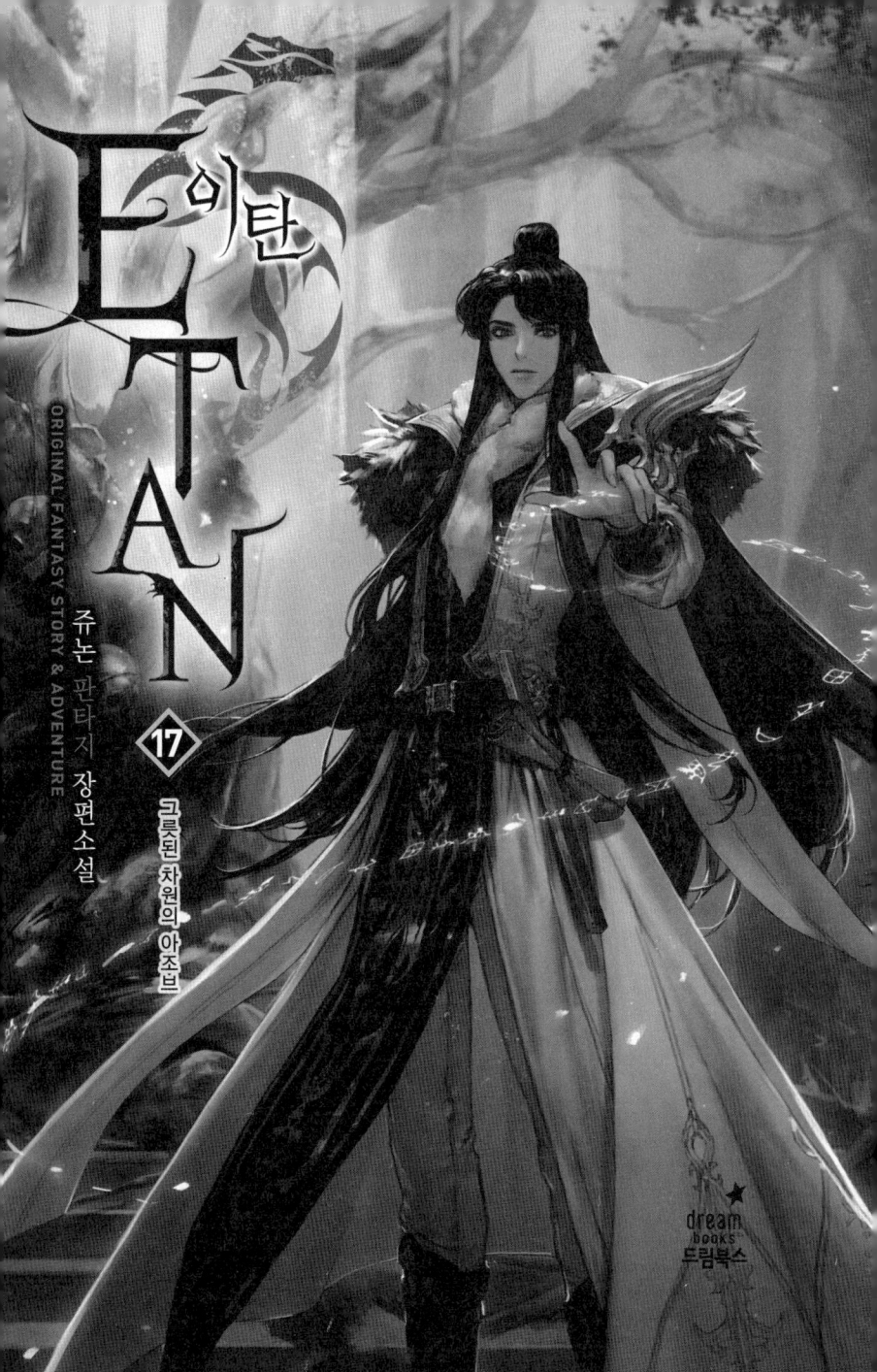

ETAN

이탄

ORIGINAL FANTASY STORY & ADVENTURE

쥬논 판타지 장편소설

17

그릇된 차원의 아조브

dream
books
드림북스

# 목차

부제: 언데드지만 신전에서 일합니다

# 사대신수

## 『성혈의 바하문트』
—신수: 날개 달린 사자
—상징: 공포
—속성: 흙(土), 피(血)

## 『불과 어둠의 지배자 샤피로』
—신수: 광기의 매
—상징: 탐욕
—속성: 불(火), 어둠(暗), 나무(木)

## 『포식자 하라간』
—신수: 투명 마수
—상징: 타락, 나태
—속성: 얼음(氷), 균(菌), 물(水)

## 『둠 블러드 이탄』
—신수: 냉혹의 뱀
—상징: 파멸
—속성: 금속(金), 빛(光)

발췌문

오랜만에 가슴이 떨린다.

12,000년쯤 전인가? 그때 가슴이 두근거려 별의 파편으로 점을 쳐보았더니 흉함 속에 길함이 있다고 점괘가 나왔다.

얼마 지나지 않아 무식한 리종 녀석들이 우리 우아한 기브흐 일족을 건드렸다. 나는 점괘를 믿고 오랜만에 별의 창과 별의 방패를 들었다.

리종 녀석들과의 전면전은 우리 기브흐에게 깊은 상처를 안겨주었으나, 결과는 아군의 미세한 승리였다. 나는 승리의 주역이 되었다. 위대하신 우리의 선조이자 조상신이신 닉스 님으로부터 칭찬도 받았다.

내가 닉스 님 앞으로 직접 불려가서 칭찬을 받은 것은 무려 수십만 년만의 일인 듯싶다. 흉함 속에 길함이 있다는 점괘는 역시 정확했던 것이다.

그런데 얼마 전 새벽에 가슴이 바르르 떨렸다. 이렇게 가슴이 두근거린 것은 무려 12,000년 만의 사건이었다.

나는 다시 한번 별의 파편을 모아 점을 쳐보았다.

이번에도 점괘의 내용은 12,000년 전과 비슷했다.


　　** 흉함 속에 길함이 있다. **
　　** 반항하지 말고 무조건 달라붙어라. **


별의 파편은 나에게 이러한 점괘를 던져주었다.

이 가운데 첫 번째 점괘는 12,000년 전의 것과 완전히 동일했다. 내가 12,000년 전에 점괘를 믿고 전쟁터에 출전했던 것처럼, 이번에도 셋뽀의 노예들과 관련된 임무에도 나 스스로 자원했다.

한데 두 번째 점괘가 영 해석이 어렵구나.

반항하지 말고 무조건 달라붙으라니? 누구에게 반항하지 말라는 뜻일까? 달라붙으라는 것은 또 무엇을 의미하는 것일까?

수백만 년이 넘는 기나긴 세월 동안 여러 번의 점괘를 보아왔지만, 이토록 의미가 명확한 듯하면서도 애매모호한 점괘는 또 처음이다.

　　—이탄을 만나기 사흘 전, 기브흐 일족의 권력자 이자벨라가 작성한 일기 가운데 발췌

제1화
## 에스더의 용역 의뢰 Ⅱ

## Chapter 1

꽈아앙!

금속 철벽이 터져나가는 듯한 굉음이 귀청을 찢었다.

[크핫?]

코후엠은 'ㄷ'자로 휘어진 자신의 봉을 어이없다는 듯이 바라보았다. 봉을 움켜쥔 코후엠의 손아귀는 길게 찢어져서 피가 뚝뚝 흘렀다.

조금 전 이탄이 나타나 한 방 후려치자 코후엠이 반사적으로 봉을 들어 막았는데, 충돌 한 방에 봉이 'ㄷ'자로 푹 꺾여 버렸다.

코후엠이 뒤로 밀리자 그의 부하가 전투에 끼어들었다.

쐐애액—.

12 미터 길이의 채찍이 독사처럼 아가리를 벌리고 날아와 이탄을 후려쳤다. 투론이 날린 채찍이었다.

[흥.]

이탄은 한 줄기 비웃음과 함께 섬뜩하게 가시가 돋은 채찍을 맨손으로 움켜잡았다.

채찍의 가시는 이탄의 손바닥과 접촉하자마자 쾅쾅 폭발했다. 철벽도 찢어내는 위력의 채찍이 이탄의 손아귀에 얌전하게 붙잡혔다.

이탄은 채찍을 잡은 손에 살짝 스냅을 주었다.

[으헉?]

이탄의 가벼운 동작에 투론이 휙 딸려왔다. 투론은 허공에서 황급히 자세를 바로잡은 다음, 채찍을 손에서 놓고 옆으로 몸을 틀었다.

어느새 이탄이 투론에게 달려들었다. 이탄은 먹이를 노리고 풀숲을 가로지르는 뱀처럼 바닥에 낮게 깔려 상대방에게 들이닥치더니, 눈 깜짝할 사이에 투론의 어깨를 붙잡았다.

[허업!]

투론의 안색이 새하얗게 질렸다.

빠각!

투론의 어깨에서 뼈 으깨지는 소리가 들렸다.

[끄악.]

투론이 이빨을 악물었다.

이탄이 투론의 어깨를 붙잡아 가까이 끌어당기려는데, 이번에는 코후엠이 뒤에서 달려들었다. 코후엠의 목구멍에서 수사자가 울부짖는 듯한 포효가 터졌다.

이탄은 투론의 몸뚱어리를 몽둥이처럼 휘둘러서 코후엠을 후려쳤다.

[이런 미친!]

코후엠이 기겁을 했다.

마침 코후엠은 'ㄷ'자 모양으로 휘어진 봉으로 이탄의 등짝을 후려갈기려던 중이었다. 그런데 상대가 투론으로 그 봉을 맞받아치자 크게 당황했다. 코후엠이 이대로 봉을 마저 휘두르면 투론이 먼저 으스러져 죽을 판국이었다.

[크윽.]

코후엠은 황급히 봉의 궤적을 바꿨다.

눈부신 광채에 휩싸여 무지막지한 기세로 날아가던 봉이 투론의 머리 옆을 스치며 아슬아슬하게 비껴갔다.

직접 봉에 얻어맞지 않았음에 불구하고 투론은 큰 충격을 받았다. 봉이 만들어낸 풍압만으로도 투론의 안면 근육이 뜯어지고 얼굴 옆쪽에 긴 상처가 팼다.

이탄은 투론의 몸뚱어리를 감방 특실 한구석에 아무렇게나 집어던졌다. 그런 다음 코후엠에게 그대로 달려들었다.

코후엠은 봉의 손잡이를 양손으로 꽉 붙잡고는 아래서 위로 풀스윙했다.

투확!

봉에서 터져 나온 광채가 이탄의 몸을 완전히 뒤덮었다.

코후엠의 모든 힘이 압축된 섬뜩한 공격을 코앞에 두고도 이탄은 눈썹 하나 까딱하지 않았다. 오히려 이탄은 코후엠의 광채 속으로 뛰어들어 손을 쭉 뻗었다.

꽈아앙! 하고 금속 철벽이 폭발하는 듯한 소리가 또다시 울렸다. 이탄과 코후엠이 맞부딪친 충격을 견디지 못하고 감방 특실의 두꺼운 벽이 온 사방으로 터져나갔다.

꽈앙, 우당탕탕.

[크왁!]

뿌옇게 휘날리는 먼지 속에서 코후엠이 뒤로 10여 미터를 날아가 벽에 머리를 들이받았다. 그러고도 모자라 코후엠은 벽을 뚫고 50미터 저 밖까지 날아갔다.

위로 거칠게 튕겨 올라간 코후엠의 봉은 세로로 수십 갈래 쪼개진 채 특실 천장에 콱 틀어박혔다.

[크허헉. 크어어억.]

저 멀리서 코후엠이 시뻘건 피를 왈칵 토했다.

놀랍게도 코후엠의 주변은 온통 새하얀 공간이었다. 조금 전 코후엠은 감방 특실의 벽을 부수고 50미터나 날아왔다.

그런데 코후엠의 몸뚱어리는 옆 감방으로 튕겨져 들어온 것이 아니었다. 전혀 낯선 순백의 공간에 처박혀 버렸다.

에스더의 마법진이 작동한 탓이었다.

이탄이 코후엠을 잡기 위해서 감방 특실로 쳐들어가기 전, 에스더는 특실 주변에 미리 깔아두었던 공간마법진을 발동시켰다.

그 마법진이 감방 특실 주변을 통째로 들어내어 순백의 독립 공간으로 옮겨왔다. 코후엠의 눈앞에 펼쳐진 이 새하얀 세상이야말로 에스더가 창조해낸 독립 공간인 것이다.

코후엠은 휘둥그레진 눈으로 주변을 두리번거렸다. 그리곤 비로소 그에게 벌어진 사태를 깨달았다.

코후엠이 입술을 푸들거렸다.

[크큭큿. 이거 내가 당했구먼. 교활한 셋뽀의 뱀 새끼들이 파놓은 함정에 빠지고야 말았어. 큿큿큿큿큿.]

코후엠은 살을 찢고 불거져 나온 팔뚝 뼈로 자신의 무릎을 짚고 일어섰다.

[끄응차.]

코후엠의 양손은 이미 폭발하여 흔적도 남지 않았다. 심

지어 팔꿈치 부위까지 살점이 날아간 상태라 부러진 뼈조
각들만이 끊어진 인대에 엉겨 붙어 덜렁거렸다.

조금 전 코후엠의 봉이 이탄의 손과 맞부딪쳤을 때, 이탄
의 손에서는 상상을 초월하는 반탄력이 발생하였다.

그 가공할 반탄력에 의해서 코후엠의 봉은 산산이 박살
났다. 거기에 더해서 코후엠의 두 팔도 완전히 으스러졌다.

코후엠은 흔들리는 눈으로 자신의 팔뚝을 내려다보았다.

[크우우. 이게 말이 돼? 나의 애병은 우리 리종 일족의
마력이 집약되어 있는 마법아이템이란 말이다. 물리적 공
격력을 세 배나 뻥튀기시켜 주고, 적으로부터 받는 충격은
100 퍼센트 흡수해버리는 신병을 사용했건만, 어떻게 내
팔이 이 모양 이 꼴이 되었지?]

코후엠의 독백은 사실이었다. 그가 사용하는 봉은 리종
일족이 지정한 열 가지 아주 무서운 마법 아이템 가운데 하
나였다.


## Chapter 2

코후엠의 봉에 걸려 있는 마법적 특성은 다음과 같았다.

* 적을 공격할 때 물리적 공격력 300퍼센트 증폭.

* 적을 공격할 때 광입자 공격력 50퍼센트를 자동으로 추가.

* 적의 주변 300 미터 범위에 광입자 공격력 5퍼센트를 자동으로 추가.

* 적으로부터 받는 물리적 충격 100퍼센트 흡수.


이상이 코후엠의 봉에 새겨진 마법 기능들이었다. 이 사기적인 아이템 하나만으로도 코후엠은 내우주에서 적수를 만나지 못했다. 이 봉 덕분에 코후엠은 적으로부터 받는 모든 물리적인 충격을 0으로 낮출 수 있었다. 뿐만 아니라 자신의 공격력은 무려 300퍼센트나 증폭해냈다.

이게 전부가 아니었다.

코후엠이 이 묵직한 봉을 휘두를 때면 빛의 마법 가운데 가장 파괴적이라 불리는 광입자 공격 50퍼센트가 자동으로 따라붙었다. 따라서 비번 일족과 같은 물리적 이문들도 코후엠의 봉에 맞으면 그대로 터져나가게 마련이었다.

심지어 코후엠의 봉은 적의 주변 300 미터 범위에 광입자 공격을 5퍼센트의 위력으로 넓게 뿌리는 특성도 지녔다.

바로 이 특성 덕분에 코후엠은 광역 공격이 가능했다.

코후엠은 봉을 한 번 휘둘러서 300미터 이내의 적들을 광범위하게 때려잡는 용도로도 활용하곤 했는데, 이것이 가능한 이유는 어지간한 종족의 전사들은 코후엠의 공격력 5퍼센트만 받아도 즉사하는 탓이었다.

한데 이 사기적인 아이템도 이탄의 무지막지한 파괴력 앞에서는 소용이 없었다. 이탄의 손과 충돌한 순간, 코후엠의 봉은 충격을 100퍼센트 흡수하려 하다가 그만 폭발해 버리고야 말았다.

이탄이 봉에 전달한 파괴력이 봉의 충격 흡수 상한선을 단숨에 넘어선 까닭이었다.

한계를 넘어서는 충격에 봉은 수십 갈래로 쪼개져서 특실 천장에 콱 처박혔다. 그러고도 남은 파괴력이 코후엠의 몸뚱어리를 감방 특실 밖 50미터 지점까지 날려버렸다.

만약 봉이 충격을 흡수해주지 않았더라면? 그러면 코후엠은 두 팔만 박살 난 정도를 넘어서 온몸이 피떡으로 폭발했을 뻔했다.

뿌연 먼지 속에서 이탄이 뒤통수를 긁었다.

"어우야. 미세하게 힘 조절을 하기 잘했지. 하마터면 생포해야 할 녀석을 잘 익은 토마토처럼 짓뭉개 터뜨려버릴 뻔했네."

이탄의 독백은 사실이었다. 조금 전 코후엠의 봉을 손날로 칠 때, 이탄은 최대한 손에 힘을 빼고 아주 조심스럽게 톡 건드렸다. 만약에 이탄이 조심하지 않았더라면 제아무리 코후엠의 봉이 충격을 흡수할 수 있다고 하더라도 코후엠의 몸뚱어리는 수만 조각의 살점 파편이 되었을 뻔했다.

물론 이러한 일들은 이탄이 워낙 괴물이기 때문에 생겨난 결과였다. 상대가 이탄이 아니라면 코후엠은 이렇게 쉽게 당할 리 없었다.

아니, 그 정도를 넘어 서서, 사실 코후엠은 충분히 목에 힘을 주고 다닐 만한 초강자였다.

츠르륵, 츠르르륵.

이탄이 지켜보는 가운데 코후엠의 으스러진 팔뚝이 저절로 재생되었다. 코후엠은 새로 돋아난 손을 물끄러미 내려다보았다.

이탄이 그런 코후엠에게 저벅 저벅 다가갔다.

[크크큭. 키펀 숲 입구에서 네놈을 처음 볼 때부터 느낌이 쎄했지. 보통 녀석이 아니구나, 이런 육감이 팍 들더라고.]

코후엠이 툴툴거리며 뇌파를 내뱉었다.

애써 침착한 척하고 있지만, 사실 코후엠의 심장은 마구 벌렁거렸다. 그 증거로 갓 재생된 코후엠의 손이 가늘게 떨렸다.

'뭐야? 내가 떤다고? 위대한 리종 일족의 후계자인 나 코후엠이? 말도 안 돼.'

코후엠은 거칠게 고개를 가로저었다.

크왕!

코후엠의 가슴 속 깊은 저 밑바닥에서 사나운 포효가 터져 나왔다. 이탄이 제아무리 가늠할 수 없는 강자라고 하더라도 코후엠은 이대로 맥없이 무릎을 꿇고 싶지는 않았다.

츠츠츠츠츠.

꽁지머리로 묶었던 코후엠의 머리카락은 어느새 산발이 되어 금빛으로 물들었다. 코후엠의 입꼬리가 씰룩씰룩 움직이면서 그 안쪽에서 송곳니가 으스스하게 자라났다. 코후엠의 코는 뭉툭하게 커졌다. 입술은 귀 밑까지 길게 찢어졌다. 코후엠의 얼굴 주변에서 자라난 황금빛 털은 풍성한 갈기가 되어 코후엠의 배까지 길게 늘어졌다.

이것은 사자.

코후엠은 어느새 흉포한 사자의 얼굴에 인간의 몸을 가진 수인족의 모습으로 변신했다.

코후엠의 이마 양쪽엔 20 센티미터 길이의 뿔이 툭 튀어 나왔다. 코후엠의 두 눈에서는 마주 보기 힘들 정도로 강렬한 노란색 광채가 일렁거렸다.

'어라?'

이탄은 상대의 노란 안광이 어쩐지 익숙하게 느껴졌다.

'내가 이 노란 안광을 어디서 봤더라?'

이탄이 잠시 딴 생각을 할 때였다.

[이놈!]

코후엠이 벼락처럼 땅을 박차 이탄에게 달려들었다.

마치 공중에 엎드린 것처럼 머리를 앞으로 숙이고 두 다리는 뒤로 뻗은 상태에서, 코후엠은 양손으로 배 쪽으로 모았다. 그렇게 모인 코후엠의 두 손바닥 안에서 노란 광채가 무섭게 자라났다.

이 광채야말로 리종 일족의 타고난 특성 가운데 하나였다.

리종 일족은 태어날 때부터 세 가지 축복을 받았다.


첫째, 강력한 물리적 공격력과 신체 특성.

둘째, 팔을 자르면 곧바로 새로운 팔이 돋아날 정도로 뛰어난 재생력.

셋째, 적을 세포 단위로 분해해버릴 수 있는 광입자 공격력.


개체에 따라서 축복의 정도는 차이가 있지만, 모든 리종 일족은 태어날 때부터 신체적 특성이 우월하며, 말도 못 하게 뛰어난 재생력을 지녔고, 광입자 공격 능력을 기본적으로 갖추었다.

코후엠도 예외는 아니었다.

아니, 코후엠은 다른 일족들에 비해서 더 많은 축복을 받고 태어났다.

지금 코후엠은 그 축복의 힘을 최후의 한 방울까지 쥐어짰다. 그리곤 체내의 모든 에너지와 음혼석으로부터 빌려온 마나까지 총동원하여 광입자를 증폭시켰다.

그 결과 코후엠의 손바닥 사이에서는 샛노란 빛이 미친 듯이 불어났다.

츠츠츠츠츳!

코후엠의 손바닥 안에서 살 떨리는 소리가 울렸다.

비록 눈에 보이지는 않지만 이 샛노란 빛의 덩어리 안에서는 빛의 알갱이, 즉 광입자들이 난자를 향해 헤엄치는 활발한 정자들처럼 마구 운동했다.


## Chapter 3

[이노오옴, 죽어랏.]

이탄과 거리가 가까워진 순간, 코후엠이 배 쪽에 숨겨두었던 양손을 앞으로 번쩍 내밀었다.

투확!

코후엠의 손아귀에서 풀려난 샛노란 빛의 덩어리가 이탄을 확 옭아매었다.

물리적인 공격이 까다로운가?

꼭 그렇지만은 않았다. 물리적인 공격은 방패, 혹은 딱딱한 껍질로 얼마든지 방어할 수 있었다.

그렇다면 화염 공격은?

이것은 얼음의 마법으로 방어하면 수월했다.

그럼 얼음 공격은?

반대로 얼음 공격은 불의 힘을 빌리면 방어가 용이했다.

뇌전 공격은?

이때 필요한 것은 고무와 같은 비전도체였다. 다행인지 불행인지 이곳 그릇된 차원에는 고무나 나무로 신체변형이 가능한 몬스터들이 많았다.

광입자 공격?

바로 이것이 문제였다. 빛 속성에 뿌리를 둔 이 특별한 마법은 물리적 수단으로 막아내기란 거의 불가능했다. 그렇다고 해서 얼음 계열이나 화염 계열의 마법으로 빛을 막는 것도 말이 되지 않았다.

그리하여 이곳 그릇된 차원의 몬스터들 사이에서는 [리종 일족의 광입자 공격은 도저히 방어가 불가능한 절대 공격이다.]라는 소문이 진실인 것처럼 떠돌았다.

지금 코후엠이 최후의 수단으로 광입자 공격을 선택한 것도 바로 이러한 이유 때문이었다.

한데 상대가 나빴다.

이탄은 쥬신 대제국의 최강마법인 '광정(光精)'의 당대 전수자였다. 덕분에 이탄은 빛의 성질을 완전히 꿰뚫어 보다시피 했다. 또한 이탄은 적양갑주(赤陽甲胄)의 권능을 지녔기에 빛의 반사가 가능했다.

샛노란 광휘가 이탄의 몸을 뒤덮은 찰나, 이탄의 피부 위에는 붉은 노을과도 같은 광채가 은은하게 번져나갔다. 노을빛이 번져나가자 이탄의 피부는 반사율 100퍼센트의 거울처럼 돌변했다.

파창!

코후엠이 전력을 다해 때려박은 광입자 공격은 이탄의 피부에 닿자마자 그대로 반사되었다. 샛노란 빛의 입자들이 거꾸로 튕겨 나와 코후엠의 몸을 숭숭 뚫고 지나갔다.

[크왁?]

코후엠이 뒤로 나동그라졌다.

원래 리종 일족은 빛과 관련된 특별한 신체를 타고났다.

따라서 코후엠이 강렬한 광입자에 노출된다고 하더라도 크게 몸이 상하지는 않아야 정상이었다.

하지만 이것은 일반적인 이야기고, 지금처럼 가까운 거리에서 대량의 광입자를 얻어맞으면 제아무리 리종 일족이라고 해도 피해를 받을 수밖에 없었다.

코후엠의 온몸에 미세한 구멍이 숭숭 뚫렸다. 마치 수만 개의 뾰족한 바늘이 코후엠의 몸을 뚫고 지나간 듯한 현상이 벌어졌다.

광입자 공격은 가리는 곳이 없었다. 심지어 코후엠의 심장과 뇌, 눈알과 내장에도 미세한 구멍들이 생겨났다.

[크허억, 크웨에엑.]

코후엠이 검붉은 핏물을 왈칵 토했다. 비틀거리는 코후엠의 피부에서 미세한 핏방울들이 촤아악 뿜어졌다. 피부에 뚫린 작은 구멍을 통해서 분출되는 핏방울들은 그 크기가 너무 작아서 마치 분무기로 핏물을 뿌린 것처럼 보였다.

물론 이번에도 리종 일족 특유의 재생력이 발휘되었다. 코후엠의 상처들은 빠르게 아물었다. 심지어 코후엠의 내장과 심장, 뇌와 눈알에 뚫린 구멍들도 신속하게 메꿔졌다.

그렇다고 해도 코후엠이 받은 타격 자체가 완전히 사라지지는 않았다. 코후엠은 정신 못 차리고 휘청거렸다.

이 기회를 그냥 놓칠 이탄이 아니었다. 이탄은 손을 뻗어 상대의 멱살을 붙잡았다.

[켁!]

덩치 큰 코후엠이 이탄에게 주룩 딸려왔다.

[케엑. 켁켁.]

코후엠이 발악하듯 몸부림쳤다.

아무 소용 없었다. 코후엠이 제아무리 몸부림쳐도 이탄의 손은 요지부동이었다. 이탄의 악력이 어찌나 거셌던지 코후엠은 산맥과 산맥이 맞물린 틈바구니 사이에 자신의 멱살이 낀 듯한 압박감을 받았다.

그게 끝이 아니었다.

이탄의 발밑으로부터 수상한 안개가 스멀스멀 차올랐다.

이것은 포그 레코드(Fog Record).

북명의 실론 가문에서 대를 이어 발전시켜온 비장의 술법이 발휘되었다.

포그 레코드에 잠긴 즉시 코후엠의 생명력이 주르륵 줄어들었다. 코후엠의 재생력과 회복력도 큰 타격을 받았다.

급기야 코후엠의 판단력마저 흐려졌다. 코후엠은 머리가 멍하고 뇌 속에 짙은 안개가 낀 것 같았다.

[흐어어.]

코후엠의 입이 살짝 벌어졌다. 뾰족한 그의 이빨 사이로 혀가 길게 늘어진다 싶더니 그 혀를 타고 침이 뚝뚝 낙하했다.

코후엠의 동공도 느슨하게 풀려버렸다. 코후엠은 이탄에게 멱살을 잡힌 채 물 먹은 솜처럼 추욱 늘어졌다.

[이노옴, 그분을 놓아드리지 못할까.]

이탄의 등 뒤에서 투론이 악을 썼다.

조금 전 투론은 이탄에 의해 휙 집어던져졌다. 그러면서 투론은 벽에 머리를 세게 부딪쳤고, 그 여파로 잠깐 졸도했다가 깨어났다.

투론이 막 정신이 들었을 때 처음 발견한 것이 감방 벽에 뚫린 구멍이었다. 그 다음으로 투론이 목격한 것은 그 구멍 너머에서 이탄이 한 손으로 코후엠의 멱살을 붙잡고 허공으로 번쩍 들어 올린 모습이었다. 이탄이 무슨 수작을 벌였는지 코후엠은 넋을 잃고 축 늘어져 있었다.

주인이 당하는 장면을 목격한 순간, 투론의 두 눈에서 불똥이 튀었다.

[이노오옴.]

투론이 분노를 폭발시켰다. 투론은 무너진 벽을 쏜살같이 지나쳐 이탄에게 곧장 달려들었다.

투화확―.

투론의 혀가 용수철처럼 튀어나왔다. 크라포 일족 특유

의 긴 혓바닥은 이내 네 갈래의 기다란 채찍처럼 변형하여 이탄의 뒤통수와 등, 양 옆구리를 동시에 찔렀다. 그의 혓바닥 한 가닥 한 가닥이 지독한 맹독을 함유했다. 혓바닥의 옆면에는 뾰족한 가시들이 돌기처럼 빼곡하게 박혔다.

## Chapter 4

원래 크라포 일족은 두꺼비형 몬스터들인지라 체내에 맹독을 품은 것으로 유명했다. 또한 크라포 일족은 여러 가닥으로 나눠지는 혀가 주무기 중 하나였다.

[흥.]

이탄은 왼손을 뒤로 휘둘렀다. 오른손으로는 코후엠의 멱살을 잡은 채였다.

부왕—.

이탄의 왼손 손등이 반원을 그리며 날아가 투론의 공격을 맞받아쳤다. 터터텅! 소리와 함께 투론의 혓바닥 네 가닥이 모두 터져나갔다.

[끄와악.]

투론은 피투성이가 된 입을 쩍 벌려 비명을 토했다.

이탄이 상대의 혓바닥 하나를 붙잡아서 휙 낚아챘다. 투론은 저항도 한 번 해보지 못하고 이탄에게 딸려왔다.

적을 홱 잡아챈 상태에서 이탄은 왼손 손바닥으로 투론의 이마를 내리찍었다.

꽈직!

호두 껍데기 으스러지는 듯한 소리가 울렸다. 투론의 두개골이 이탄의 손바닥에 맞아 움푹 함몰되었다.

투론은 눈알이 휙 뒤집혔다. 그리곤 꾸르륵 소리를 내면서 바닥에 드러누웠다.

물론 이번에도 이탄은 세밀하게 힘 조절을 하였다.

덕분에 투론은 두개골 일부가 함몰되는 데 그쳤다. 만약 이탄이 조금만 더 힘을 주었으면 투론의 머리통 전체가 박살 날 뻔했다.

가볍게 투론을 제압한 뒤, 이탄은 오른손 엄지와 검지에 힘을 아주 조금 주어 코후엠의 경동맥을 꾹 눌렀다.

'여기를 눌러주면 기절하겠지.'

이것이 이탄의 의도였다. 이탄의 딴에는 손가락 끝에 개미 눈물만큼만 힘을 준다고 애를 썼다.

한데 이탄의 엄지와 검지가 코후엠의 목을 쑥 뚫고 경동맥 속으로 파고드는 것이 아닌가! 이건 마치 진흙 인형을 주무르다가 손가락이 불쑥 파고든 느낌이었다. 코후엠의 경동맥으로부터 시뻘건 선혈이 분수처럼 뿜어졌다.

"어이구 썅."

이탄이 당황했다.

"몸이 종잇장으로 이루어졌나? 뭐가 이렇게 쉽게 뚫려?"

이탄은 코후엠을 황급히 땅바닥에 드러눕혔다. 그런 다음 손바닥으로 상대의 상처 부위를 막아서 지혈부터 해주었다. 하마터면 중요한 포로를 죽여 버릴 뻔했다는 생각에 이탄은 아주 조심스럽게 코후엠을 돌보았다.

코후엠의 입장에서는 이탄의 따뜻한(?) 보살핌이 더 수치스러울 수도 있겠다. 그나마 경동맥이 터질 때 코후엠이 이미 졸도를 한 터라 차라리 다행이었다.

이탄은 코후엠의 뺨을 톡톡 쳐서 깨웠다.

"야야. 야. 기절은 좋지만 죽으면 안 돼. 정신 좀 차려 봐라. 리종 일족이라고 거들먹거릴 때는 언제고, 이게 뭐야. 겨우 요 정도 얻어맞았다고 꼴까닥 숨이 넘어가면 곤란하지."

다행히 코후엠은 죽지 않았다. 리종 일족의 뛰어난 재생력 덕분이었다. 코후엠의 콧구멍에서 색색 숨소리가 들렸다. 이탄이 조금 더 지혈을 지속하자 코후엠의 목 부위 상처도 저절로 아물었다.

[휴우우, 식겁했네.]

이탄은 손등으로 이마를 훔치는 시늉을 했다.

물론 이탄은 언데드인지라 실제로 이마에 땀이 맺히지는 않았다. 그러니까 이 행동은 그저 이탄의 습관 가운데 하나일 뿐이었다.


[아니 이게 대체!]

에스더는 무슨 말을 하려다 말고 뇌파를 꾹 닫았다. 코후엠을 내려다보는 에스더의 눈동자가 바르르 흔들렸다.

[무슨 문제라도 있소?]

이탄은 영문을 모르겠다는 듯이 물었다.

에스더가 황급히 고개를 가로저었다.

[아뇨. 아무런 문제 없어요. 다만…….]

[다만?]

[다만 어쩌다 언데드 님께서 불과 몇 분 만에 용역 의뢰를 완료하실 줄은 몰랐네요. 하아아. 제가 그동안 어쩌다 언데드 님을 너무 과소평가했었나 봐요.]

에스더는 절레절레 고개를 가로저었다.

'그래도 상대가 리종인데. 어쩌다 언데드 님이 아무리 강하다고 해도 코후엠을 생포하려면 고생 꽤나 할 거야.'

이것이 에스더가 가지고 있던 생각이었다.

그 생각이 틀렸다. 이탄은 에스더의 생각의 범주를 벗어난 규격 외의 괴물이었다. 이탄은 코후엠이 머무는 감옥 특실로 쳐들어간 지 불과 몇 분 만에 코후엠과 투론을 기절시키고는 그들의 발목을 붙잡아 질질 끌고 나왔다.

이탄에게 어찌나 야무지게 쥐어 터졌는지 코후엠과 투론의 몸은 엉망진창이었다. 심지어 이들 2명은 시간이 한참 지나도록 깨어나지 못하였다.

이탄이 에스더에게 물었다.

[그나저나 이제 어쩔 셈이지? 포로들을 상족인 기브흐에게 넘길 거요?]

[그래야죠. 그게 상족이 저희에게 내린 명령이니까요.]

짧은 순간, 에스더의 눈가에 처연한 빛이 어렸다가 빠르게 사라졌다.

이탄이 한 번 더 확인하듯 물었다.

[블랙마켓에서 입수한 부이부 일족의 알도 닉스에게 넘기고?]

[하아. 그것 또한 상족의 명령이거든요.]

대답을 하면 할수록 에스더의 표정은 점점 더 어두워졌다. 에스더는 이탄을 향해 무언가를 이야기할 듯하다가 끝내 하지 못했다.

이탄이 에스더의 속마음을 짐작했다.

'나에게 도와달라고 하고 싶겠지. 셋뽀 일족이 기브흐

일족으로부터 벗어날 수 있도록 도와주면 안 되냐고 내게 물어보고 싶을 거야. 에스더의 마음속에도 노예의 굴레를 벗어던지고 싶은 열망이 있으니까.'

하지만 에스더는 끝내 그 이야기를 꺼내지 못했다. 이탄에게 피해를 입히고 싶지 않아서였다.

에스더는 기브흐가 얼마나 무서운 종족인지 잘 알았다. 아니, 좀 더 엄밀하게 말해서 기브흐가 아니라 그 뒤에 높은 산맥처럼 우뚝 버티고 있는 늙은 왕 닉스가 문제였다. 에스더는 감히 닉스를 거스를 엄두를 내지 못했다.

'어쩌다 언데드 님에게 무리한 부탁을 했다가는 우리 셋뿐 일족뿐 아니라 어쩌다 언데드 님도 끝장이야. 그 누구도 늙은 왕 닉스를 거스를 순 없어. 이런 상황인데 괜히 어쩌다 언데드 님을 끌어들여서 피해를 입힐 수는 없지. 휴우우우.'

에스더는 이탄 몰래 한숨을 삭였다.

'후훗. 이제 보니 서리를 판매하는 뱀님도 참 맹탕이네. 쯧쯧쯧. 도와달라는 부탁 한 마디 하는 게 그렇게 힘드나?'

이탄이 피식 미소를 지었다.

*Chapter 5*

에스더는 영특한 여인이었다. 이탄이 짧은 시간 안에 파악한 상황을 에스더가 모를 리 없었다.

이탄이 요 며칠간 파악한 바에 따르면, 지금의 셋뿌 일족 중에는 기브흐 일족에 대한 불만을 가진 자들이 생각보다 많았다.

'기브흐 일족은 수만 년도 넘게 셋뿌 일족을 부려왔지. 그런 기브흐 일족이 설마 이런 분위기를 모르겠어? 아마도 녀석들은 셋뿌 일족의 불온한 움직임을 이미 눈치챘을 거야. 그리곤 너희 노예 녀석들이 어떻게 나오나 보자, 이런 생각으로 부이부의 알을 구해오라고 시켰겠지. 어린 리종을 납치하라는 무리한 요구도 셋뿌 일족에게 들이밀었고 말이야.'

불과 어제까지만 해도 이탄은 기브흐 일족이 셋뿌 일족의 반란을 힘으로 억누를 것이라 예상했다.

그런데 지금은 생각이 조금 바뀌었다.

'아무래도 기브흐 녀석들이 다른 종족의 힘을 빌려서 셋뿌 일족을 괴롭히려는 것 같단 말이지.'

정황은 이미 보였다. 최근에 기브흐 일족은 에스더에게 상당히 무리한 명령을 내린 상태였다.

그 탓에 에스더는 불가피하게 부이부와 리종을 건드리게 되었다.

부이부와 리종이 대체 어떤 종족인가? 그들은 늙은 왕, 혹은 늙은 신들의 직계 후손들이었다. 부이부의 뒤에는 태고의 도마뱀이라 불리는 츠롭클이 버티고 있었다. 또한 리종의 배후에는 폭군 중의 폭군이라 불리는 나라카가 존재했다.

한데 셋뽀 일족 따위가 부이부 일족과 리종 일족을 건드린다? 그것도 두 종족을 동시에?

이것은 셋뽀 일족을 낭떠러지로 몰아넣는 행동이었다.

'기브흐 일족의 입장에서 셋뽀는 노예들이야. 그런데 그들이 아무런 이유도 없이 말 잘 듣는 노예를 죽음의 구렁텅이로 몰아넣을까? 여기에는 분명히 사연이 있어.'

이탄은 이렇게 판단했다.

예를 들어서 기브흐 일족은 '노예가 더 이상 주인의 말을 잘 듣지 않으니까 그냥 죽여 버려야겠구나.' 라고 하고 판단했을지도 몰랐다. 혹은 기브흐는 '이번 기회에 노예가 정신이 번쩍 들도록 매질을 가해야지.' 라고 생각했을 수도 있겠다. 그것도 아니면 기브흐 일족은 '이참에 노예들 가운데 감히 주인에게 불손한 마음을 품은 놈들을 찾아서 싹 다 제거해볼까?' 라고 결심했을 가능성도 있었다.

이탄은 기브흐 일족의 마음씀씀이를 기가 막히게 캐치해 내었다.

이와 비슷한 일들을 이탄도 지겹도록 겪어보았기 때문이었다.

원래 이탄은 간씨 세가의 노예 출신이었다. 어린 시절 이탄은 간씨 세가의 탑에 노예로 팔려간 이후로 갖은 고생 끝에 목이 뎅겅 잘려서 망령목에 머리통만 매달리는 에너지 채굴기 신세가 되었다.

언노운 월드에 정착한 이후로도 이탄은 한동안 비크 교황의 도구로 지내야만 했다. 그리고 이탄은 아직까지도 그 굴레에서 완전히 벗어나지는 못하였다.

'비크와 내 관계가 일정 부분 기브흐와 셋뽀 일족의 관계와 비슷하려나?'

이탄은 문득 비크 교황을 떠올랐다.

그러자 갑자기 이탄의 속이 울컥 뒤집혔다. 이탄의 마음속에 비크 교황에 대한 분노, 그리고 에스더에 대한 눈곱만큼의 동병상련의 감정이 싹을 틔웠다.

'쯧쯧쯧. 내 짐작이 맞는다면 서리를 판매하는 뱀 님이 조만간 궁지에 몰릴 것 같네. 쯧쯧쯧.'

이탄이 속으로 혀를 찼다.

원래 이탄은 셋뽀 일족이 땅바닥에 쓰러질 것이라 예상

했다.

그때 나타나서 셋뽀 일족을 일으켜 세워주고, 또 그들의 손에 은화 한 닢을 은근히 쥐여주겠다는 것이 이탄의 계획이었다. 그리하여 이탄은 이곳 그릇된 차원에 모레툼 교단의 지부를 만들어 꿀을 빨겠다는 원대한 포부를 세웠다.

이 밑바탕에는 기브흐 일족이 무력으로 셋뽀의 행성을 침공하여 초토화시킨다는 전제가 깔려 있었다.

한데 일이 조금 복잡해졌다.

보아하니 기브흐 일족은 직접적으로 무력을 쓰기보다는 배후에서 공작을 펼치거나 음모를 쓰는 편을 더 선호하는 종족 같았다.

'기브흐 녀석들이 그런 성향이니까 부이부나 리종 일족을 끌어들일 생각을 했겠지.'

문제는 시간이었다.

기브흐가 직접 셋뽀의 행성으로 쳐들어온다면 모를까, 이렇게 여러 종족이 복잡하게 꼬이면 시간이 오래 걸릴 수밖에 없었다.

그런데 지금 이탄에게는 고작 11개월에도 못 미치는 시간만 남았을 뿐이었다. 11개월 뒤 차원이동 통로가 완전히 숙성되고 나면, 이탄은 그 통로를 통해서 부정 차원에 진입해야만 했다.

'그릇된 차원에 모레툼 교단의 지부를 만드는 것도 의미가 있겠다만, 차원이동 통로는 그 이상으로 중요하단 말이야.'

이탄은 복잡한 상황들을 차분하게 정리했다.

곧 결론이 나왔다.

'에효오오. 11개월 안에 모든 문제들이 수면 위로 떠오르기만을 바라야겠구나. 앞으로 11개월 안에 일이 터지면 내가 셋뽀 일족을 도울 수 있겠지.'

하지만 만약에 사태가 질질 늘어지다가 11개월 이후에나 문제가 터진다면? 이탄이 그릇된 차원을 떠난 이후에 에스더가 위기에 봉착한다면?

'휴우우우. 사태가 그렇게까지 꼬이면 어쩌겠어. 그것 또한 서리를 판매하는 뱀 님의 운명일 테지.'

이탄은 마음속으로 이렇게 읊조렸다.

본디 미래의 일이란 알 수가 없는 법. 이탄은 운명이라는 녀석이 어떻게 흘러가게 될지 조금 더 지켜보기로 마음먹었다.

제2화
봉인된 기운을 회수하다

*Chapter 1*

한밤중에 몰려든 먹장구름은 다음 날 아침이 되어 비를
뿌렸다. 봄비는 키펀 성 일대에 광범위하게 내렸다.

오랜만에 내린 비 덕분에 대지가 촉촉하게 젖어들었다.
나뭇가지로부터 움튼 새싹들은 영롱한 물기를 머금고는 파
릇파릇한 자태를 뽐내었다. 조그만 새들이 커다란 잎사귀
아래 숨어서 짹짹짹 지저귀었다.

이탄은 숙소를 벗어나 키펀 성의 높은 성벽 위에 올랐다.

이탄의 목에는 붉은 나무로 만든 패가 하나 대롱대롱 매
달려 있었다. 이것은 이탄이 에스더의 손님임을 의미하는
패였다.

이 붉은 패 덕분에 이탄은 키펀 성 내에 어느 곳을 방문해도 제지를 받지 않았다. 성벽을 지키는 병사들도 이탄의 패를 보고는 말없이 길을 터주었다.

키펀 성의 병사들은 초록색 갑옷을 입고 그 위에 우비를 뒤집어썼다. 마른 풀을 엮은 뒤 그 위에 방수 코팅을 해서 만든 우비였다.

반면 이탄은 우비를 쓰지 않았다. 보슬보슬 내리는 봄비가 이탄의 몸을 촉촉이 적셨다. 이탄은 온몸으로 비를 맞으며 눈앞에 펼쳐진 풍경을 만끽했다.

"아아!"

이탄의 입에서 엷은 탄성이 새어나왔다.

성벽 위의 풍경은 그야말로 장관이었다. 높은 성벽 너머로 키펀 숲이 광활하게 펼쳐져 있었다. 숲 군데군데에서는 온몸이 구름으로 이루어진 드래곤이 하늘로 솟구치는 것처럼 물안개가 하얗게 일어났다.

하얀 성벽은 물안개를 뚫고 굽이굽이 휘면서 아스라한 지평선으로 빨려들어 갔다. 성벽을 경계로 하여 하늘과 땅이 명확하게 구분되었다.

이탄이 대자연이 빚어낸 경치를 눈에 담고 있을 때였다.

[여기에 계셨네요.]

우아한 뇌파와 함께 여인 한 명이 스윽 다가왔다.

다름 아닌 에스더였다.

에스더는 이탄의 옆에 나란히 서더니, 키 펀 숲의 풍경을 황홀한 듯 감상했다.

[경치가 참 좋죠?]

에스더가 물었다.

[……]

이탄은 말없이 고개만 끄덕였다.

에스더는 이탄이 듣건 말건 뇌파를 계속했다.

[오늘 아침에 상족에게 보고를 올렸어요. 부이부의 알 한 쌍을 입수했다는 것. 그리고 어린 리종을 포로로 잡았다는 것. 이 두 가지 사실을 모두 알렸죠.]

이탄은 비로소 에스더에게 시선을 돌렸다.

에스더는 이탄과 눈을 마주치지 않고 먼 숲만 바라보았다.

[상족이 저를 기특하다 칭찬하더군요. 조만간 이곳으로 전령을 보낼 테니 그편에 부이부의 알과 어린 리종을 보내라고 덧붙이기도 했고요.]

에스더의 뇌파는 덤덤하였으나 그녀의 주먹에는 지그시 힘이 들어갔다.

처음 에스더가 이탄의 곁에 나란히 섰을 때만 해도 그녀의 몸에는 마법으로 만든 보호막이 한 꺼풀 둘린 상태였다.

그 막 덕분에 에스더의 몸에는 비 한 방울 묻지 않았다.

지금은 달랐다. 에스더를 감싼 보호막은 어느새 사라지고 없었다. 에스더의 머리카락과 옷이 봄비에 촉촉이 젖어 들었다. 에스더의 새하얀 뺨에도 물기가 사르륵 흘렀다.

이탄이 에스더에게 물었다.

[기브흐의 전령은 언제 오는 거요?]

만약 기브흐가 전령을 당장 보내서 부이부의 알과 코후엠을 거둬간다면?

그럼 부이부와 리종 일족의 분노는 셋뽀를 건너뛰어 곧장 기브흐 일족에게로 향할 것이다. 상대적으로 셋뽀 일족은 안전해질 수 있었다.

에스더는 일이 이렇게 풀리기를 희망했다.

그런데 만약 기브흐의 전령이 꾸물거린다면? 에스더가 기브흐의 전령을 기다리는 사이에 부이부나 리종 일족이 먼저 쳐들어온다면?

셋뽀 일족의 입장에서 이건 최악의 시나리오였다. 에스더는 그런 사태를 상상하고 싶지도 않았다.

[곧 오겠죠……. 곧.]

이탄의 질문에 대한 에스더의 대답이 빗방울이 만들어낸 파문처럼 번져나갔다가 서서히 사그라졌다.

열흘이 지났다.

그로부터 다시 또 열흘이 흘렀다.

키펀 성은 어느새 3월을 떠나보내고 4월을 맞이했다. 상큼한 연두색이었던 세상은 이제 조금씩 초록색을 띠어갔다.

요 근래 에스더는 하루하루가 가시방석이었다. 상족인 기브흐가 부이부의 알과 코후엠을 하루빨리 거둬가야 그녀의 마음이 편해질 것인데, 곧 도착한다던 기브흐의 전령은 도무지 소식이 없었기 때문이다. 에스더는 하루에 한 번씩 상족에게 문안인사를 올리면서 전령의 도착 시점을 물었다.

그때마다 기브흐 일족은 뻔한 대답만 내려주었다.


*우리가 보낸 전령이 곧 네가 있는 곳으로 갈 것이니라. 너는 충심을 다하여 우리를 맞을 준비를 하여라.*


이것이 기브흐의 답이었다.

에스더는 속이 타들어갔다.

사실 에스더도 기브흐 일족의 진심을 의심하는 중이었다.

'기브흐 일족이 모종의 억하심정을 가지고 우리 셋뽀 일족을 궁지에 모는 것 아냐? 그래서 우리에게 부이부의 알

을 구해오라고 시키고, 또 어린 리종을 납치하라고 지시한 것 아니냐고.'

이러한 의구심이 에스더의 머릿속에서 무럭무럭 자라났다.

그때마다 에스더는 주먹을 꽉 움켜쥐었다. 에스더의 손톱이 손바닥 표피에 파고들어 붉은 흔적을 남겼다.

에스더가 초조하게 전령을 기다리는 동안, 이탄은 자유롭게 키펀 성 주변을 돌아다녔다.

세 번째 언령의 벽에서 무한공의 권능을 깨달은 이후로 이탄은 마음이 무척 홀가분했다. 원하던 목표를 손에 넣고 나자 더 이상 욕심 부릴 것도 없었다. 이탄은 매일 아침 성 밖으로 나가 키펀 숲을 둘러보았다.

[또 나가는군.]

백발에 점잖아 보이는 노인이 키펀 성의 높은 첨탑 위에 서서 뇌까렸다.

노인의 정체는 셔핑.

그는 키펀 숲의 동쪽 지역을 다스리는 9명의 영주 가운데 한 명이자 키펀 숲의 수호자였다. 셔핑의 옆에는 장난기가 가득해 보이는 소년이 자리했다.

그의 이름은 루이폰.

외모는 비록 12세 소년처럼 보이지만 사실 루이폰은 셔핑과 동갑이었다.

[쳇. 숲속에 뭐라도 숨겨뒀나? 저 이탄이라는 이방인 말이야. 하루 종일 어딜 그렇게 쏘다니는지 모르겠어. 아이들을 붙여서 한번 뒤라도 밟아볼까?]

루이폰이 뺨을 불룩하게 부풀렸다.

그 말에 셔핑이 정색을 했다.

[루이폰. 쓸데없는 생각 말게. 저 이방인은 쉽게 뒤를 밟힐 만큼 호락호락한 자가 아니야. 게다가 그는 첫째 아가씨의 손님이라고.]

[나도 알아. 하지만 궁금하단 말이지. 이 일대에는 볼 것도 없는데 저 이방인이 어딜 그렇게 빨빨거리며 돌아다니는 걸까?]

[신경 끄게. 그것보다는 루이폰. 첫째 아가씨를 하루 빨리 설득할 생각부터 해보게. 이제 그만 둘째 아가씨와 셋째 아가씨를 감옥에서 풀어드려야 하지 않겠나?]

셔핑의 말이 옳았다. 루이폰도 이탄에 대해서는 잊어버리고 에스테르와 레니를 감옥에서 빼낼 방도를 고민했다.

둘이 머리를 맞대어도 묘안은 쉽게 나오지 않았다.

[끄으응.]

루이폰이 답답한 신음을 흘렸다.

## Chapter 2

그 무렵 이탄은 키펀 성으로부터 어마어마하게 떨어진 곳에 도착하였다.

이탄이 발을 한 걸음 내딛기 전에는 분명 키펀 성 인근이었다.

그런데 이탄이 발을 뻗는 순간 그의 몸뚱어리 전체가 갑자기 빛 입자로 변하는가 싶더니 모래성이 허물어지는 것처럼 파스스 부서져 내렸다. 그와 동시에 어마어마하게 먼 곳에서 빛 입자들이 다시 나타났다. 모래성처럼 와르르 허물어졌던 빛 입자들은 한적한 곳에서 다시 뭉쳐서 이탄의 본래 신체를 형성했다.

이탄은 그렇게 신비롭게 공간을 뛰어넘었다. 이탄이 막 도착한 곳은 키펀 숲 중앙 지역에 위치한 고대의 유적지였다.

지금으로부터 24일쯤 전, 이탄은 에스테르 일행과 함께 이 유적지 근처를 스쳐 지나간 적이 있었다. 이탄은 그때의 기억을 되살려 이 먼 곳을 한 번 방문해보았다.

여기서부터 키펀 성까지 거리를 시간으로 환산해 보면, 이탄이 전속력으로 비행법보를 구동하여 날아가도 보름은 족히 걸릴 거리였다. 비행법보가 아니라 수라군림을 펼친다고 해도 3일은 필요했다.

놀랍게도 이탄은 그 먼 거리를 단 한 걸음에 단축했다.

'무한공'의 권능이 이를 가능케 해주었다.

이탄은 최근 공간을 지배하는 최상급의 언령 무한공을 손에 넣었는데, 그 효능이 실로 무궁무진할 것 같다는 판단이 들었다. 그래서 이탄은 무한공을 한번 적용해보았다.

결과는 대만족.

이탄은 시험 삼아 무한공의 언령을 발휘해보았는데, 간단히 의지를 드러낸 것만으로도 이탄의 신체는 공간의 제약을 뛰어넘어 원하는 곳에 바로 도착했다.

"하하하. 나중에 언노운 월드로 복귀한 이후에도 무한공의 권능은 참으로 쓸모가 많을 것 같구나. 이제는 점퍼나 마법진의 도움을 받지 않고서도 얼마든지 여기저기 돌아다닐 수가 있겠어. 아하하하하."

이탄은 기쁜 기색을 감추지 않았다.

"그나저나 이왕 여기까지 온 김에 유적지나 살펴보고 돌아갈까? 이곳 어디쯤엔가 오래된 조각상들이 나뒹굴고 있었는데 말이야."

이탄은 감각을 넓게 펼쳐서 주변을 스캔했다.

얼마 지나지 않아 이탄의 감각에 특기할 만한 것이 걸렸다. 우거진 수풀 사이에서 나뒹구는 조각상의 흔적이 발견된 것이다.

"저기로구나."

이탄은 신발형 비행법보를 구동하여 조각상 앞으로 휙 날아갔다.

그때 아나테마의 악령이 깨어나 이탄에게 말을 걸었다.

[끼요오옵. 여긴 또 어디냐?]

'영감, 깨어났소?'

이탄이 아나테마에게 가벼운 인사를 던졌다.

요새 이탄은 아나테마의 악령을 종종 깨워주었다.

덕분에 아나테마도 기분이 흡족했다.

이탄이 땅바닥에 아무렇게나 나뒹구는 허물어진 조각상들을 턱으로 가리켰다.

'키펀 숲 한복판에 방치된 고대의 유적지요. 아마도 고대 알블—롭의 문명이 만들어낸 흔적이 아닌가 싶소.'

아나테마가 반문했다.

[알블—롭? 그 늑대를 닮은 녀석들 말이냐?]

'잘 아는구려. 알블—롭은 늑대족과 유사한 몬스터들이지.'

이탄이 생각으로 맞장구를 쳤다.

알블—롭 일족의 곁에 머물 당시, 이탄은 대부분의 시간 동안 아나테마를 잠재웠다. 그러다가 블랙마켓에서 저주마법의 해석 의뢰를 받고 난 이후에야 비로소 이탄은 아나테마를 깨웠다. 아나테마를 부려먹기 위해서 말이다.

그 이후로도 이탄은 종종 아나테마를 잠재웠다. 오직 본인이 필요할 때만 아나테마를 깨워서 활용했다.

아나테마가 알블―롭 일족에 대해서 잘 모르는 것은 바로 이런 연유 때문이었다.

한동안 아나테마는 이탄의 악랄한 행동에 분개하여 길길이 날뛰었다.

지금은 조금 바뀌었다. 이제 아나테마도 포기를 했는지, 아니면 비로소 살아가는 방법을 터득했는지 모르겠지만, 어쨌거나 아나테마는 더 이상 이탄에게 쌍욕을 퍼붓지 않았다. 고대 문명의 리치는 그저 이렇게라도 한 번씩 바깥바람을 쐬는 것으로 만족했다.

[끼요올. 그것참 신기방기하구나. 끼요올. 유적이 겪은 풍화작용으로 미루어 짐작하건대 이건 무척이나 오래된 것 같아. 그런데 몬스터 녀석들이 고대에 이렇게 훌륭한 문명을 이루었단 말인가? 보고도 믿어지지가 않아. 끼요오올.]

아나테마는 스스로를 최고의 지성인이라 자부했다.

[고대 문명에서 가장 지적인 리치가 바로 이 아나테마 님이지.]

이것이 평소에 아나테마가 입버릇처럼 주장하는 내용이었다.

스스로를 지성인이라고 믿는 만큼, 아나테마는 옛 유적지를 둘러보거나 고서를 탐독하는 행위를 무척이나 즐겼다.

이탄도 그 사실을 잘 알기에 아나테마를 잠에서 깨워준 것이었다.

'영감. 유적에서 뭔가 느껴지는 바가 있소?'

이탄이 아나테마에게 물었다.

[글쎄다? 조금 더 살펴보자꾸나.]

아나테마는 이탄의 눈을 통해서 들어온 시각 정보를 곰곰이 곱씹었다. 흙 속에 절반쯤 파묻힌 거대 조각상은 정체불명의 몬스터의 모습을 형상화한 것이었다.

[끼요올. 이렇게 길고 육중한 몸통을 유지하려면 다리가 6개는 되어야겠군. 그런데 머리통도 비정상적으로 크단 말이지? 몬스터들도 생명체인지라 중력의 영향으로부터 자유로울 수는 없거든. 끼욜. 생명체가 어떻게 이렇게 큰 머리를 유지할 수 있지? 어떻게?]

이탄의 영혼 속에서 아나테마의 악령이 고개를 절레절레 내저었다. 지금 눈앞에 쓰러져 있는 조각상은 상식을 벗어난 신체비율을 지녔다.

[끼요올. 그냥 상상 속의 존재를 조각해놓은 것인가? 이런 비율의 몬스터는 존재 자체가 불가능할 텐데. 끼요올.]

아나테마는 이렇게 중얼거리다가 갑자기 두 눈을 번쩍 떴다.

[끼요옥? 설마!]

'설마 뭐요? 뭔가를 알아냈소?'

이탄이 황급히 되물었다.


## Chapter 3

[끼요오옥? 설마 몬스터 녀석들이 악마종을 소환했으려나? 부정 차원의 악마종을?]

이나테마가 악마종을 입에 담았다.

이번에는 이탄도 두 눈을 번쩍 떴다.

'엇? 부정 차원의 악마종이라고? 이 조각상이 악마종을 본떠서 만든 것이란 말이오?'

아나테마는 고개를 내저었다.

[내가 그걸 어찌 장담하겠느냐? 끼욜. 내가 직접 조각을 한 것도 아닌데 말이다. 끼요오옥. 하지만 생명체라면 이와 같은 괴상망측한 신체비율을 가질 수는 없느니라. 이렇게 엉망진창 괴이한 형태로 존재할 수 있는 대상은 오로지 부정 차원의 악마종들뿐이지. 끼요오오올. 얼씨구나.]

'얼씨구나는 또 뭐요?'

이탄이 눈매를 가늘게 좁혔다.

아나테마가 히죽 웃었다.

[끼히히히히. 뭐긴 뭐냐. 기뻐서 내뱉은 소리지. 끼히히히.]

이탄이 물었다.

'영감, 부정 차원의 악마종을 보니까 기쁜 거요?'

[끼히히히. 기쁘고말고. 대대로 우리 악마사원에서는 부정 차원의 악마종들을 소환한 다음, 그 악마종을 사역하여 부리는 연구에 골몰해왔던 집단이니라. 그리고 이 아나테마 님은 그 악마사원의 역사상 최고의 지성인이란 말이지. 끼요오오올. 그러니까 내가 얼마나 기쁘겠느냐? 난생처음 보는 형태의 새로운 악마종을 발견하다니! 이건 정말 연구할 가치가 있는 유적인 게다. 끼요오올.]

'영감. 이 조각상이 악마종이 아닐 수도 있잖소. 단순히 고대 알블—롭 일족이 상상 속의 동물을 조각해놓은 것일 수도 있다면서.'

이탄이 초를 쳤다.

아나테마가 펄쩍 뛰었다.

[끼야아아악. 요런 못돼 처먹은 듀라한 놈. 이 아나테마 님이 모처럼 흥미가 돌아 상상의 나래를 펼치려는데 그걸

못 참고 재를 뿌려? 왜? 이 조각상이 악마종이 아니라 상상 속 동물이었으면 좋겠냐? 요 빌어 처먹을 자식아? 엉?]

'아니, 내가 뭐라고 했소? 그저 영감이 했던 이야기를 되물어본 것뿐 아뇨. 늙어서 노망이 났나? 왜 나에게 성깔을 부려.'

이탄도 마주 발끈했다. 이탄은 다른 것은 다 괜찮지만 '듀라한'이라는 소리에는 버럭 화가 났다. 이탄은 아직까지도 자신이 언데드라는 사실을 받아들지 못하고 있으며, 이것이 콤플렉스로 작동했다.

이탄이 홱 소리가 날 정도로 등을 돌렸다.

'에이. 나 그냥 돌아갈래.'

이탄이 조각상에서 멀어지자 아나테마가 화들짝 놀랐다.

[끼요옵? 어디가? 저 조각상을 연구해볼 시간도 주지 않고 어딜 가느냐고? 이 성질머리 더러운 듀라한 녀석아.]

아나테마가 또다시 듀라한을 들먹거렸다. 이것은 이탄의 마음에 두 번 불을 지르는 행동이었다.

'그래. 나 성질머리 더러운 듀라한이다. 모처럼 영감이 좋아할 만한 곳에 와줬건만. 쳇. 내가 괜한 짓을 했지. 퉤퉤퉤.'

이탄은 쿵쿵 발소리를 내며 유적지로부터 멀어졌다.

[끼요오옥.]

아나테마는 머리에서 김이 모락모락 솟구치는 기분이었다.

하지만 어쩌겠나. 이탄은 강자고 아나테마는 약자였다. 이탄은 주인이고 아나테마는 이탄의 영혼에 세를 들어서 기생하는 처지였다. 그러니 아나테마가 원하는 것을 손에 넣으려면 이탄을 어르고 달래는 수밖에 없었다.

아나테마가 모처럼 큰마음을 먹고 이탄에게 사과했다.

[끼요옵. 끼윱. 사내자식이 뭐 그런 걸로 삐치고 그러냐? 그래. 내가 미안타. 내가 나이가 들어 노망이 났나 보다. 못돼 처먹었다고 욕한 거는 미안하구나. 끼윱.]

조금 전에 아나테마는 이탄에게 [못돼 처먹었다.]라고 막말을 퍼붓고, 또 [빌어 처먹을 자식]이라고도 욕했다.

아나테마는 그것 때문에 이탄이 토라진 것이라 생각했다.

아니었다. 이탄에게는 '듀라한'이라는 단어가 송곳이 되어 심장을 찔렀다.

[끼요옵. 미안하다니까. 내가 사과한다니까. 끼요옵.]

아나테마가 거듭 이탄을 붙잡았다.

사실 이건 기적에 가까웠다.

고대 악마사원의 사도들이 만약에 이 모습을 보았다면 놀라서 입을 다물지 못했을 것이다. 불멸의 악마종이라 불리며 고대 문명의 종말을 이끌었던 최후의 리치 아나테마가 다른 이에게 사과를 하다니!

이건 참으로 충격적인 사건이었다.

결국 이탄도 못 이기는 척 아나테마의 사과를 받아주었다.

'후우우. 영감. 내 이번 한 번만 참겠는데, 앞으로 다시는 그러지 마쇼.'

[알아. 알아. 내가 다시는 욕하지 않을게. 끼요올.]

아나테마가 이탄을 다독거렸다.

이탄은 다시 등을 돌려 고대의 조각상으로 다가갔다.

아나테마는 눈을 반짝이며 조각상의 모습을 살폈다.

이어서 이탄이 또 다른 조각상을 찾아내었다. 이번 조각상도 조금 전의 것과 마찬가지로 머리통이 유달리 컸다. 또한 머리와 신체가 모두 좌우비대칭이라 무척 기괴해 보였다.

[끼욜. 역시 내 짐작이 맞는 것 같구나. 인간이건 아인종이건 몬스터건 말이다, 자고로 생명체에 속하는 종자들은 기본적으로 좌우대칭의 형태를 가지게 마련이다. 눈도 좌우대칭, 귀도 좌우대칭, 콧구멍도 좌우대칭. 이렇게 대칭 형태를 취해야 생존에 유리하거든. 그런데 이 조각상은 형태가 매우 이상하지 않느냐? 이렇게 자연의 법칙을 깨뜨리

는 존재들은 대부분 부정 차원에 속해 있기 마련이지. 끼오 오올. 이것들은 부정 차원의 악마종들을 조각한 것이 분명 해. 끼올. 끼올.]

'흐음. 하면 알블―롭의 선조들이 악마종과 손을 잡았 다는 뜻이오?'

[늑대 녀석들이 악마종과 손을 잡은 것인지, 아니면 신으 로 섬긴 것인지는 모르지.]

'흐으음. 알블―롭 일족이 한때 악마종을 신으로 섬겼 다?'

이탄은 손가락으로 턱을 조몰락거렸다.

부정 차원의 악마종을 신으로 섬기는 것은 그리 이상한 일은 아니었다. 당장 언노운 월드의 흑 세력들 가운데는 악 마를 추종하는 자들도 많았다.

이탄은 또 다른 유적으로 향했다.

고대의 조각상들은 꽤나 넓은 영역에 걸쳐서 흩어져 있 었다. 따라서 이탄은 비행 법보를 구동하여 이곳저곳을 날 아다녀야 했다.

아나테마의 주장처럼 상당수의 조각상들이 좌우비대칭 에 기괴한 형태였다. 게다가 조각상의 개수가 무려 1,000 개나 되는 점도 신기했다.

"1,000개의 악마 조각상이라. 진짜로 알블―롭의 선조들이 악마종을 섬겼나?"

이제는 이탄도 이런 의심을 품게 되었다.

그렇게 이탄이 하늘을 날아 유적을 훑어보던 중이었다. 특이한 점 하나가 이탄의 눈에 언뜻 들어왔다.


## Chapter 4

"어랍쇼? 이것 봐라."

이탄이 조금 더 고도를 높였다.

하늘 높은 곳에서 지상을 내려다보자 짙게 우거진 숲만 보일 뿐 고대의 유적은 눈에 들어오지 않았다.

대신 이탄의 머릿속에는 조각상들의 위치가 고스란히 들어 있었다. 이탄은 하늘 위에서 조망한 지상의 풍경 위에 각 조각상들의 위치를 투영했다.

이렇게 재확인을 해보니 다시 보니 고대의 조각상들은 아무렇게나 흩어진 것이 아니었다. 이탄이 마음속으로 무릎을 쳤다.

'그것참 묘하다. 조각상들의 위치가 천랑회진을 구성하는 토템들의 방위와 완전히 일치하네?'

[천랑회진? 그건 또 뭐냐?]

아나테마가 물었다.

'천랑회진이 뭐냐 하면 말이오…….'

이탄이 천천히 이야기를 꺼냈다. 이탄은 아나테마에게
알블—롭 일족의 번성기를 이끌었던 신왕에 대해서 간략
하게 설명해주었다. 이어서 그 신왕이 창안한 천랑회진에
대해서도 간단하게 언급했다.

엄밀하게 말해서 천랑회진은 마법진이 아니었다. 이것은
그릇된 차원의 마법과 영혼력, 그리고 동차원의 진법와 술
법이 어우러진 독특한 융합의 산물이었다.

하지만 이탄은 그런 세세한 점까지 아나테마에게 알려
주지는 않았다. 대충 뭉뚱그려서 천랑회진을 마법진이라고
설명했다.

아나테마가 호기심으로 눈을 반짝였다.

[끼호옷? 신왕 프사이라는 몬스터 녀석이 제법 쓸 만한
마법진을 창안했단 말이지? 그런데 그 마법진의 배치가 저
유물들이 흩어져 있는 모습과 기가 막히게 일치한다고? 그
렇다면 이 유적을 남긴 자가 신왕인 게냐?]

'그건 아니오. 신왕이 활동하던 시대는 이 유적지가 만
들어진 시기보다 훨씬 더 후대요.'

이탄은 대뜸 고개를 가로저었다.

아나테마가 다시 물었다.

[그럼 뭐야? 고대 조각상들의 배치가 왜 신왕의 마법진과 일치하는데?]

'글쎄? 정확한 것은 나도 모르겠소.'

[끼요옵? 네 녀석도 모른다고?]

'그렇소. 모르오. 하지만 한 가지는 추정해볼 수 있겠소. 연대 순으로 살펴보면 이 유적이 만들어진 시대는 신왕이 활동하던 시대보다 훨씬 더 이전이잖소. 그러니까 아마도 신왕이 이 유적에서 영감을 얻어서 천랑회진을 만든 것 아닐까? 문득 이런 생각이 들었소.'

이탄의 추정은 그럴듯했다.

알블―롭 일족은 천랑회진이 100퍼센트 신왕의 머릿속에서 나온 것이라고 믿고 싶겠지만, 사실은 신왕도 고대 유적으로부터 아이디어를 얻어서 천랑회진을 만든 모양이었다.

어쨌거나 지금까지 이탄과 아나테마가 주고받은 대화를 정리하면 다음과 같았다.


1. 키펀 숲에 버려진 유적은 부정 차원의 영향을 깊게 받았다. 부정 차원의 악마종이 직접 이 유적을 남겼는지, 아니면 알블―롭의 선조들이 악마종을 추종하여 부정 차원의 지식을 받아들인 것인지는 알 수 없으나 이 유적지가 부정 차원의 영향을 받아서 만들어졌다는 점은 명확해 보였다.

2. 신왕 프사이는 이 유적에서 영감을 얻어서 천랑회진을 창안한 것이 분명했다. 그게 아니라면 유적의 배치와 천랑회진의 유사성을 설명할 길이 없었다.

이상이 이탄과 아나테마가 도출해낸 결론이었다.

그러다 무슨 생각이 들었는지 이탄이 마나를 한 가닥 끌어올렸다.

사실 이탄은 천랑회진을 직접적으로 익히지는 않았다. 이탄이 연마한 것은 천랑회진이 아니라 그 천랑회진의 업그레이드 버전인 만랑회진이었다. 벨린다의 만랑회진 말이다.

솔직히 말해서 만랑회진이 천랑회진보다 몇 배는 더 강력했다. 게다가 만랑회진은 천랑회진에 비해서 조금 더 술법진에 가까웠다.

이탄은 바로 이런 이유 때문에 만랑회진을 선택했다.

다만 이탄은 천랑회진의 내용도 머릿속에 잘 담아두었다. 천랑회진을 속속들이 이해해야 만랑회진도 쉽게 습득하기 때문이었다.

당시에 이탄이 천랑회진을 기억해둔 게 지금 도움이 되었다.

"하하하. 그때 꼼꼼하게 외워두기를 잘 했지. 천랑회진을 이렇게 써먹을 줄 누가 알았겠어?"

이탄은 들뜬 목소리로 독백했다. 그와 동시에 이탄은 음차원의 마나를 살짝 끌어올렸다가 1,000 가닥으로 나누어 1,000개의 고대 조각상에 불어넣었다.

한데 마나를 주입 받고도 조각상은 꿈쩍도 하지 않았다.

"내 이럴 줄 알았지."

이탄은 곧 방법을 바꿨다. 이번에는 1,000개의 조각상에 동시에 마나를 주입하는 대신 천랑회진의 규칙에 따라 순서대로 마나를 넣어 보았다.

예상대로 이 방법이 효과를 보였다.

후웅! 후웅! 후웅! 후웅! 후웅!

숲 곳곳에 흩어져 있던 조각상들이 차례로 밝은 빛을 뿜었다. 에너지 충전을 마친 1,000개의 조각상은 서로 감응하여 고대의 마법진을 발동시켰다.

츠츠츠츠츠.

마치 천랑회진이 펼쳐진 듯 숲 일대에 짙은 안개가 끼었다. 음습하고 끈적끈적한 안개 속에서 기이한 힘이 발휘되었다.

아나테마가 손뼉을 쳤다.

[끼요올? 이거 무척 친숙한 기운인데? 예전에 나와 내 동료들이 인신공양으로 제사를 지내어 부정 차원의 악마종을 소환할 때 뿜어져 나오는 기운과 아주 흡사해. 끼요오오옵.]

아나테마는 잔뜩 흥분하여 환호성을 질렀다.

아나테마가 기뻐할 만도 한 것이, 짙은 안개 속 조각상들로부터 희뿌연 존재들이 툭툭 튀어나왔는데, 이 존재들의 생김새가 조각상의 모습을 꼭 닮아 있었다. 희뿌연 빛깔의 비대칭 악마종들은 마치 수백만 년의 세월 동안 조각상 속에 갇혀 있다가 자유를 얻은 것처럼 신이 나서 허공을 떠돌아다녔다.

[끼히히히~.]

[꺄하하하.]

[끼히힐힐힐]

악마종들의 울음소리는 생명체의 폐부를 헤집어놓을 듯 독살 맞았다. 아나테마가 그 울음소리에 맞춰서 씰룩씰룩 엉덩이춤을 추었다.

[끼요오옵. 역시나 악마종이 소환되었어. 비록 몸체는 없이 혼령만 남아 있기는 하나, 이것들은 분명히 악마종의 한 종류라고. 끼요오오옵.]

눈앞에서 날아다니는 악마종들의 모습에 아나테마는 친숙함을 느꼈다. 아나테마의 뇌리에는 오래 전의 추억이 새록새록 떠올랐다.

한때 아나테마는 연인인 샤흐크와 함께 방대한 소환진을 구축한 다음 부정 차원의 악마종을 소환하면서 한바탕 피의 축제를 벌이곤 하였다. 그럴 때마다 아나테마와 샤흐크는 "이번엔 과연 어떤 악마종이 소환될까?"를 궁금히 여기며 두근두근한 마음을 품었더랬다.

## Chapter 5

심지어 아나테마는 악마사원이 위기에 빠졌을 때 스스로의 정체성을 포기하고 리치 중의 리치, 즉 불멸의 악마종으로 거듭났다. 아나테마 본인이 이미 인간이 아니라 악마종에 한 발을 걸친 셈이었다.

그러니까 아나테마가 악마종을 반길 수밖에.

[끼요옵. 좋구나. 정말 좋아. 끼요오올,]

아나테마는 더욱 현란하게 엉덩이를 흔들었다.

이탄이 아나테마에게 면박을 주었다.

'어우. 영감. 꼴사나우니까 그런 망측한 춤은 좀 자제하쇼. 영감이 기쁜 것은 나도 알겠는데, 그래도 보는 사람의 심정도 좀 헤아려줘야지. 이러다 내 눈이 썩겠소.'

[끼요옵, 내 춤이 어디가 어때서? 악마사원의 종주인 샤흐크는 내가 이 춤을 추면 얼마나 좋아했는지 모른다. 섹시하다면서 말이지. 끼요오옵.]

'어우 쌍.'

이탄이 반사적으로 욕설을 뱉었다. 이탄의 뇌리에는 '이 노망난 영감탱이를 다시 잠재워 버릴까?' 라는 고민이 얼핏 스쳐 지나갔다.

아나테마가 이탄의 생각을 읽었다.

[케헴. 케헤헴. 뭔 춤도 못 추게 해. 끼요오옥. 서러워라.]

아나테마가 조그맣게 투덜거렸다.

하지만 아나테마는 더 이상 엉덩이를 난잡하게 돌리지는 않았다. 이탄의 경고를 무시하고 저질 춤을 계속 췄다가는 강제로 잠이 드는 수가 있기 때문이었다.

이탄이 아나테마와 툭탁거리는 동안에도 혼령들은 계속해서 튀어나왔다. 무려 수백만 년 만에 조각상에서 풀려난 악마종의 혼령들은 하늘을 마구 활공하며 자유를 만끽했다.

그런데 참 희한한 것이, 1,000 마리나 되는 악마종들 가운데 이탄에게 가까이 접근하는 혼령은 단 한 개체도 없었다. 악마종의 혼령들은 이탄을 두려워하는 듯 멀찌감치 거리를 두었다.

[낄낄낄낄낄. 저것들도 아는 게지. 모진 놈 근처에 함부로 접근했다가는 날벼락을 맞는다는 사실을 본능적으로 깨

달은 게야. 끼요오올. 올올올.]

아나테마가 이탄을 놀렸다.

[끄읍! 미안.]

그러다 이탄의 영혼 속에서 붉은 금속이 일어나자 아나테마가 찔끔 놀라 사과했다.

"흥."

이탄은 아나테마에게 던졌던 시선을 다시 거두어 악마종의 혼령들을 굽어보았다.

이탄이 지켜보는 가운데 1,000 마리의 혼령들이 안개 속을 횡횡 헤집었다. 그러다 그 많은 악마종들이 한 곳으로 우르르 몰려갔다.

1,000개나 되는 조각상의 중심에는 직육면체 형태의 밋밋한 돌이 땅에 비스듬히 박혀 있었다. 울퉁불퉁한 돌의 표면에는 세월의 풍파가 만들어낸 흔적이 역력히 엿보였다.

"설마 비석인가?"

이탄이 나직이 중얼거렸다.

땅에 비스듬히 드러누운 직육면체의 돌은 흡사 비석처럼 보였다. 이 길쭉하고 평평한 비석 속으로 1,000 마리나 되는 혼령들이 우르르 뛰어들었다.

[끼욜? 저것들이 왜 저래? 왜 돌덩이 속으로 들어가지?]

아나테마가 고개를 갸웃했다.

이탄도 초롱초롱한 눈으로 혼령들의 행동을 관찰했다.

투확! 투확! 투확!

혼령들이 뛰어들자 직육면체 비석의 각 면에서 빛이 발산되었다.

투확! 투확! 투확! 투확!

이 빛은 혼령들이 더 많이 뛰어들면 뛰어들수록 점점 더 밝아졌다.

마침내 1,000 마리의 혼령들이 전부 다 비석 속으로 뛰어들었다.

투투투화악!

그 즉시 비석으로부터 폭발적인 광휘가 한꺼번에 쏟아져 나왔다. 이건 마치 비석이 아니라 거대한 램프처럼 느껴졌다.

단순히 빛만 폭발한 것이 아니었다. 빛과 함께 무시무시한 기운이 비석 속에서 빠져나와 밖으로 발산되었다.

[끼요오옵? 설마 이 기운은!]

아나테마가 입을 쩍 벌렸다.

아나테마는 고대 문명을 멸망으로 이끌었던 최악의 리치였다. 그런 아나테마조차도 지금 비석이 발산하는 파괴적인 기운을 접하자 후들후들 떨렸다.

[끼요올. 최상위 악마종! 이건 최상위 악마종의 기운이

다. 부정 차원을 지배하는 일곱 군주급의 기운이야. 끼요오
옵.]

아나테마가 허둥거렸다.

666명 악마사원의 몽크들은 종종 부정 차원 악마를 소
환하여 사역하곤 하였으나, 그 대상은 대부분 최하급, 혹은
하급 악마종들이었다.

어쩌다 중급 악마종이 소환될 때면 악마사원의 종주를
비롯하여 상위 몽크들이 총동원되어 수십 겹의 사역마법진
을 설치하곤 했다. 이렇게 철저히 준비하지 않으면 중급 악
마종을 컨트롤할 수 없기 때문이었다.

실제로 악마사원의 역사를 보면, 사역마법진을 뚫고 탈
출한 중급 악마종에 의하여 악마사원의 몽크들이 100명 이
상 떼죽음을 당한 적도 종종 있었다.

중급 이상 상급 악마종은 말할 필요도 없었다. 악마사원
의 역사를 통틀어서도 상급 악마종을 소환한 경우는 몇 차
례 되지 않았다.

상급 악마종보다 더 윗 단계, 즉 최상위 악마종은 역사상
단 한 번도 언노운 월드에 소환된 사례가 없었다.

최상위 악마종들은 달리 '군주'라 불렸다. 그런데 이 군
주급 악마종이 차원을 넘어오려면 인과율의 저항을 강하게
받을 수밖에 없었다.

이 저항을 뛰어넘어 군주급 악마종을 언노운 월드에 현신시키려면 줄잡아 수천억 명 이상의 살아 있는 제물이 필요하며, 소환마법진의 크기도 대륙의 절반을 뒤덮을 정도로 큼지막하게 그려야만 했다.

아니, 그 정도 규모의 소환마법진을 그린다고 하더라도 군주급 악마종을 통째로 소환하기란 불가능했다. 잘해야 군주급 악마종의 상반신만 겨우 불러올 뿐이었다.

군주를 뛰어넘어 그 위에 군림한다는 마신급 악마종은 굳이 언급할 필요도 없었다.

[끼요옥? 그런데 이게 어떻게 가능하지? 고작 수십 미터 크기의 비석 하나로 최상위 악마종을 소환할 수 있다고? 이건 말도 안 돼. 끼요오옥. 내 상식으로는 도저히 납득할 수 없음이야. 끼요오옥.]

아나테마가 머리카락을 쥐어뜯었다.

그러는 와중에도 비석에서 쏟아지는 기운은 점점 더 농밀하게 대기를 잠식했다.

스사사사사—.

부정한 기운과 접촉하는 즉시 멀쩡하던 나무가 거무튀튀하게 물들었다. 잎사귀는 바짝 말라 비틀어졌다. 심지어 나무의 뿌리까지 부패하여 검게 썩어 들어갔다.

나무만 고사한 것이 아니었다. 새들은 피를 토하며 땅에 떨어졌다. 풀숲에 웅크리고 있던 뱀이 고통스럽게 몸통을 꼬다가 죽었다. 곤충들도 파스스 몸이 바스러졌다.


## Chapter 6

스스스사사사. 스스스사사사사사사—.

죽음을 몰고 오는 파멸적인 기운은 반구 형태로 점점 더 넓게 퍼졌다. 점점 더 진하게 확산되었다.

스멀스멀 뻗어오는 검은 기운이 마침내 하늘 높이 떠 있는 이탄에게 닿았다.

이탄은 불길한 기운이 접근하는 모습을 보고도 몸을 피하지 않았다.

만자비문이 보여준 반응 때문이었다.

음차원과 결합하여 이탄의 뱃속에 똘똘 뭉쳐 있던 만자비문, 즉 꽈배기 형태의 문자들은 검은 기운을 발견한 즉시 툭툭 튀어나왔다. 그리곤 (진)마력순환로를 스스로 벗어나 검은 기운을 향해 달려들었다.

특히 10,000개의 비문 가운데 3개가 유독 앞장섰다.

검은 기운에도 변화가 생겼다. 비석으로부터 방출된 검은 기운은 만자비문을 만나자마자 소용돌이처럼 나선형으로 휘감겼다.

원래 이 검은 기운은 온 사방으로 넓게 퍼져나가던 중이었다.

그러다 만자비문을 마주친 즉시 검은 기운이 원뿔 모양으로 형태를 바꾸었다. 그리곤 콰르르르 소리를 내면서 하늘로 솟구쳤다.

[끼요옥?]

아나테마가 화들짝 놀랐다. 아나테마는 저 시커멓고 두려운 기운이 이탄을 단숨에 덮쳐서 잡아먹을 것이라고 생각했다.

[끼요옵. 안 돼애―.]

아나테마가 반사적으로 저주마법을 발현했다.

아나테마는 악마종의 사역에 정통한 리치였다. 그는 자신이 구현할 수 있는 최고의 저주마법으로 저 검은 기운을 컨트롤하려 들었다. 이탄이 검은 기운으로부터 도망칠 시간을 벌어주겠다는 것이 아나테마의 의도였다.

비록 아나테마의 의도는 갸륵하였으나, 이탄에게는 별로 필요 없는 일이었다. 거대한 용오름처럼 솟구친 검은 기운은 만자비문을 만난 순간 갑자기 돌변했다.

포악하게 하늘로 솟구쳐오를 때만 해도 검은 기운은 단숨에 이탄을 공격할 것만 같았다. 그러나 막상 만자비문의 주변에 이르자 파멸적인 검은 기운이 살랑거리는 봄바람처럼 부드럽게 변한 것이다.

꽈배기 모양의 만자비문 가운데 유독 3개의 문자가 검은 기운 속으로 불쑥 뛰어들었다.

검은 기운은 3개의 만자비문에 닿자마자 사르륵 녹아들었다. 따뜻한 봄날에 눈이 녹는 것처럼 그대로 녹아서 만자비문 속으로 스몄다.

뭉클, 뭉클 뭉클.

비석은 점점 더 많은 양의 검은 기운을 방출했다. 그 기운이 사나운 소용돌이가 되어서 단숨에 상공으로 치솟았다. 그리곤 혀에 닿은 솜사탕처럼 달콤하게 녹아서 만자비문 속으로 스며들었다.

검은 기운을 잔뜩 흡수한 3개의 만자비문이 다시 이탄의 (진)마력순환로 속으로 복귀했다. 그리곤 이탄의 뱃속에 똘똘 뭉쳐 있는 음차원 덩어리 속으로 검은 기운을 실어 날랐다. 그렇게 유입된 검은 기운이 음차원 덩어리와 하나로 뒤섞였다.

사실 비석 속에 봉인되어 있던 검은 기운은 꽤나 양이 많았다.

하지만 이탄이 부리는 만자비문은 무지막지한 동화력으로 그 방대한 기운을 녹여내었다. 비석 속의 검은 기운이 눈 깜짝할 사이에 바닥을 보였다. 3개의 비문, 즉 읽을 수 없는 문자들은 게걸스럽게 검은 기운을 빨아들이더니, 포식을 마친 고양이들처럼 다시 집—이탄의 뱃속—으로 돌아와 갸르릉 갸르릉 기분 좋은 소리를 내뱉었다.

물론 이것은 귀로 들을 수 있는 소리는 아니었다. 오로지 만자비문의 주인인 이탄만이 느낄 수 있는 음파였다.

만자비문이 검은 기운을 흡수하면서 이탄의 뱃속에 똘똘 뭉쳐 있는 음차원 덩어리에도 묘한 변화가 생겼다. 천천히 자전 중인 음차원 덩어리의 표면에 3개의 문양이 은은하게 자리한 것이다.

문양의 생김새는 만자비문과 닮았으며, 표면 위로 살짝 도드라진 것이 묘하게 매력적이었다.

'이 문양들은 뭐지?'

이탄은 손으로 볼록한 배를 쓰다듬으며 관심을 주었다.

바로 그때 아나테마가 덜덜 떨리는 음성으로 물었다.

[끼욥? 끼요옵? 네 녀석, 지금 무슨 짓을 한 게냐? 최상위 악마종의 기운은 다 어디로 갔어?]

이탄은 어깨를 으쓱했다.

'최상위 악마종의 기운이라니? 아나테마 영감, 이게 무슨 소리요? 혹시 꿈이라도 꿨소?'

[끼요오오옥. 꿈을 꿨냐고? 네놈이 지금 나를 노망난 늙

탱이 취급을 하는 게냐? 조금 전에 내가 똑똑히 느꼈다니까. 저 비석으로부터 부정 차원 군주급의 기운이 쏟아져 나왔다고. 끼요오옥.]

아나테마가 펄쩍 뛰었다.

'군주급의 기운이라고? 에이, 설마.'

이탄은 말도 안 된다는 듯이 손을 휘휘 저었다.

아나테마는 분해서 어쩔 줄을 몰랐다.

[에이, 설마라니? 이게 뭔 개소리야. 조금 전에 네 녀석도 봤잖아. 저 비석으로부터 상상을 초월하는 기운이 쏟아지는 거, 봤잖아? 내 말이 틀렸어? 응? 응? 응?]

아나테마의 거듭된 주장에도 불구하고 이탄은 이게 뭔 소리냐는 표정으로 귓구멍만 후볐다.

'영감. 진짜로 노망난 늙탱이가 된 거요? 도대체 지금 무슨 소리를 하고 있는 건데?'

[와아. 나 미치겠네. 와아아. 와아아.]

아나테마는 주먹으로 자신의 가슴을 쾅쾅쾅 두드렸다.

그래도 답답한 마음은 해소되지 않았다. 급기야 아나테마는 꺼이꺼이 울먹거렸다.

[분명히 내 눈으로 봤는데. 분명히 최상위 악마종의 기운을 느꼈는데. 그런데 그걸 네놈이 한낱 꿈으로 치부해? 끼요오옵. 억울해. 나는 억울하다고. 끼요오오옵.]

'픕.'

이탄이 아나테마 몰래 입꼬리를 팽팽하게 만들었다.

당연한 이야기지만, 조금 전에 벌어진 일련의 사건들은 결코 꿈이 아니었다. 이탄이 천랑회진의 규칙에 맞춰서 음 차원의 마나를 불어넣자 1,000개의 악마종 조각상이 반응을 보였다. 조각상에 봉인되었던 악마종의 혼령들이 튀어나온 것이다.

그 혼령들은 허공을 한 바퀴 휘돌고 난 다음, 유적지 중앙의 비석 속으로 일제히 뛰어들었다.

1,000개의 혼령을 머금은 비석이 눈부신 광휘를 내뿜었다. 이어서 파멸적인 기운이 비석으로부터 쏟아져 나왔다.

이 기운은 부정 차원을 지배하는 최상위 악마종의 것이었다.


## Chapter 7

최상위 악마종의 기운 안에는 다음과 같은 수식어에 해당하는 파멸적 에너지가 가득 담겨 있었다.

첫 번째 수식어: 마격이 아닌 하위 개체는 감히 흉내조

차 낼 수 없는.

두 번째 수식어: 수십억 명의 생명체쯤은 단숨에 바스러 뜨릴 만한.

세 번째 수식어: 그 무엇으로도 차단할 수 없는.


이 파멸적 에너지는 사실 그릇된 차원의 것이 아니라 부정 차원으로부터 비롯된 권능이었다.

까마득한 옛날, 부정 차원에는 라우딘스라 불리는 최상위 악마종이 존재하였다.

당시 라우딘스는 부정 차원을 지배하는 일곱 왕좌 가운데 하나를 꿰차고 있었으며, 무려 31개의 만자비문을 읽어낸 마격 존재였다.

부정 차원의 일곱 군주들 가운데 라우딘스가 가장 많은 만자비문을 읽어내었으므로 그를 차원의 최강자로 보는 시각이 다수였다.

그렇다고 해서 라우딘스가 31개의 만자비문 전체를 완벽하게 다루는 것은 아니었다. 라우딘스는 자신이 읽어낸 31개의 비문 가운데 유독 세 가지 말뜻, 즉 '하위 개체는 감히 흉내 낼 수 없는', '생명체를 단숨에 바스러뜨리는', 그리고 '차단되지 않는'이라는 비문들을 능숙하게 사용했다.

그 결과 라우딘스는 유독 하위 악마종들에게 강했다. 마격을 갖추지 못한 상급 악마종이나 중급 악마종들은 라우딘스의 기운에 노출되는 것만으로도 모든 힘을 잃고야 말았다.

또한 라우딘스는 생명체를 죽이는 일에 능하였다. 라우딘스가 숨만 내쉬어도 주변이 죽음의 기운으로 뒤덮였다.

마지막으로 라우딘스는 적의 방어막을 아주 손쉽게 뚫곤했다.

이런 일들이 가능한 이유는 라우딘스가 위의 세 가지 만자비문에 능숙하기 때문이었다.

그러나!

여기까지가 라우딘스의 한계였다.

라우딘스는 총 40개의 만자비문을 읽어내어 마신으로 도약하기를 갈망하였으나, 안타깝게도 군주를 뛰어넘어 마신이 될 수는 없었다. 라우딘스는 10,000년의 세월이 지나도록 새로운 비문을 읽어내지 못하였다.

원래 만자비문을 읽어내어 마격에 도달한 최상위 악마종들은 새로운 비문을 계속해서 읽어내야만 했다. 앞으로 나아가지 못하고 정체된 순간, 마격 존재들은 오히려 만자비문에 흡수되어 물거품처럼 사라지게 마련이었다.

라우딘스도 이 사실을 잘 알았다. 그는 어떻게든 32번째

비문을 읽어내려고 갖은 애를 다 썼다.

하지만 실패.

또 실패.

결국 라우딘스는 만자비문에 동화되어 그대로 소멸할 위기를 맞았다. 실제로 당시에 라우딘스의 신체는 점점 훼멸할 조짐을 보였다.

무려 수천만 년 이상 쌓아온 라우딘스의 노력은 한 줌의 물거품으로 사라질 위기였다. 심지어 라우딘스의 영혼마저 소멸해버릴 것 같았다.

지독한 절망의 순간, 라우딘스는 도박을 감행했다.

마침 라우딘스가 읽어낸 31번째 비문의 말뜻은 '무엇이든 뚫어버리는' 이었다. 라우딘스는 이 비문의 권능을 쥐어짜서 부정 차원에 구멍을 뚫었다.

부정 차원은 그 누구도 읽지 못하는 10,000개의 문자, 즉 만자비문으로 인하여 지탱되는 세계였다.

물론 몇몇 뛰어난 악마종들은 이 만자비문 가운데 일부 글자들을 읽어내어 마격 존재, 즉 군주급으로 승격하곤 하지만, 결국엔 그들도 만자비문 전체를 읽어내지는 못하고 종래에는 만자비문에 흡수되어 물거품처럼 녹아버리는 것이 현실이었다.

그리하여 만자비문은 결국 '그 누구도 읽지 못하는' 이라는 타이틀을 아직까지 지켜내고 있었다.

심지어 군주를 뛰어넘어 마신이 된 존재들도 새로운 만자비문을 읽어내는 데 실패하여 소멸하는 경우가 태반이었다.

'부정 차원은 만자비문으로 이루어진 세계이므로 내가 부정 차원 안에 머무는 동안에는 만자비문으로부터 도망칠 수 없으렷다.'

소멸을 앞둔 라우딘스가 이렇게 판단했다. 라우딘스는 '무엇이든 뚫어버리는' 권능을 발휘하여 부정 차원에 구멍을 냈다.


부정 차원 탈출 = 소멸하지 않음.


이것이 당시에 라우딘스가 기대하는 바였다.

라우딘스의 기대는 반은 맞고 반은 틀렸다.

라우딘스가 부정 차원을 벗어나 그릇된 차원으로 진입한 즉시 신체가 녹아버리는 현상은 중단되었다.

대신 또 다른 파탄이 드러났다.

일반적으로 부정 차원의 악마종들은 다른 차원으로 넘어가서도 능히 생존할 수 있었다. 하지만 격을 뛰어넘어 '마격'으로 올라선 최상위 악마종들은 오히려 부정 차원에 얽

매이는 기현상이 발생했다.

원인은 다음과 같았다.

부정 차원의 악마종들이 만자비문을 10개 이상 읽어내어 마격 존재로 승격한다는 것은, 그 악마종이 부정 차원에 열 가닥의 뿌리를 내리고 부정 차원과 한 몸체로 결합한다는 것을 의미했다.

이렇듯 차원과 결합함으로써 마격 존재들은 부정 차원 내에서 신적 권능을 발휘하는 것이 가능했다.

대신 여기에는 단점도 존재했다.

차원과 결합한 대가로 마격 존재들은 부정 차원을 떠나서는 살 수가 없었다. 나무가 흙을 떠나면 말라 죽는 것처럼, 물고기가 물을 떠나서는 살 수가 없는 것처럼, 부정 차원의 지배자인 마격 존재들은 부정 차원과 이미 한 몸으로 얽힌 터라 차원을 떠나서는 생존이 불가능했다.

물론 방법이 전혀 없는 것은 아니었다.

타 차원 안에 어마어마한 마법진을 설치하여 부정 차원의 기운을 듬뿍 끌어들인 다음, 그 환경 하에 마격 존재를 강림시키는 것은 '이론적'으로 가능했다.

다만 이 경우에도 시간 제약은 불가피했다. 대규모 마법진을 통해서 부정 차원의 환경을 유지하는 동안에만 마격 존재의 강림이 허용되었다.

안타깝게도 라우딘스에게는 이러한 환경이 갖춰지지 않았다. 라우딘스는 만자비문에 흡수당해 녹아버리는 것이 싫어서 부정 차원을 탈출하였는데, 역설적이게도 부정 차원을 떠났기 때문에 오히려 말라 죽게 생겼다.

라우딘스가 어금니를 꽉 깨물었다. 라우딘스는 발악을 하듯이 자신의 권능을 발휘하였다.

최상위 악마종이 의지를 일으키자 지하 깊숙한 곳에 파묻혀 있던 암석들이 저절로 땅 밖으로 튀어나왔다.

라우딘스는 그 암석들을 조각하여 1,000개의 악마종 조각상을 완성했다. 그런 다음 라우딘스는 조각상 속에 1,000 마리의 혼령들을 봉인해 놓았다.

이 혼령들은 그동안 라우딘스가 잡아먹은 다른 악마종들의 혼령이었다.

제3화
탈옥

## Chapter 1

이어서 라우딘스는 1,000개의 조각상을 특별한 방위에 배치했다. 이 조각상을 이용하여 마법진을 구축하겠다는 것이 라우딘스의 의도였다.

[그릇된 차원은 부정 차원과 아주 동떨어진 곳은 아니로다. 이곳 그릇된 차원에도 부정한 기운은 흐를 터, 부족하나마 이 밀봉마법진이 나를 위하여 부정 차원의 기운을 조금씩 모아줄 것이다.]

라우딘스는 이렇게 믿었다.

모든 안배를 마친 뒤, 라우딘스는 비석 속으로 스며들어 긴 동면에 들어갔다.

[오랜 시간이 흐른 뒤 부정 차원의 기운이 충분히 차오르면 그때 내가 다시 깨어나리라. 그리곤 나의 영혼을 담을 숙주를 찾아내어 영혼만이라도 살아남으리라.]

라우딘스는 원대한 계획을 세웠다.

결과는 실패였다.

라우딘스의 영혼은 비석 속에 잠드는 것과 동시에 빠르게 마모되었다. 라우딘스의 지능은 시간이 갈수록 퇴화되었다. 그러다 결국엔 라우딘스의 영혼은 사라지고 부정한 기운만 남게 되었다.

세월이 흘렀다.

마침 이 행성에 살고 있던 알블―롭 일족은 비석이 풍기는 옅은 기운으로부터 조금씩 영향을 받아 악마종을 섬기게 되었다.

그 후로 알블―롭 일족은 점점 더 번창하여 다른 행성으로 뻗어나갔다. 알블―롭의 선조들은 비석 속에 봉인된 최상위 악마종의 기운을 꺼내어 사용하지는 못하였으나, 이 비석과 조각상들로부터 많은 영감을 받았다.

그리고 또 시간이 흘렀다.

알블―롭 일족이 쇠락하면서 이곳 행성은 다른 종족의 손으로 넘어갔다. 그렇게 몇몇 종족들이 이곳 행성의 소유권을 번갈아가며 차지했다. 그러다 몇천 년 전부터는 셋뽀 일족이 행성의 지배자 자리를 넘겨받았다.

그 후로도 시간이 계속해서 흘렀다.

마침내 이탄이 이곳 유적지에 도착했다. 이탄은 고대 조각상들의 배치가 천랑회진의 토템 배치와 꼭 닮았다는 사실을 깨달았다.

이탄이 시험 삼아 1,000개의 조각상에 음차원의 마나를 불어넣어 보았다.

그 즉시 밀봉마법진이 발동했다. 비석 속에 봉인되었던 라우딘스의 기운이 폭발적으로 튀어나와 이탄을 덮쳤다.

독사가 똬리를 풀고 튀어나오는 것처럼 번쩍!

최상위 악마종은 본디 마격 존재이므로 그가 남긴 기운은 당연히 부정 차원과 맥락을 같이 했다.

그리고 그 부정 차원을 지탱하는 인과율이 바로 만자비문이었다.

최상위 악마종이 남긴 기운은 자연스럽게 이탄의 만자비문 속으로 녹아들어 만자비문과 하나가 되었다.

나무가 죽어서 흙으로 돌아가는 것처럼 자연스럽게.

강물이 흘러서 바다로 흘러가는 것처럼 당연하게.

그렇게 이탄은 라우딘스가 이 땅에 남긴 부정한 기운을 회수했다. 그 과정에서 라우딘스의 기억 한 가닥도 이탄의 뇌리에 전달되었다.

덕분에 이탄은 까마득한 고대에 벌어졌던 사건들을 파노라마 사진을 보는 것처럼 단숨에 습득했다.

라우딘스가 남긴 것은 비록 빛이 잔뜩 바랜 기억 한 가닥뿐이라 부정 차원에 대한 정보는 그리 많이 담겨 있지 않았다.

하지만 이탄은 그것만으로도 충분한 호기심을 느꼈다.

"햐아아. 이거 부정 차원이라는 곳이 더더욱 궁금해지는 걸."

이제 조금만 더 시간이 흐르면 이탄이 만들어 놓은 차원 이동 통로가 잘 익은 포도주처럼 완벽하게 숙성될 것이다. 이탄은 어서 그 날이 오기만을 학수고대하면서 검지로 자신의 콧방울을 슥슥 문질렀다.


이탄은 언령의 힘을 한 번 더 발휘했다. 이탄의 몸이 휘황찬란한 빛 입자로 변하는가 싶더니, 모래성이 허물어지는 것처럼 파스스 부서져 내렸다. 그와 동시에 키펀 성 인근의 숲속에는 영롱한 빛 입자들이 다시 나타났다. 이 입자들은 스르륵 재조립되어 이탄의 모습을 갖추었다.

이것이야말로 무한공의 권능.

이탄은 공간을 지배하는 언령의 힘으로 먼 거리를 뛰어넘어 키펀 성에 복귀했다.

이탄이 성문에 들어서자마자 검은색 복장에 검은 천으로 얼굴을 가린 전사들이 우르르 나타나 이탄을 포위했다.

[멈춰라.]

검은 전사들은 한 손에 둥글게 휜 칼을 들어 이탄에게 겨눴다. 다른 손으로는 검은 호리병의 주둥이를 꽉 움켜쥐었다.

이탄의 눈썹이 꿈틀 치솟았다.

하지만 이탄은 섣불리 손을 쓰지 않았다. 나름 에스더를 배려해서 참은 것이다.

[나는 너희들이 모시는 분의 손님이다.]

이탄은 에스더가 선물한 신분패를 보여주었다.

그 패를 보고서도 검은 전사들은 꿈쩍도 안 했다.

이탄이 다시금 눈을 찌푸렸다.

'잠시 유적지에 다녀온 사이에 무슨 사고라도 터졌나? 분위기가 왜 이래?'

이탄이 이런 의문을 품을 때였다. 검은 전사들 사이에서 은색 옷을 입은 사내가 뚜벅뚜벅 걸어나왔다.

사내의 이름은 셴.

그는 지난달 초에 대규모의 부양함 부대를 이끌고 에스테르와 레니를 추격하던 인물이었다. 또한 셴은 에스더의 충복들 가운데 한 명이기도 했다.

셴이 등장하자 검은 전사들은 옆으로 한 발 비켜서 길을 터주었다.

이탄은 깊은 눈빛으로 상대방을 응시했다.

셴도 탐색하듯이 이탄을 훑어보았다.

[이탄 님, 어딜 다녀오시는 게요?]

셴이 먼저 물었다. 셴의 뇌파에는 날이 바짝 서 있었다.

이탄은 엄지로 등 뒤를 가리켰다.

[요 며칠간 키펀 숲을 산책하러 다니는 중이오. 그쪽도 내가 성 밖을 나돌아다니는 것을 이미 알고 있었을 텐데?]


## Chapter 2

[하! 산책을 다녀오셨다?]

셴이 콧방귀를 뀌었다.

얼굴 표정만 보아도 지금 셴이 무슨 생각을 하고 있는지가 훤히 보였다. 셴은 이탄을 의심 중이었다.

'이자가 왜 이렇게 까칠하게 굴지?'

이탄의 눈빛은 한층 더 깊어졌다.

셴이 부하들에게 턱짓을 보냈다. 그러면서 이탄을 압박했다.

[이탄 님. 잠시 우리와 동행해줘야겠소. 알아볼 게 좀 있어서 말이오.]

셴의 말이 떨어지기 무섭게 검은 전사들이 포위망을 바짝 좁혔다.

이탄은 오래 참는 성격이 아니었다. 그는 폭력을 쓸 때 일말의 주저함도 없었다. 이탄이 달걀을 쥔 것처럼 손을 스윽 오므렸다.

검은 전사들은 금방이라도 이탄의 목에 칼을 들이밀 것처럼 발가락을 옴쭉거리며 이탄을 향해 조금씩 접근했다.

셴이 부하들 뒤편에서 신중한 눈으로 이탄을 노려보았다.

한순간, 도화선에 불이 붙었다.

빠악!

이탄이 벼락처럼 옆으로 몸을 날려 검은 전사 한 명의 두개골을 손바닥으로 내리찍은 것이다.

전사의 머리통이 산산이 박살 나면서 파편이 사방으로 튀었다.

[뭐, 뭐얏?]

다른 전사들은 순간적으로 이탄의 움직임을 놓쳤다.

오직 셴만이 이탄의 행적을 쫓아갔다. 셴이 곧바로 칼을 뽑았다.

[이놈.]

후왕!

셴의 칼에서 뿜어진 빛이 허공으로 솟구쳤다가 다시 직각으로 떨어지면서 이탄의 머리를 쪼갰다.

그때 이미 이탄은 셴이 노린 자리를 벗어난 상태였다.

[허억?]

셴이 기겁했다. 번쩍하고 사라진 이탄이 어느새 그의 코앞에 등장했기 때문이었다.

셴은 전면으로 뻗었던 칼을 빙글 돌려 역수로 잡았다. 그런 다음 칼을 수평으로 그어 이탄의 목을 찌르려 시도했다.

까앙!

셴의 칼이 중간에 차단되었다. 날카로운 금속성과 함께 시퍼런 불똥이 튀었다.

셴은 정신이 하나도 없었다. 그는 자신이 임기응변으로 휘두른 칼을 대체 뭐가 막았는지 제대로 보지도 못했다. 그저 칼이 박살 나고 자신의 손목뼈가 와그작 부서진 것만 느꼈을 뿐이었다.

손이 으스러지는 고통은 아무것도 아니었다. 그것보다는 목숨이 더 문제였다. 셴의 머릿속이 하얗게 탈색되었다.

'이러다 죽는다!'

섬뜩한 예감이 셴의 뇌리를 스치고 지나갔다.

[크왓.]

셴은 반사적으로 상체를 뒤로 젖혔다. 이탄의 손가락이 어느새 셴의 머리통이 머물던 자리로 파고들었다.

이탄의 손끝에 셴의 머리카락 일부가 걸려 투두둑 끊어졌다. 만약 셴의 반응이 조금만 늦었더라면 머리카락이 아니라 얼굴이 붙잡혀서 뭉그러질 뻔했다.

[반응속도가 제법이네.]

이탄이 가볍게 중얼거렸다. 이탄의 뇌파는 무덤덤해서 오히려 더 섬뜩했다.

[크윽. 이건 도대체…….]

셴이 이탄에게 무슨 말을 하려고 들 때였다. 셴의 머리가 앞쪽으로 휙 딸려갔다. 이탄은 무지막지한 힘으로 셴의 머리채를 잡아당기더니 손날로 셴의 목을 쳤다.

여기에 가볍게 툭 맞아도 사망이다. 이탄이 휘두른 손날에 적중당하는 순간, 셴의 모가지 따위는 단숨에 끊어져서 머리와 몸통이 분리될 판국이었다.

한편 셴의 부하들은 이탄과 셴이 싸우는 모습을 제대로 보지도 못했다. 그들은 아무것도 느낄 수 없었다. 검은 전사들의 동체시력으로는 이탄과 셴의 움직임을 따라갈 수가 없었기 때문이다.

드디어 이탄의 손날이 셴의 목을 끊으려는 순간이었다.

[어쩌다 언데드 님, 잠시만요.]

멀리서 에스더가 다급히 뇌파를 내질렀다.

[잠시만. 어쩌다 언데드 님, 잠시만 기다려 주세요.]

에스더는 저 먼 성탑 위에서 상체를 앞으로 쭉 빼고 이탄에게 뇌파를 보냈다.

우뚝.

이탄의 손날이 셴의 목 바로 앞에서 멈췄다.

하지만 손날이 만들어낸 풍압만으로도 셴의 피부가 수 센티미터 깊이로 찌그러졌다. 목뼈가 어긋났다.

[크왁.]

셴이 피를 토했다.

그때 에스더가 허공을 훌훌 날아 이탄 앞에 내려섰다. 에스더의 표정에는 다급한 기색이 역력했다.

[어쩌다 언데드 님, 공격을 멈춰주세요.]

[내가 왜 멈춰야 하지?]

이탄이 에스더에게 시선을 주었다.

[흡.]

에스더가 화들짝 놀랐다. 자신을 바라보는 이탄의 눈빛이 지독할 정도로 무감정해서였다.

사실 에스더도 어려서부터 눈빛이 차갑다는 소리를 자주 들었다. 그런데 지금 이탄의 눈빛은 거기에 비할 바가 아니었다. 이건 따뜻하다거나 차갑다는 판단을 할 수준이 아니라 일체의 감정이 배제된 느낌이었다.

'마치 죽은 자가 산 자를 바라보는 듯한 눈빛이야. 혹은 그게 아니라면 신이 미물들을 소멸시키기 전에 한 번 쳐다봐주는 듯한 눈빛이든가.'

이탄의 눈빛에 노출된 순간, 에스더는 자신이 미생물 수준으로 축소된 듯한 느낌을 받았다. 반면 이탄은 온 우주보다도 더 커지는 것 같았다.

에스더는 이탄의 앞에 서 있는 것만으로도 두 다리가 후들후들 떨렸다. 심장이 우뚝 멈추고 숨이 쉬어지지 않았다.

[아으으으.]

에스더가 파르르 몸서리를 쳤다.

이탄은 천천히 눈을 감았다가 다시 떴다.

그러자 에스더를 짓누르던 압박감이 비로소 해소되었다.


## Chapter 3

에스더는 꽉 막혔던 숨을 겨우 뱉어내었다.

[푸하—.]

이탄은 에스더에게 한숨 돌릴 여유를 준 다음, 무감정한 말투로 압박했다.

[이제 나를 말린 이유부터 해명해 보시지.]

[셴이 어쩌다 언데드 님께 무례를 범했다는 것은 잘 알아요. 그 점은 제가 대신 사과드릴게요.]

에스더가 갑자기 이탄에게 허리를 꾸벅 숙였다.

셴이 펄쩍 뛰었다.

[첫째 아가씨! 그러지 마십시오. 제가 벌인 일은 제 목숨으로 갚을 것이니 첫째 아가씨께서는 다른 이에게 허리를 숙이실 필요가 없습니다.]

에스더가 버럭 화를 냈다.

[닥쳐라. 셴. 너는 지금부터 단 한 마디도 하지 말라.]

[윽.]

에스더의 서릿발과도 같은 호통에 셴이 목을 움츠렸다.

단숨에 셴의 입을 막은 뒤, 에스더는 다시 이탄을 돌아보았다.

[어쩌다 언데드 님, 제가 다 설명을 드릴게요. 사실 어쩌다 언데드 님께서 키핀 숲으로 산책을 나가신 동안에 큰일이 터졌어요. 그것 때문에 셴이 성 안팎을 샅샅이 뒤지다가 그만 어쩌다 언데드 님께 무례를 범하게 된 거예요.]

이탄이 가만히 보니 에스더의 얼굴에는 수심이 가득했다.

[큰일이라고?]

[네. 코후엠. 그가 감쪽같이 사라졌지 뭐예요.]

에스더의 이야기는 충격적이었다.

대체 코후엠이 누구인가. 그는 저 막강한 리종 일족이었다.

에스더 등이 리종 일족을 강제로 납치했다는 사실이 외부에 알려지는 즉시 셋뽀 일족의 운명은 끝장난 것과도 같았다. 당장 리종의 초강자들이 쳐들어와서 셋뽀 일족을 쥐잡듯이 잡아 죽여도 할 말이 없었다.

이탄도 비로소 사태의 심각성을 인지했다.

[확실히 보통 일은 아니군. 그런데 꽁꽁 갇혀 있던 코후엠이 어떻게 탈옥했을까?]

[아아아. 그걸 모르겠어요. 게다가 아직까지 코후엠의 종적도 찾지 못했어요. 지금 부하들을 닦달해서 키펀 성 일대를 샅샅이 뒤지는 중인데, 아직까지 얻은 성과가 없어요. 어떻게든 코후엠을 다시 붙잡아야 해요. 만약 그가 휴대용 플래닛 게이트라도 구해서 이 행성을 탈출하기라도 한다면! 아아아아아.]

에스더가 발을 동동 굴렀다. 어찌나 다급했던지 평소의 냉철하던 에스더의 모습은 사라지고 없었다. 심지어 에스더의 눈에는 그렁그렁 눈물이 차올랐다. 에스더가 재빨리 고개를 옆으로 돌리고는 손바닥으로 눈물을 닦아내었다.

이탄은 가만히 고개를 주억거렸다.

'그래서 셴과 그의 부하들이 나에게 칼을 겨눴구나. 혹시라도 내가 코후엠을 탈옥시켰나 싶어서 조사하려 든 거야.'

당연히 이탄은 범인이 아니었다. 오히려 이탄이야말로 코후엠을 붙잡아 에스더에게 넘긴 장본인이었다.

에스더도 이탄만큼은 믿었다. 왜냐하면 코후엠이 무사히 행성 밖으로 도망친 뒤 리종 일족을 이끌고 다시 쳐들어온다면, 셋뽀 일족만큼이나 이탄도 위험해지기 때문이었다.

아니, 어쩌면 리종 일족은 셋뽀보다도 이탄을 더 먼저 찾으려고 들지도 몰랐다. 어쨌거나 코후엠에게 해코지를 한 장본인은 이탄이니까.

이탄이 에스더에게 물었다.

[키펀 성에 머무는 9명의 영주들은 조사했을까?]

[일단 영주들도 방에 구금해 놓았어요. 혹시라도 영주들 중에 행적이 수상한 자가 발견되면 가만 두지 않을 거예요.]

에스더는 눈을 시퍼렇게 빛냈다.

이탄이 거듭 질문했다.

[혹시 에스테르와 레니, 그리고 그녀들을 따르는 호위대

는 조사했소?]

[그들 모두 격리된 채 감옥에 갇혀 있어요. 부하들을 시켜서 확인했어요.]

에스더가 곧바로 대답했다.

사건이 터지자마자 에스테르와 레니를 조사했다는 것은, 바꿔 말해서 에스더가 두 동생을 의심하고 있다는 반증이었다.

그러면서도 에스더의 마음 한구석에는 에스테르와 레니를 믿는 마음도 상존했다.

'설마 에스테르와 레니가 그 정도로 멍청하진 않겠지. 코후엠이 탈출하면 셋뽀 일족 전체가 위험해지는데 그들이 그런 짓을 하지는 않았을 거야.'

이상이 에스더의 판단이었다.

이탄은 고개를 숙이고 잠시 고민했다.

'과연 누가 코후엠을 도왔을까?'

코후엠은 이탄에게 얻어맞아 기절한 상태였다. 그 혼수상태가 하루아침에 풀릴 리는 없었다. 그러니까 외부에서 누군가가 코후엠을 도운 것이 분명했다.

이제부터 그걸 찾아야 했다. 이탄이 본격적으로 나섰다.

[일단 코후엠을 가뒀던 곳부터 가봅시다.]

[어쩌다 언데드 님께서 도와주시게요?]

에스더는 한 줄기 희망의 빛을 발견한 듯이 반색했다.

이탄이 툭 던지듯 대꾸했다.

[돕고 말고가 뭐가 있소. 어차피 이번 일에는 나도 엮여 있는데.]

그 말을 듣자마자 에스더가 울상을 지었다.

[아아아! 죄송해요. 어쩌다 언데드 님께서 괜히 제 의뢰를 받았다가 피해를 입게 생겼네요.]

이탄은 고개를 가로저었다.

[흥. 내게 피해가 올지 말지는 아직 모르는 일이지. 그러니 미리부터 미안해할 필요 없소. 일단 코후엠이 갇혀 있던 곳부터 조사합시다.]

[네. 바로 안내할게요.]

에스더가 걷는 속도를 높였다.

이탄은 성큼성큼 그 뒤를 따랐다.


코후엠이 갇혀 있던 곳은 지하 감옥에서도 가장 깊숙한 독방이었다.

이탄이 도착했을 때, 감방 문은 형편없이 우그러져 덜렁거리는 모습 그대로 방치되어 있었다. 또한 독방의 침대 위에는 코후엠의 팔다리를 묶어놓았던 두툼한 금속 수갑이 반쯤 뜯겨나간 채 아무렇게나 나뒹굴었다. 독방 입구에는 코후엠을 지키던 전사 2명이 쓰러져 있었는데, 2명 모두 경동맥이 거칠게 뜯겨나가 선혈을 낭자하게 흘렸다. 당연히 이들은 모두 숨이 멎은 상태였다.

에스더가 분통을 터뜨렸다.

[크윽. 제가 오늘 오전에 부하들로부터 코후엠의 탈옥 소식을 듣고 달려와 봤을 때는 이미 이 상태였어요.]

[어디 한번 봅시다.]

이탄은 가까이 다가가 우그러진 문부터 세심하게 살폈다.

## Chapter 4

이어서 이탄은 강제로 뜯겨나간 수갑과 바닥에 쓰러져서 죽은 전사 2명의 상처도 들춰보았다.

에스더는 이탄이 결론을 내리기를 묵묵히 기다렸다. 에스더의 등 뒤를 셴과 검은 전사들이 단단한 철벽처럼 둘러싸 호위했다.

잠시 후 이탄이 고개를 치켜들었다.

에스더는 일말의 기대를 품고 물었다.

[어쩌다 언데드 님, 무언가를 발견했나요?]

[글쎄.]

이탄은 고개를 가로저었다. 두 손으로 무릎을 짚고 천천히 일어선 이탄의 시선이 에스더에게로 향했다.

[그것보다 투론의 상태는 어떻지? 그도 탈출한 거요?]

[아뇨. 투론은 다른 쪽의 독방에 가둬두었는데, 다행히 도망치지 못했어요. 그러고 보면 코후엠 그자는 부하도 버리고 저 혼자만 살겠다고 도망친 거죠.]

에스더가 코후엠을 비난했다.

이탄이 다시 물었다.

[혹시 투론으로부터 자백을 받은 바가 있소?]

[없어요. 코후엠의 탈출 사실을 알게 된 직후, 저는 영혼을 컨트롤하는 자들을 투입하여 투론을 집중적으로 조사해 보았거든요. 그런데 투론은 이번 탈출 사건에 대해서 아는 바가 전혀 없더라고요.]

[이런. 쯧쯧쯧.]

이탄은 가볍게 혀를 차고는 잔뜩 구겨진 문짝 앞에 다시 쪼그려 앉았다. 이탄은 손가락으로 파손된 철문을 더듬었다.

그 손끝에 미세하게 반응이 왔다.

'이곳에서 공간 계열의 마법이 발휘되었구나. 언령에 반응이 와.'

이탄이 보유한 무한공의 언령이 파손된 부위에 반응을 보였다. 한데 반응이 또렷하지는 않았고 미미한 기척이 감지될 뿐이었다.

이유는 뻔했다.

'아마도 공간 마법의 수준이 떨어지는 탓일 테지. 부족한 수준의 공간 마법에 괴력이 더해져서 이 철문을 우그러뜨린 거야. 칼이나 도끼와 같은 무기는 사용하지 않았어. 이건 그냥 손으로 뜯어낸 것이 분명해.'

반쯤 뜯어진 금속 수갑에서도 이와 유사한 기운이 풍겼다. 이탄은 손바닥으로 입가를 덮고 슥슥 문질렀다.


[어쩌다 언데드 님, 제가 도와드릴 일이 있을까요?]

에스더가 이탄에게 조심스럽게 뇌파를 보냈다.

이탄은 에스더에게만 들리도록 뇌파를 조절했다.

[첫째, 코후엠이 갇혀 있는 장소를 알고 있는 자. 둘째, 신체변형을 통해 괴력을 발휘할 수 있는 자. 셋째, 공간 계열의 마법을 익힌 자. 이상 세 가지 조건을 모두 만족하는 자부터 조사하면 좋겠는데.]

이탄이 내건 조건 가운데 첫 번째와 두 번째는 에스더도 염두에 둔 바였다. 에스더는 이미 심복들을 부려서 첫 번째와 두 번째 조건에 부합하는 용의자들을 색출했다. 다만 그

숫자가 20명 가까이 되어서 골치가 아플 뿐이었다.

한데 여기에 공간 계열의 마법을 익혔다는 조건을 더한다면?

[알았어요. 그 세 가지 조건을 모두 만족하는 자라면 용의자를 한두 명으로 좁힐 수 있을 것 같네요.]

에스더가 등을 확 돌려 셴을 불렀다.

[부르셨습니까?]

셴이 미끄러지듯 다가와 에스더의 명을 경청했다.

에스더가 셴에게 속닥거렸다.

그 즉시 셴이 칼을 뽑아들고 직접 움직였다. 셴의 부하들도 검은 천 사이에서 섬뜩한 눈빛을 내뿜으며 키펀 성으로 뛰어올라 갔다.

이탄은 셴의 뒷모습을 의미심장하게 쳐다보았다.

'셴이라는 자가 직접 나설 수밖에 없겠지. 신체변형에 공간 계열 마법을 동시에 발휘할 수 있다면 용의자가 귀족이라는 뜻이잖아? 그러니까 서리를 판매하는 뱀 님이 셴을 투입할 수밖에 없어. 그런데 과연 셴이 용의자를 제대로 잡을 수 있을까?'

이탄은 셴에게 향했던 시선을 다시 에스더에게 돌렸다.

에스더는 심각한 표정으로 감옥을 벗어났다.

이탄은 어슬렁어슬렁 그 뒤를 따랐다.

[어, 춥다.]

감옥 계단을 오르면서 이탄은 여우털 목도리를 바짝 잡아당겨 입까지 가렸다.

이걸 보면 습관이라는 게 참 무서웠다. 사실 이탄은 더이상 여우털 목도리에 의존할 필요가 없었다. 혈적으로 목의 흉터를 완벽하게 감춘 덕분이었다.

그럼에도 불구하고 이탄은 어지간하면 목도리를 벗지 않았다. 틈만 나면 "어, 춥다"라고 중얼거리는 습관도 아직까지 그대로였다.

에스다가 이상하다는 듯이 이탄을 돌아보았다.

[어쩌다 언데드 님, 추우세요?]

[아니, 아니. 신경 쓰지 마쇼. 그냥 해본 소리니까.]

이탄은 황급히 도리질을 했다.

[그런가요?]

에스더도 어깨를 한 번 으쓱하고는 더 이상 신경 쓰지 않았다.

이탄과 에스더가 감옥을 벗어나 키펀 성 내부로 올라갔을 때였다. 초록색 옷을 입고 초록 망토를 두른 귀족 한 명이 심각한 표정으로 서서 에스더를 맞았다. 이 귀족의 주변을 검은 전사들이 빙 둘러싼 모습이었다.

[첫째 아가씨······.]

초록 망토의 귀족이 떨리는 뇌파로 에스더를 불렀다.

에스더는 상대방을 꿰뚫듯이 노려보았다. 그런 다음 느닷없이 셴을 찾았다.

[셴은 어디에 있느냐?]

이 질문은 초록 망토의 귀족에게 한 것이 아니었다. 검은 전사 가운데 한 명이 앞으로 나와 무릎을 꿇고 대답했다.

[니라과 님을 찾으러 갔습니다.]

[대체 니라과가 어디에 있기에 셴이 찾아다녀야 한단 말이냐? 당장 니라과를 내 앞에 대령하지 못할까.]

에스더가 발을 쾅 굴렀다.

돌을 깎아 만든 바닥에 거미줄처럼 금이 쩍쩍 갔다. 에스더의 등 뒤에서는 서릿발과 같은 기세가 삼엄하게 뻗었다. 부챗살처럼 둥글게 퍼진 그 기세는 후광처럼 에스더를 비추었다.


## Chapter 5


검은 전사가 언급한 니라과는 키펀 숲의 동쪽 지역을 다스리는 9명의 영주 가운데 한 명이었다. 그는 신체변형과 공간 계열 마법에 정통한 귀족이기도 했다.

또한 지금 검은 전사들에게 둘러싸여 있는 초록 망토의 귀족 스콜도 니라과와 마찬가지로 신체변형과 공간 계열 마법에 특화된 귀족이었다.

조금 전 셴과 그의 부하들은 에스더의 지엄한 명을 받아 이 두 귀족을 체포하기 위해 움직였다.

그런데 두 귀족 가운데 스콜은 곧바로 연행이 되었는데, 니라과의 행적은 묘연했다.

이것은 니라과가 감히 에스더의 명을 거역했다는 뜻이었다.

코후엠의 탈옥 사실을 보고받은 즉시 에스더는 9명의 영주들에게 꼼짝도 하지 말고 그 자리에 대기하라고 명령했다.

한데 니라과는 그 명을 어기고 어디론가 사라져버렸다. 에스더의 분노한 눈동자가 스콜에게로 향했다.

스콜이 애써 뇌파를 가다듬어 질문했다.

[첫째 아가씨, 저를 연행하신 이유를 여쭙겠습니다.]

[스콜. 연행의 이유를 지금 내게 묻는 것이더냐? 네가 저지른 짓부터 먼저 자백해야 하는 것 아니냐?]

에스더의 눈에서 뿜어진 새하얀 뇌전이 공기를 쩌저적 얼리면서 스콜에게 뻗었다.

스콜은 손바닥을 벌려 둥근 원을 그렸다. 그러자 공간이 와그작 일그러지면서 에스더의 뇌전이 옆으로 비껴갔다.

[네가 감힛!]

스콜이 반격하자 에스더가 진짜로 분노했다. 에스더의 머리카락이 하늘로 솟구쳐서 마구 펄럭거렸다.

스콜은 황급히 에스더 앞에 한쪽 무릎을 꿇었다.

[첫째 아가씨의 공격을 회피한 것은 저의 잘못입니다. 그에 대한 벌은 마땅히 받겠습니다. 하오나 우선 저를 체포하신 이유부터 알려주시고 그 다음에 벌을 내려주십시오. 저는 정말이지 연행을 당한 이유를 모르겠습니다.]

[몰라? 네가 감히 우리 셋뽀 일족을 배신하고 일족 전체를 위험에 빠뜨리고도 변명으로 일관한단 말이냣?]

쩌저저적!

에스더의 눈에서 새하얀 뇌전이 다시 방출되었다. 그 뇌전에 스치는 모든 것들이 그대로 얼어붙었다.

[크윽.]

스콜이 옆으로 뒹굴어 에스더의 공격을 피했다. 하지만 스콜의 의도와 달리 미처 다 피하지 못한 탓에 그의 오른팔이 꽝꽝 동결되었다. 결국 스콜은 팔뚝 전체를 구릿빛 금속으로 변형시켜서 얼음을 깨뜨려야만 했다.

스콜이 대응방법을 달리하자 에스더가 발을 쾅 굴렀다.

[하! 네가 정녕 계속 해보자는 뜻이냐?]

[첫째 아가씨, 그런 것이 아닙니다. 단지 저는 외부로부

터 공격을 받으면 저절로 신체가 변형하는 특성을 지녔을 뿐이옵니다.]

[닥쳐라.]

에스더는 스콜의 변명을 듣지 않았다. 에스더가 입술을 꾹 깨물었다. 그러면서 양손을 어깨 높이로 들었다.

츠츠츠츠—.

에스더 두 손에 새하얀 빛이 구 형태로 모여들었다.

빛의 구 주변에는 새하얀 번개가 마구 뛰놀았다. 빛의 구로부터 무시무시한 파괴력이 뿜어져 나왔다.

쩌저저저적! 쩌저적!

검은 전사들이 그 힘을 견디지 못하고 멀찍이 거리를 벌렸다.

[첫째 아가씨.]

스콜의 안색도 하얗게 질렸다. 에스더가 본격적으로 손을 쓰면 스콜의 능력으로는 감히 감당할 수 없었다.

에스더가 양손에 응집한 빛의 구를 스콜에게 방출하려 할 때였다. 키펀 숲 저 먼 곳의 하늘이 보라색으로 번쩍 물들었다.

저 보랏빛 섬광은 에스더의 광역탐지마법에 무언가가 탐지되었다는 점을 의미했다. 에스더가 으르렁거렸다.

[크으으. 설마 니라과가 저곳까지 도주했단 말인가?]

다들 지켜보는 가운데 하늘이 다시 한번 보라색으로 물
들었다. 조금 뒤에도 몇 차례나 번쩍 번쩍 보랏빛이 명멸을
거듭했다.

이렇게 잦은 빈도로 보랏빛이 번뜩인다는 것은, 저 하늘
아래서 누군가가 마법을 마구 난사하며 싸우는 중이라는
뜻이었다.

그게 누구일지는 뻔했다.

[니라과, 이노옴. 거기로 도망쳤구나.]

에스더는 양손에 응집했던 빛의 구를 다시 흩어놓았다.
대신 손가락으로 허공에 하얀 마법진을 그려 공간 마법을
준비했다.

눈 깜짝할 사이에 마법진이 완성되었다. 에스더의 주변
수십 미터 영역은 투명한 공기방울로 뒤덮였다.

이 공기방울 덕분에 주변 풍경이 꿀렁꿀렁 일그러져 보
였다. 이탄은 에스더의 공간 마법을 흥미롭게 관찰했다.

'호오? 제법인데?'

비록 이탄은 고체계 애니마 가운데 금속 계열과 흙 계열
을 제외한 나머지 마법에는 젬병이었고, 공간 마법에 대해
서도 아는 바가 전혀 없지만, 대신 그는 공간을 지배하는
언령의 주인이었다. 이탄의 눈에는 지금 에스더가 펼치는
공간 마법의 수준과 구성 원리가 훤히 들여다보였다.

물론 구성 원리를 들여다본다고 해서 이탄이 에스더의 공간 마법을 훔쳐 배울 수 있는 것은 아니었다. 이탄의 마법적 재능이 워낙 형편없는 터라 원리를 알아봤자 모방해서 구현해 볼 여지도 없었다.

대신 파훼는 가능했다. 이탄은 손가락 하나만 까딱해도 에스더의 공간 마법쯤은 손쉽게 와해시킬 역량이 되었다.

이탄도 이 점을 깨닫고는 빙그레 웃었다.

이탄이 흥미롭게 지켜보는 가운데 에스더의 마법이 완성되었다. 놀랍게도 에스더는 10 킬로미터도 넘게 떨어진 곳까지 연결되는 공간의 통로를 단숨에 뚫었다. 그리곤 그 통로로 진입하여 단숨에 공간을 뛰어넘었다.

그것도 에스더 본인만 공간 이동을 한 것이 아니었다. 그녀는 주변의 모든 인물들까지 함께 데리고 공간을 점프했다.

당연히 스콜이나 이탄도 공간 이동에 포함되었다.


## Chapter 6

울창한 숲 한복판에 커다란 공기방울이 불쑥 나타났다.

파앗!

그 공기방울이 찢어지면서 에스더를 포함한 수십 명이 땅바닥에 착지했다.

갑작스런 에스더의 등장에 비명이 터졌다.

[어헉? 첫째 아가씨.]

비명을 지른 자는 늘씬한 체격의 미남자인 니라과였다.

니라과는 키펀 숲의 동부를 다스리는 9명의 영주 가운데 한 명이자 숲의 수호자였다. 그에 걸맞게 니라과는 격식을 갖춘 예복을 입었고, 등에 초록색 망토를 둘렀으며, 양손에는 붉은빛이 감도는 장갑을 끼고 있었다.

니라과는 외모가 단정하고 준수할 뿐 아니라 나이도 젊어 보여서 셋뽀 일족 귀부인들의 선망을 한 몸에 받곤 했다.

물론 이것은 겉모습일 뿐, 실제로 니라과의 나이는 상당히 많았지만 말이다.

에스더가 강한 분노를 터뜨렸다.

[니라과. 내 너만은 믿었거늘, 네놈이 감히 일족을 배신해?]

[첫째 아가씨…….]

니라과가 곤혹스러운 듯 입술을 깨물었다. 에스더의 기세에 밀린 니라과는 자신도 모르게 뒷걸음질을 쳤다.

하지만 이미 퇴로는 차단된 상태.

에스더의 심복인 셴이 칼을 뽑아들고 니라과가 후퇴할 만한 곳을 막아섰다. 셴의 칼에서는 눈부신 광채가 줄기줄기 뿜어져 나왔다.

[크윽.]

니라과가 주춤했다.

에스더는 니라과를 사납게 다그쳤다.

[누구의 사주를 받았더냐? 리종 일족의 사주를 받아 우리 셋뽀 일족의 등에 칼을 꽂은 것이더냐? 아니면 부이부 일족이냐? 그도 아니라면 허황되게 독립을 주장하는 자들에게 동조하여 부화뇌동한 것이냐?]

[으으읏. 첫째 아가씨.]

니라과의 동공이 파르르 흔들렸다.

[어서 자백하지 못할까.]

에스더가 압박과 동시에 니라과를 향해 성큼 발을 내디뎠다. 에스더의 양손에는 어느새 하얀 빛이 모여들어 구체를 형성했다.

빠지직! 빠카카카캉!

새하얀 구체의 주변에 냉기를 풀풀 풍기는 백색의 뇌전이 뛰놀았다.

그와 보조를 맞추기라도 하는 것처럼 셴의 검에 어린 광채는 무려 수십 미터 높이로 솟구쳤다.

궁지에 몰린 니라콰가 발작하듯이 소리쳤다.

[일족을 궁지에 몰아넣으시는 분은 제가 아니라 첫째 아가씨이십니다. 부이부 일족의 알을 강탈해 오시다니요. 거기다 어린 리종까지 납치하시다니요. 장차 이 일을 어찌 감당하시려 하십니까? 부이부나 리종 일족이 분노하면 우리 셋뿐 일족은 끝장입니다. 우리가 그들을 어찌 감당하겠습니까?]

[닥쳐라. 우리는 상족인 기브흐의 도구이니라. 기브흐 분들의 명에 따라 부이부의 알을 구하고 어린 리종을 체포한 것은 우리 일족이 마땅히 해야 할 임무란 말이다. 우리가 우리의 임무를 다하면 뒷일은 상족께서 감당해주실 터, 너는 부이부와 리종 일족은 두려워하면서 상족인 기브흐는 우습게 보는 것이더냐?]

에스더가 피를 토하듯이 외쳤다.

사실 이 외침은 니라콰를 꾸짖는 것뿐만이 아니라 에스더 자신을 향한 채찍질이기도 하였다. 이탄의 눈에는 안에서부터 썩어 문드러져가는 에스더의 속마음이 훤히 보였다.

에스더는 지금 니라콰를 향해서 [우리는 기브흐의 도구에 불과하니 기브흐의 명령만 따르면 되고, 그 뒷감당은 기브흐 일족이 해주실 것이다.]라고 윽박질렀지만, 사실 그녀의 마음속에는 기브흐 일족에 대한 불신이 이미 싹을 틔웠다.

'부이부와 리종 일족이 우리 셋뽀 일족을 향해서 분노를 터뜨릴 때 기브흐 일족이 모르는 체하면 어떻게 하지? 상족의 분들은 왜 꾸물거리는 거야? 하루빨리 부이부의 알과 어린 리종을 데려가야 마음이 놓일 텐데.'

요새 에스더의 머릿속에는 늘 이 생각뿐이었다. 에스더는 이런저런 걱정에 밤잠을 설쳤다.

니라과가 반박했다.

[첫째 아가씨. 지금 우리가 상족의 도구라고 하셨습니까? 그렇다면 상족도 마땅히 도구를 아껴주어야 하는 것 아닙니까?]

[뭣이?]

[첫째 아가씨께서 상족 분들의 명령에 따라 부이부의 알을 구해오고, 또 어린 리종 일족을 납치한 것은 상족 입장에서는 참으로 가상한 일일 것입니다. 하지만 우리 셋뽀 일족의 입장에서 이것들은 참으로 위험한 임무였습니다. 그럼 이 위험한 임무의 내용이 밖으로 새어나가지 않도록 극비에 부쳐져야 하는 것 아닙니까?]

[당연히 극비를 유지해야지. 그러니까 내가 직접 나서서 네놈과 스콜의 입을 막고자 하는 것이 아니더냐. 이번 임무

가 밖으로 새어나가지 않도록 말이다.]

에스더의 눈가에 진득한 살기가 감돌았다.

니라과는 처연하게 고개를 흔들었다.

[첫째 아가씨. 이미 늦었습니다.]

[뭐?]

[이미 주변 행성에 첫째 아가씨가 벌이신 일들이 퍼져나
갔단 말입니다.]

[뭐뭣? 네놈이 지금 뭐라 하였느냐?]

에스더가 충격을 받아 휘청거렸다.

셴도 놀랐는지 두 눈을 부릅떴다.

니라과가 절규하듯 뇌파를 쏟아내었다.

[저와 스콜이 이번 일을 퍼뜨린 것이 아닙니다. 좀 더 정
확하게 말씀드리면, 저와 스콜은 우리 셋뽀 일족의 독립을
주장하는 무리에 가담하지도 않았습니다. 그런데 저는 어
제 타행성에 파견을 나가 있는 부하들로부터 놀라운 이야
기를 듣게 되었습니다. 셋뽀 일족이 간이 부어서 부이부의
알을 강탈해왔다. 심지어 셋뽀 일족은 어린 리종도 납치했
다더라. 이런 소문이 지금 여러 행성에 빠르게 퍼지고 있다
는 보고를 들었단 말입니다.]

[거짓말!]

에스더가 벼락처럼 달려들어 니라과의 멱살을 잡았다.

[이놈. 거짓말 하지 마라. 거짓말 하지 말라고.]

에스더는 상대의 멱살을 쥐고 미친 듯이 앞뒤로 흔들렸다.

니라과가 고뇌에 가득한 눈으로 에스더를 올려다보았다.

[첫째 아가씨. 제가 왜 거짓말을 하겠습니까? 아가씨께서 다시 한번 잘 생각해 보십시오. 우리 셋뽀 일족 가운데 그 어느 미친놈이 이 엄청난 비밀을 외부에 누설하겠습니까? 그 즉시 우리 일족이 멸망할 텐데요.]

[으으읏.]

에스더가 이빨을 꽉 물었다.

콰콰쾅!

니라과의 주장을 듣는 순간 에스더의 뇌리에는 천둥이 내리꽂혔다. 불길한 예감에 온몸이 덜덜 떨렸다.


## Chapter 7

니라과가 절규를 계속했다.

[첫째 아가씨, 그렇다면 과연 누가 부이부의 알과 어린 리종의 이야기를 퍼뜨렸겠습니까? 우리 셋뽀 일족이 아니라면, 이 극비 임무를 알고 있는 자들이 세상에 누가 있습

니까? 심지어 저희들 숲의 수호자들도 이번 일에 대해서는 알지 못하였습니다. 세상에 이 일을 알고 있는 자들은 다름 아닌 기브흐뿐입니다. 기브흐뿐!]

[으으으웃. 아니야. 그럴 리가 없어.]

에스더는 붉게 충혈된 눈으로 니라과를 노려보았다.

에스더가 손에 힘을 주자 니라과는 숨통이 꽉 막혔다. 니라과의 이마에 혈관이 불거졌다. 그 꼴을 당하면서도 니라과는 끝까지 주장을 멈추지 않았다.

[크흐흐흑. 첫째 아가씨. 제발 정신 차리십시오. 그리고 지금도 늦지 않았습니다. 일이 더 커지기 전에 리종 일족을 풀어주고, 부이부의 알도 다시 부이부 일족에게 돌려주어야 합니다. 그것만이 우리 셋뿐 일족이 살 길입니다.]

[닥쳐라. 만약에 내가 네놈의 말대로 한다고 치자. 부이부의 알을 돌려주고 어린 리종을 풀어준다고 치잔 말이다. 그렇다면 상족의 분노는 누가 감당한단 말이냣? 누가?]

에스더가 잔뜩 갈라진 뇌파로 외쳤다.

니라과의 눈에서 피눈물이 흘렀다.

[크흐흐흑. 상족은 이미 우리 셋뿐 일족을 버렸습니다. 우리가 상족의 명령을 따르건 따르지 않건, 그들은 이미 우리를 버렸단 말입니다.]

[닥쳐. 절대 그럴 리 없어. 크으윽. 니라과 이 배신자 노

옴. 네놈이 감히 일족을 배신하고도 모자라 교활한 이야기로 나를 기만하려 들어?]

에스더의 분노는 극단으로 치달았다. 에스더는 오른손으로 니라과의 멱살을 잡은 채 왼손을 번쩍 들었다.

빠카카카캉!

에스더의 왼손에 뭉친 새하얀 구가 더욱 밝게 타올랐다. 구의 주변에는 백색의 얼음벼락들이 미친 듯이 응집되었다. 에스더는 그 구를 내리찍어 니라과의 머리통을 단숨에 박살내려고 들었다.

바로 그 타이밍에 이탄이 갑자기 몸을 날려 오른쪽 숲으로 뛰어들었다.

꽈아앙!

두꺼운 철벽이 깨지는 듯한 소리가 먼저 터졌다.

[크흡!]

그 속에 뒤섞여서 답답한 신음이 뒤따랐다.

울창한 나뭇가지를 온몸으로 들이받아 뚫으면서 덩치가 큰 괴한이 수풀 속에서 튕겨져 나왔다. 괴한은 흙과 나뭇잎으로 범벅이 된 모습으로 날아와 무려 수십 미터를 데굴데굴 굴렀다.

그의 정체는 다름 아닌 코후엠이었다.

[코후엠?]

에스더의 눈이 휘둥그레졌다.

하지만 곧 이어서 에스더의 눈이 훨씬 더 커졌다.

[아니, 넌 레니가 아니냐?]

어찌나 놀랐던지 에스더는 니라과의 멱살을 스르륵 놓아주었다.

그럴 만도 한 것이, 지금 코후엠의 우악스런 손아귀에는 에스더의 동생인 레니의 목줄기가 붙잡혀 있었다.

에스더가 니라과의 흔적을 쫓아서 추격해오기 전, 검은 전사들은 분명히 그녀에게 보고를 올렸다. 에스더의 두 동생인 에스테르와 레니는 지하 감옥 안에 안전하게(?) 갇혀 있다고 말이다.

한데 키펀 성 지하 감옥에 있어야 할 레니가 적의 손아귀에 붙잡혀 있는 것이 아닌가! 레니는 두 눈을 꼭 감은 채 숨만 쌕쌕 몰아쉬었다.

[크우욱. 제기랄. 퉤에.]

코후엠이 바닥에 침을 탁 뱉었다.

사실은 침이 아니라 핏덩어리였다. 그것도 그냥 피가 아니라 내장이 뒤섞인 피였다.

코후엠의 가슴과 옆구리는 움푹 함몰되어 있었는데, 찢어진 피부 사이로 하얀 뼛조각들이 둥그러져 나왔다.

코후엠은 한 손으로 레니의 목을 잡고는 힘겹게 몸을 일으켰다. 그런 다음 거칠게 숨을 몰아쉬었다.

[크후욱, 크후욱. 크후욱. 후우우우우. 이제야 좀 호흡이 되는군. 정말 괴물 같은 놈이야.]

코후엠이 진저리를 쳤다. 그러면서 코후엠은 좌우로 목을 한 번씩 꺾었다. 그때마다 코후엠의 목에서 우두둑 우두둑 소리가 났다. 코후엠이 언급한 '괴물'이란 다름 아닌 이탄을 지칭하는 말이었다.

마침 이탄이 부러진 나뭇가지를 헤치며 숲에서 걸어 나왔다.

조금 전까지만 해도 코후엠은 포로로 붙잡은 레니와 함께 수풀 아래쪽 땅 속에 몸을 숨기고 있었다. 코후엠이 몸을 숨긴 위치는 에스더가 니라과의 멱살을 잡은 곳으로부터 120 미터가량 떨어진 곳이었다.

한데 이탄은 이 먼 곳에 숨은 코후엠의 기척을 눈치채었다.

이탄이 단숨에 코후엠에게 달려들었다. 이탄이 100 미터 이상을 날아와 대지에 발을 쾅 내리찍자 땅거죽이 뒤집혔다. 순간적으로 모레툼 교단 특유의 지둔의 가호가 발휘되면서 땅 속 깊은 곳까지 폭발력이 파고들었다.

콰앙!

지둔의 가호가 땅속에서 강하게 폭발했다.

[으헉?]

코후엠은 두더지처럼 땅속에 숨어 있다가 깜짝 놀라서 튀어나왔다.

직후, 이탄의 주먹이 코후엠에게 날아들었다.

이탄의 공격이 어찌나 빨랐던지 코후엠은 주먹이 날아오는 장면을 제대로 보지도 못했다. 그저 감각으로 상대의 공격을 느끼고는 반사적으로 몸을 비틀어 피했을 뿐이었다.

솔직히 말해서 피하는 것마저도 코후엠의 뜻대로 되지 않았다. 코후엠은 자신의 의지와 상관없이 이탄의 주먹에 가슴과 옆구리 사이를 내주게 되었다.

뼈억!

충돌의 순간 코후엠의 갈비뼈가 수백 토막으로 부러졌다. 내장도 터져버렸다.

그리고 나서도 코후엠의 몸뚱어리는 이탄의 주먹이 전달한 힘을 다 해소하지 못했다. 결국 코후엠은 무려 100 미터 이상을 날아와 에스더의 앞에 거칠게 나뒹구는 신세가 되었다.

[크우욱. 제기랄.]

코후엠이 애써 자리를 털고 일어났다.

에스더의 눈에 코후엠의 다리가 가늘게 경련하는 모습이 보였다. 코후엠의 입가는 피범벅이었다. 안색은 더할 나위 없이 어두웠다.

그럼에도 불구하고 코후엠은 주눅이 들지 않았다. 그는
두 다리에 힘을 꽉 주고 몸을 바로 세웠다. 욱신거리는 가
슴도 보란 듯이 쫙 폈다.


## Chapter 8

코후엠이 이토록 당당할 수 있는 이유?

포로로 잡은 레니 덕분이었다. 코후엠은 레니의 목뼈를
당장에라도 분질러버릴 것처럼 꽉 움켜쥐었다.

[케엑. 퀙퀙퀙.]

주근깨 소녀 레니가 기침을 해댔다.

[크윽. 이런 비겁한 자식. 셋째 아가씨를 인질로 잡다니.]

셴이 이빨을 드러내어 으르렁거렸다. 니라과에게 겨누었
던 셴의 칼끝은 어느새 코후엠에게로 향했다.

에스더의 동공 깊은 곳에서도 차가운 불꽃이 피어올랐
다. 에스더는 서리가 한 겹 내려앉은 듯한 표정으로 코후엠
을 응시했다.

한편 코후엠도 고리 눈으로 에스더를 마주 노려보았다.
그러다 숲에서 저벅저벅 발소리가 들리자 코후엠의 시선이
그곳으로 돌아갔다.

발소리의 주인공은 이탄이었다.

[으으으. 이 괴물 자식.]

이탄을 대하는 순간, 코후엠은 자신도 모르게 어깨가 움츠러들었다. 자부심이 강하기로 유명한 리종 일족이 이렇게 위축되는 것은 참으로 보기 드문 일이었다.

[레니를 놔줘요.]

에스더가 차갑게 주문했다.

코후엠이 콧방귀를 뀌었다.

[흥. 애써 잡은 인질을 놔주라고? 그건 나더러 죽으란 소리지.]

코후엠은 가당치도 않다는 듯 오히려 레니의 여린 목줄기를 붙잡고 거칠게 흔들었다. 그가 손을 흔들 때마다 레니의 몸과 머리가 인형처럼 좌우로 까딱거렸다.

[크으윽.]

에스더가 주먹을 꽉 말아 쥐었다.

셴은 코후엠을 향해 슬금슬금 접근했다.

그러자 코후엠이 셴을 향해 레니를 내밀었다.

[어허. 내겐 인질이 있다니까. 함부로 접근하지 마라. 수가 틀리면 인질의 모가지를 확 따버리는 수가 있으니까 말이야.]

[윽.]

셴이 인상을 구겼다.

에스더도 양손에 새하얀 구를 응집시켜놓고도 코후엠을 공격하지 못했다. 레니가 다칠까 봐 우려해서였다.

대신 에스더는 검은 전사들을 부려서 코후엠의 주변을 물 샐 틈 없이 포위했다.

코후엠이 에스더를 향해 으르렁거렸다.

[포위망을 풀어.]

[그럴 순 없죠.]

에스더는 단칼에 거절했다.

코후엠이 한 번 더 협박했다.

[당장 포위망을 풀지 않으면 이년을 찢어 죽인다.]

촤앙!

실제로 코후엠의 손가락 끝에서 손톱이 수십 센티미터 길이로 자라났다. 코후엠은 날카로운 손톱을 레니의 목에 가져다 대었다.

[당장 포위망을 풀어.]

코후엠이 에스더를 한 번 더 협박했다.

에스더는 어금니를 꽉 물고 반박했다.

[으드득. 내가 바보인 줄 알아요? 포위망을 풀면 당신은 인질을 잡고 도망치겠죠? 그럼 레니의 목숨은 오히려 더 위험해지잖아요. 역사상 리종 일족이 포로를 살려둔 적이

있나요? 리종의 철학은 원래 상대방을 몰살시키는 것이 아니던가요.]

[큭.]

코후엠은 대꾸할 말이 없었다.

본래 리종 일족은 포로들을 다 죽여 버리는 것으로 유명했다. 그 특성이 부메랑이 되어 코후엠의 발목을 붙잡았다.

[게다가 당신이 풀려나면 레니뿐 아니라 우리 셋뽀 일족 전체가 끝장이에요. 그러니 차라리 이 자리에서 레니가 죽더라도 당신을 다시 붙잡는 편이 낫겠네요.]

에스더가 결연하게 뇌파를 보냈다.

그녀의 판단이 옳았다. 에스더가 셋뽀 일족 전체를 생각한다면 결코 포위망을 풀어서는 안 되었다.

'셴.'

에스더가 부하들에게 눈짓을 보냈다.

'네.'

셴이 코후엠을 향해 슬금슬금 접근했다. 검은 전사들도 칼과 호리병을 손에 쥐고는 조금씩 포위망을 좁혔다.

[아 놔, 미치겠네. 진짜로 안 죽인다니까. 이 포위망만 풀어주면 인질을 죽이지 않는다고.]

코후엠은 속에서 열불이 치밀었다.

그러는 동안에도 레니는 두 눈을 꼭 감은 채 미동도 안 했다.

결국 코후엠이 다시 한번 셋뽀 일족을 협박했다.

[크왕! 가까지 다가오지 마라. 거기서 한 걸음만 더 접근 하면 이년의 팔 한쪽부터 뜯어낼 것이다.]

코후엠은 자신의 협박을 실현이라도 할 것처럼 레니의 어깨를 잡아 뜯는 시늉을 했다.

그러느라 코후엠은 아주 중요한 상대를 잠깐 놓쳤다. 코 후엠이 에스더나 셴보다도 더 많이 신경을 쓰던 존재, 즉 이탄을 뇌리에서 잠깐 잊어버린 것이다.

이탄은 그 짧은 순간을 놓치지 않았다.

후웅—.

이탄이 몸 전체를 앞으로 내던졌다. 이탄은 그렇게 몸을 던진 상태에서 땅바닥에 깔리듯이 자세를 팍 낮췄다.

마침 땅바닥에는 이탄의 허리춤에 올라올 정도로 풀들이 우거졌다.

이탄이 풀보다 더 낮은 위치로 내려가자 풀숲에 가려서 그의 모습이 보이지 않았다. 이탄은 그렇게 몸을 숨긴 상태 에서 원호를 그리며 코후엠에게 달려들었다.

이탄이 만들어낸 궤적은 바람이 풀을 흔들면서 지나가는 파동의 첨단, 즉 파면과 완벽히 일치했다. 덕분에 풀이 사

사삭 흔들리는 것이 이탄의 접근 때문인지, 아니면 바람의
흔들림 때문인지 구별이 되지 않았다.

'아차!'

순간 코후엠의 뒷골이 쭈뼛 섰다. 코후엠은 황급히 이탄
의 모습을 찾았다.

그 어디에도 이탄은 보이지 않았다.

'빌어먹을.'

코후엠은 반사적으로 백스텝을 밟아 후퇴했다. 그러면서
코후엠은 왼손을 바짝 당겨 주먹으로 자신의 얼굴을, 팔뚝
으로는 자신의 심장 부위를 동시에 방어했다.

코후엠의 불길한 예감이 딱 맞아들었다. 어느새 접근한
것인지 이탄이 휘두른 손바닥이 코후엠의 팔뚝 부위를 후
려쳤다.


## Chapter 9


가볍게 툭 때린 것 같은데 여파는 엄청났다.

뻐어엉!

가죽 북 터지는 소리와 함께 코후엠의 왼팔이 산산조각
났다. 살가죽은 완전히 터져버렸다. 피부 속의 근육은 가닥

가닥 찢어져서 주변으로 비산했다. 으스러진 뼛조각은 수백 개의 파편이 되어 온 사방으로 날아갔다.

[크왁. 내 팔!]

코후엠이 머리를 마구 흔들었다.

충격이 컸지만 코후엠은 박살 난 왼손에 신경을 쓸 겨를도 없었다. 코후엠은 인질로 잡은 레니를 빼앗길세라 바짝 잡아당겨 품에 끌어안았다. 그 상태에서 코후엠의 몸뚱어리가 포탄처럼 뒤로 날아갔다.

이탄이 가볍게 던진 공격은 코후엠의 팔 하나를 폭파시킨 것으로도 모자라 코후엠의 몸뚱어리를 멀찌감치 날려버렸다.

코후엠은 등짝으로 나무 네 그루를 연달아 박살내며 저 멀리 튕겨나갔다. 그런 다음 수십 미터 밖 숲 속 빈 공터에 거칠게 어깨를 처박았다. 어깨에서 이어서 코후엠의 안면이 땅바닥을 콰콰콰 긁었다.

코후엠이 뭔가를 대응해볼 시간도, 그럴 여지도 없었다.

[크우욱. 제기랄.]

코후엠이 산발이 된 머리를 부르르 털며 얼굴을 들려 했다.

어느새 이탄이 코후엠의 바로 앞에 다가와 있었다.

꾸우욱.

산악처럼 묵직한 무게가 코후엠의 오른쪽 어깨를 지그시 눌렀다. 이 묵직한 것의 정체는 다름 아닌 이탄의 발이었다.

이탄의 발이 어찌나 무거웠던지 코후엠의 어깨뼈가 우두둑 부서졌다. 코후엠의 오른손 근육도 그대로 파열되었다.

[안 돼.]

코후엠이 악을 썼다.

하지만 소용없었다. 코후엠은 손에 힘이 풀린 탓에 소중한 인질을 맥없이 놓아줄 수밖에 없었다.

이탄이 갑자기 몸을 날려 코후엠에게 달려들고, 코후엠을 손바닥으로 후려쳐서 수십 미터의 밖으로 날려버리고, 그 다음 코후엠을 따라잡아 상대의 손을 지그시 지르밟고, 코후엠의 손아귀에서 인질을 되찾기까지 걸린 시간은 실로 짧았다. 눈꺼풀을 한 번 질끈 감았다가 다시 뜰 때까지 걸리는 시간보다도 오히려 더 짧은 듯했다.

[아아악, 레니야.]

에스더가 뒤늦게 비명을 질렀다. 에스더는 혹시라도 동생이 잘못되었을까 봐 벼락처럼 이탄 곁에 날아들었다.

[레니. 정신 차려.]

에스더가 레니를 끌어당겨 품에 안았다.

한편 이탄은 엄지와 검지를 넓게 벌리더니 손가락 2개를 코후엠의 턱 양쪽에 대고 조였다.

빠각!

뼈 으스러지는 소리가 끔찍하게 울렸다. 이탄이 별로 힘을 준 것 같지도 않은데 리종 일족의 단단한 턱뼈가 그대로 으스러졌다.

[끄아악.]

코후엠이 진저리를 쳤다.

주변의 셋뽀 일족들도 이탄의 갑작스런 행동에 화들짝 놀랐다. 에스더도 레니를 살피다 말고 이탄을 바라보았다.

이탄이 조용히 속삭였다.

[네가 도망치는 바람에 내가 이 고생을 하고 있잖아. 그 대가로 하루 정도는 음식을 먹지 못해도 괜찮겠지?]

이어서 이탄은 엄지와 검지를 아래로 쭈욱 훑어내려 코후엠의 오른쪽 무릎을 붙잡았다.

[커흐흐.]

코후엠의 동공이 정신없이 흔들렸다.

이탄이 무덤덤하게 속삭였다.

[그런데 네가 또다시 도망쳐 봐라. 그러면 나도 고생이 늘어날 것 아니냐? 그러니까 일단 네 무릎부터 망가뜨리고 보자.]

이탄은 엄지와 검지에 힘을 살짝 주었다.

콰작!

호두까기 기계가 호두 껍데기를 으스러뜨리는 것처럼, 이탄의 두 손가락은 코후엠의 무릎 뼈를 여지없이 박살 냈다.

[크아아악.]

코후엠이 입을 쩍 벌렸다.

이탄이 코후엠을 달래주었다.

[자자. 거의 다 끝났어. 이제 나머지 한쪽 무릎만 부수면 되니까 조금만 참아.]

이번에는 코후엠의 왼쪽 무릎에서 콰작 소리가 울렸다.

[크아아악.]

코후엠은 미친 듯이 몸부림을 쳤다.

이탄은 상대의 양쪽 무릎을 차례로 부숴놓은 뒤, 뺨을 툭툭 건드렸다.

[아직 어린 녀석이라 그런가? 별로 아프지도 않았을 텐데 비명 한번 대차게 지르네. 야야. 엄살 좀 떨지 마라. 너희 리종 일족은 이렇게 뼈를 으깨놓아도 하루면 회복되더라. 내가 전에 네 몸에다 실험을 해봐서 알거든.]

[크으으으.]

이탄의 비아냥거리는 듯한 소리에 자극을 받았는지 코후엠이 피범벅이 된 송곳니를 드러냈다.

물론 코후엠의 이런 행동은 이탄을 자극만 할 뿐이었다.

[하아. 이거 신기한 녀석일세. 턱뼈와 무릎 뼈 정도로는 만족을 못 하겠나 봐? 어디서 감히 이빨을 드러내지? 엉? 이 이빨들도 가려우니까 뽑아달라는 뜻인가?]

이탄이 낮게 으르렁거렸다.

이탄은 원래 행동을 망설이는 타입이 아니었다. 이탄은 코후엠의 입을 강제로 벌린 다음, 왼손을 상대의 입 속에 처넣어 꼼지락거렸다.

[앙아 아웅앙.]

코후엠이 옹알거리는 듯한 소리를 내었다.

이탄의 손가락이 입속에서 꼼지락거릴 때마다 리종 일족의 억센 이빨이 옥수수 알갱이 빠지듯이 툭툭 튀어나왔다.

이빨의 뿌리에는 검푸른 핏줄들이 엉겨 붙어서 함께 딸려 올라왔다. 코후엠의 이마에도 힘줄이 잔뜩 곤두섰다.


## Chapter 10

코후엠의 얼굴은 식은땀으로 범벅이 되었다. 생니가 잡아 뽑히는 고통이 어찌나 지독했던지 코후엠의 눈가에는 피눈물이 진득하게 맺혔다. 코후엠의 눈빛에 담긴 감정이

'분노'에서 '애걸복걸'로 바뀌는 것은 순식간이었다.

상대의 애처로운 눈빛에도 불구하고 이탄은 아무런 감정의 변화가 없었다. 그는 그저 기계적으로 코후엠의 이빨을 발치했다. 그런 다음 뽑은 이빨들을 아공간 박스 속에 잘 챙겨 넣었다.

리종 일족의 치아 구조는 실로 독특하여, 2열로 나 있는 이빨의 개수는 무려 60개나 되었다. 이탄이 조용히 중얼거렸다.

[구아로 일족의 이빨은 나름 가격이 나가던데, 리종 일족의 것은 또 어떨까? 설마 아주 똥값은 아니겠지.]

그 말을 들은 코후엠은 안색이 하얗게 질렸다.

비단 코후엠뿐만이 아니었다.

[으윽.]

주변의 셋뽀 일족들도 기가 질려서 주춤주춤 뒷걸음질 쳤다. 이탄을 바라보는 에스더의 동공에도 두려움이라는 감정이 깃들었다.

주변의 변화를 아는지 모르는지 이탄은 유유히 콧노래를 흥얼거렸다.

그러다 갑자기 이탄이 무릎을 쳤다.

[아하! 그리고 보니 구아로 일족의 발톱도 유용한 재료였지? 그렇다면 리종 일족의 발톱도 쓸 만할지 몰라.]

이탄이 코후엠의 손을 슬그머니 붙잡았다.

코후엠은 자신도 모르게 소리를 빽 질렀다.

[아냐!]

[엉? 뭐가 아닌데?]

이탄은 상대의 손가락 끝을 잡아 뽑으려다 말고 되물었다.

코후엠은 자존심이고 뭐고 다 팽개쳤다. 그는 머릿속이 백지장처럼 하얗게 변한 상태에서 아무 뇌파나 마구 내뱉었다.

[커어허헝. 구아로의 발톱과 달리 우리 리종 일족의 발톱은 값어치가 하나도 없소. 진짜요. 세상에 아무짝에도 쓸모없는 것이 바로 리종의 발톱이오.]

이것이 코후엠의 주장이었다.

만약 코후엠이 목으로 말을 했다면 발음이 줄줄 새었을 것이다. 이탄에 의해서 이빨이 모두 뽑힌 상태이니까 말이다.

다행히 그릇된 차원의 몬스터들은 성대가 아니라 뇌파로 대화를 나눴다. 덕분에 코후엠의 주장은 이탄의 뇌에 또렷이 전달되었다.

이탄이 확인하듯 되물었다.

[그게 사실이야? 리종의 발톱은 아무런 가치가 없다고?]

[그렇소. 아무런 가치도 없소.]

코후엠은 상대가 이 말을 믿어주기를 바라면서 최대한 진솔한 표정으로 대답했다.

[흐음.]

이탄이 알쏭달쏭한 표정을 지었다.

사실 이탄은 다른 이들의 말을 잘 믿는 성격이 아니었다. 하지만 굳이 코후엠의 손톱과 발톱까지 싹 다 뽑고 싶은 생각은 없었다.

'내가 이번 한 번만 속아준다.'

이탄은 피식 웃으면서 코후엠의 손을 놓아주었다.

[휴우우.]

코후엠은 무의식중에 안도의 한숨을 내쉬었다.

바로 그때였다. 이탄이 다시금 얼굴을 불쑥 들이밀어 코후엠의 눈을 들여다보았다.

코후엠이 가까이서 목격한 이탄의 눈동자는 끝을 알 수 없는 무저갱을 보는 것처럼 두려웠다.

[으흡!]

코후엠은 자신도 모르게 헛바람을 집어삼켰다. 그는 이제 이탄의 얼굴을 대하는 것만으로도 머릿속이 하얗게 변했다. 손이 덜덜 떨렸다.

이탄이 상대의 이름을 불렀다.

[코후엠.]

[왜, 왜 그러시오?]

코후엠이 뇌파를 더듬었다.

이탄은 무미건조한 톤으로 뇌까렸다.

[앞으로는 막 탈출하고 그러지 말자.]

[커우우.]

[다음에 또 나를 귀찮게 하면 그때는 나도 리종 일족의 시체가 얼마나 가격이 나가는지 진지하게 알아볼 수밖에 없어.]

[커우우우우.]

코후엠은 대답 대신 열심히 고개만 주억거렸다.

이탄은 그제야 코후엠을 놓아주었다.

이탄이 자리에서 일어서자 주변의 셋뽀 일족들이 사사삭 거리를 벌렸다. 덕분에 이탄의 주변에는 반경 5미터 정도의 공터가 형성되었다.

에스더가 그 공터 안으로 들어왔다.

[어쩌다 언데드 님, 고맙습니다. 덕분에 한숨 돌렸네요.]

에스더는 진심으로 이탄에게 고마워했다.

'어쩌다 언데드 님이 우리를 돕지 않았다면? 그래서 코후엠의 종적을 찾지 못하고 그대로 놓쳐버렸다면?'

그 뒷일은 상상하기도 싫었다. 에스더는 부르르 몸서리를 쳤다.

감사 인사를 받는 것이 계면쩍었는지 이탄이 헛기침을 했다.

[험험험. 뭐, 어차피 이번 일에는 나도 엮여 있으니까 나설 수밖에. 그나저나 서리를 판매하는 뱀 님은 동생분 관리 좀 잘 해야겠소.]

[네에? 그게 무슨 말씀인가요?]

에스더가 어리둥절한 얼굴로 이탄을 보았다.

이탄은 턱으로 레니를 지목했다.

[저기 축 늘어진 척 연기를 하고 있는 맹랑한 아가씨 말이오. 만약에 저 아가씨가 한 번만 더 코후엠을 풀어준다면 나도 그때는 가만히 있지 않을 거요.]

[뭐예요? 레니가 코후엠을 풀어줬다고요? 니라과와 스콜이 벌인 짓이 아니고요?]

에스더가 자지러지게 놀랐다.

셴과 그 부하들의 눈도 휘둥그레졌다.

기절한 척하고 있던 레니의 속눈썹이 파르르 흔들렸다.

이탄은 피식 입꼬리를 비틀었다.

[진짜로 맹랑한 아가씨네. 깨어 있는 걸 다 아는데 언제까지 기절한 척할 거지?]

그 말에 에스더가 셋째 동생을 휙 돌아보았다.

레니의 눈꺼풀이 파르르 경련했다.

에스더는 그제야 이탄의 주장이 사실임을 눈치챘다.


## Chapter 11

[니라과. 스콜.]

레니를 쏘아보던 에스더의 눈길이 니라과와 스콜 쪽으로
돌아갔다.

니라과가 고개를 푹 숙였다.

스콜도 어쩔 줄 몰라서 안절부절못했다.

쩌적! 쩌쩌적!

에스더는 두 눈에 새하얀 뇌전을 품었다. 에스더의 머리
카락은 하늘로 솟구쳐서 무섭게 일렁거렸다.

[크으읏. 너희 둘은 이미 이 사실을 알고 있었구나. 레니
가 저지른 행동을 이미 다 알고 있었어. 그런데도 자백하지
않았다는 것은, 네놈들이 시간을 벌 동안 레니가 코후엠을
탈출시키려는 계획이었겠지? 크으으윽,]

에스더는 바보가 아니었다. 이탄의 언질을 듣는 순간, 에
스더는 이번 탈출 사건의 이면에 얽힌 내용들을 완전히 꿰
뚫어 보았다.

니라과가 피 끓는 감정을 담아 에스더에게 아뢰었다.

[크흐흑. 첫째 아가씨. 저희들의 충심을 부디 알아주십시오. 저희들은 납치된 리종 일족을 무사히 풀어주어야 비로소 우리 일족에게 살 길이 열릴 거라고 믿습니다. 그리고 지금도 저희의 생각에는 변함이 없습니다.]

니라과에 이어서 스콜도 간절히 외쳤다.

[첫째 아가씨. 저희들을 일족의 배신자라 낙인만 찍지 마시고 부디 셋째 아가씨의 말씀을 곰곰이 들어보십시오. 그리고 제발 상족에 대한 미련을 버리고 우리 일족이 살아갈 길을 찾으셔야 합니다.]

니라과와 스콜의 간청이 오히려 에스더의 화를 북돋았다.

[레니! 너를 섬기는 자들이 구구절절 감언이설을 내뱉는구나. 이 와중에 너는 대체 언제까지 이 언니를 기만할 것이냐?]

빠카카캉!

에스더의 눈에서 방출된 얼음벼락이 지그재그로 날아가 레니를 때렸다.

[큰언니!]

기절한 척 눈을 꼭 감고 있던 레니가 별안간 공간 마법을 발휘하여 에스더의 공격을 피했다.

[흥. 그럴 줄 알았다. 역시 너는 정신을 차렸으면서도 기

절한 척 나를 기만한 거야.]

에스더가 두 주먹을 꽉 움켜쥐었다.

쩌저적! 쩌저저저적!

에스더의 양손 주변에 다시금 새하얀 구체가 응집되었다.

레니가 눈물범벅이 되어 손사래를 쳤다.

[큰언니. 그게 아니에요. 나는 큰언니와 일족을 배신하지 않았어요. 그러니까 제발 제 말 좀 들어줘요. 우리 일족이 살아남으려면 하루빨리 코후엠 님을 풀어줘야 해요.]

[하! 코후엠 님이라고? 네가 지금 적의 편을 드는 것이더냐?]

에스더는 더욱 울화통이 터졌다.

그러고 보니 코후엠을 대하는 레니의 태도에는 오묘한 감정이 실려 있는 것 같았다. 에스더는 기가 막히다 못해 얼굴에 스팀이 차오르는 기분이었다. 실제로도 에스더의 얼굴이 벌겋게 달아올랐다.

레니는 큰언니의 감정 변화를 알아차리지도 못한 채 끈질기게 코후엠의 석방을 주장했다.

[큰언니. 코후엠 님이 제게 약속을 했어요. 지금이라도 저분을 풀어준다면 이번 납치 사건을 눈감아 주고 우리 셋뽀 일족에게 죄를 묻지 않는다고 약속했단 말이에요.]

[약속? 네가 드디어 미쳤구나.]

에스더가 레니의 어리석음을 비웃었다.

[이런 어리석은 것 같으니. 리종은 우리의 적이다. 그런데 적의 말을 어찌 믿는단 말이냐? 더군다나 상족의 명령에 따라 코후엠을 납치했을 때부터 이미 우리는 리종 일족과는 돌아올 수 없는 강을 건넜느니라. 우리는 리종뿐 아니라 부이부 일족과도 완전히 척을 진 것이란 말이다.]

에스더의 태도는 단호했다.

레니가 도리질을 했다.

[아니에요. 큰언니, 아직까지 강을 건너지는 않았어요. 이건 코후엠 님이 제게 명예를 걸고 약속을 한 부분이라고요. 그러니까 빨리 저분을 풀어주세요. 부탁이에요.]

레니는 진심으로 코후엠의 말을 믿는 모양이었다. 에스더는 어이가 없다는 눈빛으로 동생을 쳐다보았다.

그러다 에스더가 갑자기 셴에게 신호를 보냈다.

[넵.]

셴이 짧게 고개를 끄덕였다.

직후, 셴의 모습이 그 자리에서 사라졌다가 레니의 등 뒤에 불쑥 나타났다.

[셋째 아가씨, 용서하십시오.]

셴이 레니를 향해 조그맣게 속삭였다.

[앗?]

레니가 황급히 몸을 옆으로 날리려고 할 때, 이미 셴은 칼자루로 레니의 목덜미를 내리찍는 중이었다.

[꺄악!]

레니가 외마디 비명과 함께 앞으로 고꾸라졌다.

셴이 쓰러지는 레니를 부드럽게 받았다.

원래 레니는 몸이 날래기로 유명했다. 감각도 예민하기 이를 데 없어서 평소의 레니였다면 셴의 기습공격을 충분히 피할 법했다.

지금은 아니었다. 레니는 코후엠을 탈출시키느라 몸과 마음이 많이 지친 상태였다. 그 와중에 울먹거리면서 에스더와 논쟁을 벌이느라 감각도 흐트러졌다.

셴은 그 틈을 노려서 레니를 기절시켰다.

[끄으으응.]

이번엔 레니가 진짜로 기절했다. 지금까지처럼 가짜로 기절한 척한 게 아니라 진짜로 정신을 잃었다. 레니의 뒤통수에는 피멍울이 맺혀 있었다.

그 꼴을 본 에스더가 화를 내었다.

[이런 멍청한 것.]

에스더는 손에 응집한 하얀 구체를 신경질적으로 내던져서 전방을 후려쳤다.

쩌저저저적!

새하얀 구체로부터 방출된 차가운 기운이 온 숲으로 퍼져나가면서 주변을 꽝꽝 얼렸다. 이윽고 에스더의 전방은 무려 100 미터 영역에 걸쳐서 얼음으로 뒤덮였다. 나무와 풀, 바위와 동물들이 모두 다 두꺼운 얼음 속에 갇혀서 급속냉동 되었다.

괜히 숲에다 화풀이를 하고 난 뒤, 에스더가 허공에다 대고 하얀 선을 그렸다. 그녀가 그린 공간 마법진이 커다란 공기방울을 형성했다.

꿀렁거리는 공기방울은 에스더와 그 주변을 크게 뒤덮더니 일행 전체를 키펀 성으로 공간이동 시켰다.

# 셋뽀의 보물창고

## *Chapter 1*

성으로 복귀하자마자 에스더의 지상 명령이 떨어졌다.

[레니와 니라과, 스콜을 지하 감옥 깊숙한 독방에 가두어라. 이 반역자들을 손가락 하나 까딱할 수 없도록 꽁꽁 묶어서 독방에 처넣을 뿐 아니라 단 한 톨의 음혼석도 허용해선 안 될 것이야.]

[명을 받들겠습니다.]

셴은 절도 넘치게 고개를 숙여 명을 받았다.

에스더는 거기서 그치지 않았다.

[에스테르에 대한 감시도 두 배로 강화한다.]

에스더는 '셋째 동생인 레니가 이번 탈출 사건에 개입했다면, 그 배후에는 에스테르가 있을지도 모른다.'라고 판단했다.

[넵.]

셴은 이번 명령도 충심으로 받들었다.

마지막으로 에스더는 코후엠을 직접 독방에 처넣은 뒤, 그 주변에 공간을 격리하는 마법을 이중으로 펼쳐놓았다.

에스더의 공간 마법 능력은 셋뽀 일족 내에서도 발군이었다. 따라서 앞으로는 셋뽀 일족 가운데 그 누가 나서더라도 코후엠을 탈출시키는 것이 쉽지 않았다.

대신 코후엠의 독방으로 통하는 통로가 완전히 봉쇄되었기에 코후엠에게 물이나 음식을 제공하는 것도 불가능했다.

[그 안에서 굶어 죽는 것 또한 코후엠의 운명이겠지.]

에스더가 싸늘하게 독백했다.

물론 에스더는 진짜로 코후엠을 굶겨서 죽일 생각은 없었다. 그녀는 그저 코후엠을 기브흐 일족에게 넘길 때까지만이라도 꽁꽁 가둬두기를 바랄 뿐이었다.

어쨌거나 에스더의 입장에서는 한 시름 덜었다. 탈옥했던 코후엠을 다시 붙잡았으니까 말이다.

일이 모두 종료된 뒤, 에스더가 이탄에게 물었다.

[어쩌다 언데드 님, 뭐 하나만 여쭤봐도 될까요?]

[뭐가 궁금한 거요?]

[어쩌다 언데드 님께서는 코후엠의 탈옥을 도운 용의자가 신체변형이 가능하고 공간 마법에 특화되어 있다는 점을 단숨에 파악하셨잖아요? 어쩌다 언데드 님의 조언 덕분에 저는 용의자의 범위를 좁힐 수 있었죠. 그리곤 발 빠르게 니라과와 스콜을 추격했고요.]

이탄은 에스더의 뇌파를 묵묵히 들었다.

에스더의 이야기가 계속되었다.

[어디 그뿐인가요? 어쩌다 언데드 님께서는 코후엠의 탈옥에 레니가 개입했다는 사실도 알아맞히셨어요.]

[……]

이탄은 침묵으로 대답을 대신했다.

이탄을 바라보는 에스더의 눈이 유별나게 반짝거렸다.

[그런데 어쩌다 언데드 님께서는 이 모든 사실들을 어떻게 간파하셨나요? 혹시 과거나 미래를 읽어내는 권능이라고 보유하신 건가요?]

에스더가 이런 의문을 품을 만도 했다. 이탄은 코후엠이 탈옥한 현장을 보자마자 그곳에서 사용되었던 마법을 단숨에 꿰뚫어 보았다. 그리고 이번 사건의 배후에 레니가 있다는 사실도 곧바로 알아차렸다.

이것은 특수한 권능을 가지지 않고서는 불가능한 일이었

다. 그러니 에스더가 품는 의구심은 당연한 것이다.

'아마도 어쩌다 언데드 님은 미래를 예지하는 등의 특별한 능력을 가졌을 거야.'

에스더는 이렇게 판단했다.

이번만큼은 에스더가 잘못 짚었다. 이탄은 사건 현장으로부터 정보를 읽어내는 프로파일링(Profiling) 능력은 가지고 있지 않았다. 미래를 읽어내는 미래 예지 능력과도 거리가 멀었다.

대신 이탄은 공간을 지배하는 언령의 주인이었다. 덕분에 이탄은 탈옥 현장에서 공간 마법이 사용된 흔적을 읽었다.

또한 이탄은 세상의 모든 금속을 지배하는 만금제어(萬金制御)의 권능도 가졌다. 그 권능이 이탄에게 중요한 정보를 흘려주었다.

이탄이 숲에서 레니를 목격했을 때, 그녀는 코후엠의 손에 인질로 잡혀 있는 중이었다.

한데 레니의 손에는 금속 가루가 희미하게 묻어 있는 게 아닌가. 그 금속 부스러기들이 이탄에게 정황을 알려주었다.

'아하! 저 금속 가루는 코후엠이 차고 있던 수갑으로부터 떨어져 나온 것이로구나.'

이탄이 무릎을 쳤다.

역시 범인은 레니였다. 코후엠을 기절 상태에서 깨워주고 코후엠의 구속을 풀어준 장본인은 다름 아닌 레니였던 것이다.

결국 이탄은 언령과 만금제어 덕분에 코후엠 탈출 사건의 전모를 파악한 셈이었다.

하지만 이러한 사실을 에스더에게 밝힐 수는 없었다. 이탄은 냉정하게 선을 그었다.

[서리를 판매하는 뱀 님, 그 이야기는 그만합시다.]

[네에?]

[다만 한 가지는 분명히 밝히리다. 내게는 과거를 읽거나 미래를 예지하는 권능이 없소.]

[피잇. 알겠네요.]

에스더는 이탄의 대답에 만족하지 못했다.

하지만 이탄이 입을 다무는데 끝까지 캐물을 수도 없었다. 결국 에스더는 그냥 넘어가기로 했다.

응접실로 자리를 옮긴 뒤에도 에스더는 이탄과 의논을 계속했다. 한 시간이 넘는 대화 끝에 이탄과 에스더는 한 가지 방안을 집중적으로 검토했다.

그 방안이란, 이탄이 코후엠과 부이부의 알을 당분간 맡아주는 것이었다.

사실 이탄은 조만간 자신의 행성인 HRE—1로 돌아갈 요량이었다.

'알블—롭의 발원지인 이곳에서 언령의 벽을 발굴했으니 더 이상 여기에 머물 이유가 없지.'

이탄은 이렇게 결정한 뒤, 에스더에게 자신의 의사를 밝혔다.

[네에? 조만간 이곳을 떠나신다고요?]

에스더가 화들짝 놀랐다.

[그럴 생각이오. 나도 마음 같아서는 서리를 판매하는 뱀님을 좀 더 돕고 싶지만, 그러기엔 바쁜 일이 있어서. 하하하.]

이탄이 계면쩍은 웃음으로 뇌파를 얼버무렸다.

에스더가 당황했다.

에스더의 입장에서는 어떻게든 이탄의 도움을 받아야만 했다. 하여 그녀는 고민 끝에 이탄에게 또 다른 용역 의뢰를 넣었다. 당분간 이탄이 코후엠과 부이부의 알을 맡아달라는 것이 에스더의 의뢰 내용이었다.


## Chapter 2

사실 에스더의 마음속에는 두 가지 상반된 생각이 공존했다.

첫째, 더 이상 이탄을 이번 일에 끌어들이지 말자는 생각.

둘째, 셋뽀 일족을 위해서 이탄에게 조금 더 기대야겠다는 생각.

이 가운데 첫 번째는 에스더의 감정에서 비롯된 생각이었다. 이탄을 위험에 빠트리고 싶지 않다는 애틋한 감정 말이다.

그리고 두 번째는 에스더의 이성으로부터 비롯된 생각이었다. 셋뽀 일족이 이 위기를 넘기려면 아직까지는 이탄의 도움이 절실했다.

에스더의 머릿속에서 이 두 가지 상반된 생각이 싸움을 벌였다.

결과는 '어쩌다 언데드 님에게 도움을 청하자.' 는 쪽으로 결론이 났다. 역시 에스더는 감정보다는 이성이 우세한 성향이었다.

[그러니까 나더러 그 어린 리종 녀석과 부이부 일족의 알을 맡아 달라? 그들을 내 행성으로 데리고 가란 말이지?]

이탄이 에스더에게 되물었다.

에스더가 진지하게 대답했다.

[네. 죄송하지만 어쩌다 언데드 님께서 그들을 잠시만 맡아주세요. 기브흐 일족이 전령을 보내면, 제가 그 전령과 함께 어쩌다 언데드 님이 계신 행성을 방문할게요.]

사실 셋뽀 일족에게 코후엠과 부이부의 알은 폭탄과 다름없었다. 에스더는 당분간 이탄이 그 폭탄을 맡아달라고 요청했다. 이 무리한 부탁이 못내 미안했던지 에스더는 이탄과 눈을 마주치지도 못하였다.

반면 이탄은 아무렇지도 않았다.

용역 의뢰를 받기 전에 이탄은 세 가지 점을 재확인했다.

첫째. 이탄이 코후엠과 부이부의 알을 임시로 떠맡는다고 해서 셋뽀 일족이 꼭 안전하리라는 법은 없었다.

사실 에스더가 가장 걱정하는 바는 리종이나 부이부 일족이 신비로운 권능으로 코후엠, 혹은 부이부 알의 위치를 탐색해내는 것이었다. 그래서 에스더는 이 화근 덩어리들을 이탄에게 잠시 맡아달라고 부탁했다.

그러나 과연 화근 덩어리만 잠시 피신시킨다고 해서 이번 일이 무사히 넘어갈 것이냐?

이런 보장은 어디에도 없었다. 지금 주변 행성에는 셋뽀 일족이 벌인 짓에 대해서 은밀하게 소문이 퍼지는 중이었다. 그러니까 리종이나 부이부 일족이 납치 사실을 알아채고는 셋뽀 일족을 공격할 가능성이 다분했다.

둘째. 이탄이 이 화근 덩어리들을 맡아줄 수 있는 기간은 앞으로 10개월 남짓이었다. 그 후에 이탄은 그릇된 차원을 떠나서 부정 차원으로 넘어가 볼 계획이었다.

그러니까 10개월 뒤에는 에스더가 다시 이탄으로부터 화근 덩어리들을 넘겨받아야만 했다.

셋째. 이탄은 아무런 대가 없이 귀찮은 일을 떠맡을 생각이 없었다.

'그동안 내가 서리를 판매하는 뱀 님과 친해진 것은 사실이야. 하지만 공과 사는 엄연히 구별해야지.'

이번에도 이탄은 적당히 선을 그었다.

에스더도 이탄의 냉정한 면을 잘 알고 있었다.

[저야 어쩌다 언데드 님께서 화근 덩어리들을 맡아주시는 것만으로도 감사하죠. 이 행성에 화근 덩어리들이 없는데도 불구하고 리종 일족이나 부이부 일족이 우리를 공격한다면, 그것 또한 운명이라고 생각해요.]

에스더는 덤덤하게 자신의 의견을 밝혔다.

이어서 에스더는 이탄이 언급한 두 번째 조건에 대해서도 동의했다.

[어쩌다 언데드 님께 너무 많은 폐를 끼칠 수는 없겠죠. 기한은 딱 10개월 정도면 족한 것 같아요. 어쩌다 언데드 님이 앞으로 약 10개월 동안만 화근 덩어리들을 맡아주세

요. 그 사이에 기브흐 일족이 전령을 보내지 않으면 제가 그 화근 덩어리들을 다시 받아갈게요.]

마지막으로 에스더는 이탄에게 지불할 대가를 밝혔다.

[어쩌다 언데드 님이 화근 덩어리들을 10개월간 맡아주신다면, 저는 그 대가로 총 10개의 보물을 지불하고 싶어요. 1개월 당 보물 한 개씩이라고 생각하시면 되겠네요.]

에스더는 통 크게 대가를 제시했다.

[휘유우. 지금 10개의 보물이라고 했소?]

이탄은 귀가 솔깃했다.

[어쩌다 언데드 님. 10개의 보물이 어떤 것들인지 궁금하시죠? 저는 우선 어쩌다 언데드 님께 최상급 음혼석 3개를 드릴 수 있어요.]

에스더가 은근슬쩍 이탄의 눈치를 살폈다.

최상급 음혼석은 정말 귀한 보물이건만, 이탄은 그리 기뻐하는 기색이 아니었다. 에스더는 내심 실망했다.

사실 그릇된 차원의 몬스터들에게 있어서 최상급 음혼석이란 음차원의 마나를 공급해주는 생명줄이었다.

하지만 이탄은 달랐다. 그는 마나가 고갈될 일이 없었기에 최상급 음혼석이 그리 절실하지 않았다. 솔직히 말해서 이탄에게 최상급 음혼석이란 물물교환을 위한 화폐, 그 이상도 이하도 아니었다.

에스더가 또 다른 보물을 제시했다.

[또한 저는 어쩌다 언데드 님께 기브흐 일족의 최상급 비늘 4개와 최상급 독니 2개를 드릴 수 있어요.]

[호오? 그런 것들이 있소?]

난생 처음 듣는 재료에 이탄이 관심을 보였다.

사실 기브흐 일족의 재료들은 그 가치가 널리 알려져 있지는 않았다. 대신 극소수의 몬스터들 사이에서는 이 재료들이 우주 오대강족의 최상급 재료들보다 훨씬 더 높은 값에 거래되곤 했다.

예를 들어 기브흐 일족의 최상급 비늘은 리노 일족의 최상급 비늘보다 몇 배는 더 단단하며 아주 특수한 마법적 효과들을 발휘하였다. 또한 기브흐 일족의 최상급 독니는 창 종류의 무기를 강화하는 데 있어서 최고의 재료였다.

재료의 특성이 최고인 만큼 기브흐 일족의 비늘이나 독니는 구하기가 거의 불가능했다.

그나마 셋뽀 일족은 큰 공을 세울 때마다 상족인 기브흐로부터 이러한 재료들 몇 가지를 하사받았기에 조금 가지고 있었다.

에스더는 그 귀한 하사품 가운데 일부를 이탄에게 내줄 작정이었다.

최상급 음혼석 3개.

기브흐 일족의 최상급 비늘 4개.

기브흐 일족의 최상급 독니 2개.

에스더가 언급한 보물들을 모두 더하면 9개였다. 이탄은
나머지 하나가 궁금했다.

[나머지 하나의 보물은 뭐요?]

[그건 어쩌다 언데드 님께서 직접 고르세요.]

에스더가 웃음기를 머금고 답했다.

[응? 그게 무슨 소리요?]

처음에 이탄은 에스더의 말뜻을 알아듣지 못했다.

## Chapter 3

에스더가 웃으면서 풀어서 설명했다.

[어쩌다 언데드 님께서 이번 용역 의뢰를 받아들이신다
면, 저는 그 즉시 어쩌다 언데드 님을 우리 셋뿌 일족의 극
비 보물창고에 들여보내 드릴게요.]

[극비 보물창고라고?]

이탄의 눈이 반짝 빛났다.

상대가 보물창고에 관심을 보이자 에스더는 더욱 진한 미소를 흘렸다.

[네. 극비 보물창고요. 그곳은 우리 일족이 수십만 년간 수집해온 보물들을 모아놓은 곳이죠. 어쩌다 언데드 님께서 거기에 들어가셔서 원하는 보물 하나를 직접 고르세요.]

[허. 원하는 거를 아무거나 가져도 된다고?]

[물론이죠. 어쩌다 언데드 님께서 어떤 보물을 고르건 간에 무조건 드릴게요.]

에스더가 약속의 표시로 새끼손가락을 내밀었다.

'흐음. 셋뽀 일족이 수십만 년간 수집한 보물들이 있단 말이지?'

이탄은 보물창고에 호기심을 느꼈다.

사실 이탄은 보물에 아주 관심이 많지는 않았다. 특히 무기 종류들은 그다지 필요성을 느끼지 못했다.

'하지만 또 알아? 보물창고 안에 귀한 술법사라도 있을지? 후후훗.'

술법서를 떠올리는 것만으로도 이탄의 입가에는 함박웃음이 걸렸다.

'귀찮은 일을 떠맡아 준 대가가 술법서라면 좋겠는데 말이야.'

이탄은 마음속으로 이런 기대를 품은 뒤, 에스더에게 대가의 지급 시기를 물었다.

[용역 의뢰의 대가는 당연히 선불로 주겠지?]

에스더가 머리를 가로저었다.

[아뇨. 전액을 선불로 드리기는 힘들어요. 하지만 어쩌다
언데드 님을 믿고 절반만 선불로 드릴게요.]

[절반?]

[네. 최상급 음혼석 2개와 보물창고에서 고른 보물 하나,
그리고 기브흐 일족의 최상급 비늘 하나, 최상급 독니 하
나. 이렇게 5개를 우선 선불로 드리죠.]

[나머지 5개는 10개월 뒤에 주고?]

[네.]

에스더가 고개를 끄덕였다.

이탄은 상대에게 한 번 더 확인했다.

[사실 10개월 동안 아무 일이 없을 수도 있소. 부이부 일
족이나 리종 일족에서 이번 납치 사건에 대해서 전혀 알지 못
한 채 10개월이 그냥 흘러갈 수도 있단 말이지. 그럼 셋뽀
일족의 입장에서는 괜히 귀한 보물 10개만 내주는 셈인데,
괜찮겠소?]

[알아요. 괜찮아요. 여하튼간에 어쩌다 언데드 님은 그만
큼의 위험부담을 짊어지는 셈이잖아요? 마땅히 그에 대한
대가를 드려야죠.]

에스더는 시원시원하게 대답했다.

'옳거니.'

이탄은 에스더의 이런 시원시원한 성격이 마음에 들었다.

'최상급 음혼석, 혹은 그 이상의 가치가 있는 보물이 10개. 이 정도로 후한 대가라면 의뢰를 받을 만하겠네.'

만약에 아무 일 없이 10개월이 흘러가면?

그럼 이탄은 10개의 보물을 공짜로 얻는 셈이니까 땡큐였다.

반대로 10개월 안에 리종이나 부이부 일족이 이탄의 행성으로 쳐들어오면?

그럼 그것들을 족치는 재미도 쏠쏠할 것 같았다. 이탄은 리종 일족이나 부이부 일족을 전혀 두려워하지 않았다.

'오히려 아무 일 없이 10개월이 지나가는 것보다 그 신비로운 종족들과 한번 부딪쳐보고 싶네.'

이것이 이탄의 솔직한 속내였다.

[좋소. 서리를 판매하는 뱀 님의 의뢰를 받으리다.]

마침내 이탄이 마음의 결정을 내렸다.

[진짜요?]

에스더가 반색했다.

사실 에스더는 두 가지 노림수를 모두 계산에 넣어두고 있었다.

'리종 일족이나 부이부 일족이라면 충분히 광역 탐색 권능으로 우리 행성 전체를 스캔할 수 있을 거야. 그때 우리 행성에 화근 덩어리, 즉 코후엠이나 부이부의 알이 없어야만 해. 그래야 우리 셋뽀 일족은 죄가 없다고 잡아뗄 수 있지.'

에스더는 바로 이 점을 염두에 두고 화근 덩어리들을 이탄에게 맡겼다.

이어서 에스더의 두 번째 노림수는 바로 기브흐 일족에 대한 자극이었다.

'아마도 기브흐 일족은 우리 셋뽀 일족을 테스트하는 중일 거야. 전령을 보내준다고 말만 하고 차일피일 미루면서 우리 일족이 어떻게 대응하는 지켜보겠지. 그런데 만약 내가 부이부의 알과 코후엠을 다른 행성으로 보낸다면? 그럼 기브흐 일족들도 분명히 뭔가 반응을 보일 거라고.'

이것이 에스더의 두 번째 노림수였다. 이방인인 이탄을 끌어들여 기브흐 일족을 자극하겠다는 노림수 말이다.

결국 이 맥락에서 보면 에스더는 이탄을 이용하는 셈이었다. 셋뽀 일족의 안전을 위해서. 그리고 기브흐 일족을 자극하기 위해서.

어쩌면 이것은 당연한 일이었다.

비록 요 근래에 에스더가 이탄에게 호감을 느낀 것은 사실이지만, 그것은 어디까지나 개인적인 감정일 뿐, 에스더는 한 종족을 이끌어가는 지도자였다. 그런 에스더에게 셋뽀 일족의 안전보다 더 중요한 가치는 없었다.

'우리 일족만 무사할 수 있다면 나는 그 어떠한 짓도 저지를 수 있어.'

에스더는 스스로에게 이렇게 다짐했다.

그러면서도 이탄을 곁눈질하는 에스더의 눈동자에는 고뇌와 번민, 그리고 미안하다는 감정이 어른거렸다.

'하아아아.'

에스더는 뜻 모를 한숨을 속으로 삼켰다.

그 한숨이 독이 발린 단검이 되어 에스더의 가슴속을 아프게 후벼 팠다.

반면 이탄은 기분이 유쾌했다. 에스더가 이탄에 대한 죄책감으로 괴로워하는 동안, 이탄은 '셋뽀 일족의 극비 보물창고에는 과연 어떤 보물이 있을까?'를 상상하며 두 눈을 반짝거렸다.


## Chapter 4

셋뽀 일족의 극비 보물창고가 세워진 곳은 순혈의 공간

내부였다.

사실 순혈 공간은 아주 특이한 독립 공간이었다. 이 공간은 오로지 투명한 문을 통해서만 드나들 수 있으며, 이 세계와 연결은 되어 있으나 실상은 서로 분리된 공간이라고 할 수 있었다.

그릇된 차원에서는 아주 특별한 힘을 가진 극소수만이 이 순혈의 공간을 찾아낼 수 있는데, 그 가운데는 셋뽀의 왕족들, 즉 에스더, 에스테르, 그리고 레니가 포함되었다.

지난 달 중순 무렵, 이탄은 순혈의 공간을 한 번 접했었다.

당시 이탄은 에스테르 일행과 합류하여 키펀 성으로 오는 도중에 이 순혈의 공간을 이용하여 이동 거리를 단축했다.

이탄은 바로 이 순혈의 공간 안에서 세 번째 언령의 벽을 발견했다.

"오호라! 그런데 셋뽀 일족의 극비 보물창고도 바로 그 순혈의 공간 안에 세워져 있었단 말이지?"

이탄이 손뼉을 쳤다.

이탄이 곰곰이 생각해 보니, 순혈의 공간이야말로 보물을 보관하기에 가장 적합한 장소였다.

대대로 순혈의 공간을 찾아낼 수 있는 능력자는 오로지

셋뽀 왕실에서만 태어났다. 게다가 그 공간은 거의 이 행성의 절반 크기에 해당할 만큼 면적도 넓었다.

"그러니 이 특수한 공간을 잘만 활용하면 보물창고를 만들기에 딱 좋지. 나라도 여기다가 보물을 보관해두겠다."

이탄이 주변을 휙 둘러보았다.

이탄의 바로 눈앞에서 은빛 강물이 굼실굼실 흘러갔다. 그 강물 속에서 돌로 만들어진 건축물이 언뜻언뜻 보였다.

조금 전 에스더는 이탄을 이곳으로 데려왔다. 그리곤 강물 속에 잠겨 있는 커다란 건축물을 이탄에게 보여주었다.

[어쩌다 언데드 님, 강 속에 잠긴 건물이 보이시나요? 저곳이 바로 우리 셋뽀 일족의 보물들이 보관된 장소예요. 저 건물의 정확한 위치를 아는 자는 오로지 저 하나뿐이고요. 심지어 제 동생들도 극비 보물창고의 위치는 알지 못해요.]

에스더가 자랑스럽게 이야기했다.

이탄은 고개를 갸웃했다.

[허어. 그렇게 중요한 장소를 내게 공개해도 괜찮은가 모르겠네.]

에스더는 배시시 웃었다.

[호호호. 어쩌다 언데드 님, 여기까지 어떤 경로로 왔는지 기억하세요?]

[아!]

셋뽀의 보물창고 171

이탄은 에스더가 무슨 이야기를 하고 싶은 것인지 눈치를 챘다.

조금 전 이탄은 에스더가 열어준 투명한 문을 통해서 이곳 강가에 도착했다. 만약 에스더가 문을 열어주지 않았다면 이탄은 결코 이곳을 찾지 못했을 것이다. 최소한 에스더는 그렇게 믿었다.

반만 맞고 반은 틀린 믿음이었다.

설령 에스더의 도움이 없더라도 이탄은 순혈의 공간을 찾아낼 가능성이 있었다. 이탄은 공간을 지배하는 언령의 주인이기 때문이다.

다만 이럴 경우에 이탄은 백사장에서 바늘을 찾는 것처럼 이곳 행성 전체를 샅샅이 훑어야만 하리라. 이탄이 에스더처럼 단숨에 이곳을 찾기란 불가능했다.

[혹시 내가 에스테르나 레니에게 이곳의 비밀을 폭로할지도 모르는데? 그녀들도 순혈의 공간을 열 수 있잖소. 만약에 나와 그대의 동생들이 손을 잡으면 이곳의 보물창고를 털 수도 있는 것 아닌가?]

이탄이 상대를 떠보았다.

에스더는 눈을 묘하게 반달 모양으로 만들면서 이탄을 바라보았다.

[왜요? 제 동생들에게 은빛 강에 대해서 말해주게요?]

이탄이 어깨를 으쓱했다.

[물론 지금은 그럴 생각이 없지. 하지만 앞일은 모르는 거니까.]

이탄의 삐딱한 대답에 에스더가 깔깔대며 웃었다.

[호호호호. 그렇죠. 어쩌다 언데드 님 말씀처럼 앞일은 아무도 모르는 거죠. 하지만 큰 걱정은 안 해요.]

에스더는 자신감이 넘쳤다.

그럴 만도 했다. 사실 셋뽀 일족의 극비 보물창고에는 강력한 봉인 마법이 걸려 있는데, 세상에서 오직 에스더만이 그 봉인을 해제할 수 있었다.

에스더는 이 점을 이탄에게 밝혔다.

[만에 하나 에스테르나 레니가 이 창고의 위치를 알아낸다고 하더라도 제 허락 없이 안에 들어갈 수는 없어요. 게다가 저 말고 다른 이들이 은빛 강에 접근하면, 그 즉시 제게 경고마법이 뜨거든요.]

[오오. 그것참 철저하네.]

이탄이 에스더를 향해 엄지를 치켜세웠다.

이탄의 장난스러운 반응이 마음에 들었는지 에스더의 얼굴에 배시시 미소가 피었다.

[그나저나 여기서 계속 대화만 할 거예요?]

에스더의 물음에 이탄은 고개를 가로저었다.

[아니. 이제 보물창고에 들어가 봐야지.]

[그럼 어서 서둘러요. 저희 일족의 보물창고에는 오로지 한 번에 한 명씩만 입장이 가능하거든요. 그러니까 어쩌다 언데드 님이 저 안에 들어가서 보물들을 선택할 동안 저는 밖에서 기다릴게요.]

[그럽시다.]

이탄이 은빛 강물에 입수하려다가 다시 행동을 멈췄다.

[제한 시간은? 내가 보물창고 안에서 얼마나 오래 머물러도 되는 거요?]

에스더가 손가락 2개를 폈다.

[2시간을 드릴게요. 실은 창고 안에 보물들이 꽤나 많아서 모든 것을 꼼꼼하게 살피려면 2시간이 아니라 이틀도 부족할 거예요. 하지만 제가 어쩌다 언데드 님께 그렇게 시간을 많이 드릴 형편이 못 되어서요.]

에스더의 말마따나 이탄은 최대한 빨리 보물을 고른 다음, 코후엠과 부이부의 알을 끌고서 흐나흐 일족의 행성으로 돌아가야만 했다. 이탄이 화근 덩어리들을 데리고 하루 빨리 셋뽀 일족의 곁을 떠나는 것이 이번 용역 의뢰의 핵심이었다. 에스더는 이 점을 이탄에게 상기시킨 다음, 아예 순혈의 공간에서 나갈 준비를 했다.

[제가 자리를 비켜드려야 더 편하시겠죠?]

에스더는 나름 이탄을 배려해주었다.

[그래 주면 나야 고맙지.]

이탄이 미소로 반겼다.

[그럼 행운을 빌어요. 부디 어쩌다 언데드 님께 꼭 필요한 보물을 찾기를 바랄게요.]

에스더는 이 말을 남기고는 순혈의 공간 밖으로 나갔다.

이제 이탄에게 주어진 시간은 1시간 59분 59초가 남았다. 이탄은 잔잔하게 흘러가는 은빛 강물을 스윽 둘러보다가 물속으로 풍덩 뛰어들었다.

은빛 물결이 사르륵 이탄에게 밀려들었다가 이탄의 몸 주변을 한 바퀴 맴돌고 멀어졌다. 강물 속에는 아무런 생명체도 살지 않았다. 강바닥에 수초 한 포기 없었다. 이탄은 단숨에 강바닥까지 잠수한 뒤, 건축물 안으로 들어갔다.


## Chapter 5


셋뽀 일족의 극비 보물창고는 위엄 넘치는 신전을 연상시켰다. 솟을대문의 형태로 웅장하게 세워진 창고의 정문은 봉인이 풀려 활짝 개방된 상태였다.

그런데 마법 덕분일까? 문이 열렸어도 강물이 창고 내부로 범람하지는 않았다. 마치 문의 입구에 투명한 막이 존재하여 강물의 침범을 막고 있는 듯했다.

희한하게도 이 마법은 강물만 막을 뿐 이탄을 저지하지는 않았다. 이탄은 보물창고 안으로 뚜벅뚜벅 걸어 들어가면서 주변을 둘러보았다.

치직! 치지직!

이탄의 몸에 약간의 저항감이 느껴졌다. 보물창고에 설치된 봉인 마법이 공간의 언령과 반응한 탓이었다.

이탄이 무릎을 쳤다.

"오호라. 외부의 침입자로부터 창고를 보호하는 봉인 마법이 공간 마법에 근간을 두고 있나 보구나."

이탄은 단숨에 마법진의 근간을 깨달았다.

이탄이 공간을 지배할 수 있으므로 마음만 먹는다면 이곳의 봉인 마법을 해제하는 것도 가능할 듯싶었다.

물론 이탄은 그런 짓을 할 생각은 없었다.

"뭐, 해제를 시도하는 와중에 서리를 판매하는 뱀 님에게 경고 마법이 울릴 테지."

이탄이 솟을대문을 지나 안으로 들어가자 창고의 문이 저절로 닫혔다. 이탄은 문이 쿠웅 닫히는 둔중한 소리를 듣고도 별로 긴장하지 않았다.

이탄이 창고 안으로 좀 더 들어가자 넓은 홀(Hall)이 나왔다. 홀과 연결된 복도는 총 6개였다. 셋뽀 일족의 보물창고는 이 6개의 복도를 통해서 연결된 6개 구역으로 구성되어 있었다.

에스더의 선조들은 보물을 종류별로 분류한 뒤, 6개의 구역에 저장해 놓았는데, 그 요약된 정보가 보물창고 홀 정면의 크리스털 판에 안내되었다.

"뭐라고 적혀 있나?"

이탄은 크리스털 판을 향해 성큼 다가섰다.

> A구역: 공격무기
> B구역: 방어무기
> C구역: 희귀 재료
> D구역: 지식
> E구역: 오대강족 특별관
> F구역: 삼대왕족 특별관

크리스털 판에 게시된 정보는 위와 같았다.

이탄은 이 정보를 바탕으로 판단을 내렸다.

"나는 무기 종류는 별로 관심이 없으니까 A와 B구역은 가장 마지막에 시간이 남으면 둘러봐야겠다. C구역의 희귀 재료도 값어치가 높으니까 가볼 만하기는 할 텐데, 그래도 우선순위에 들지는 못하지. 차원이동 통로 제작에 필요한 재료는 이미 다 모았거든."

그렇다면 남은 구역은 D, E, F구역이었다.

이탄이 또 중얼거렸다.

"D구역의 지식들은 아마도 스톤에 저장되어 있겠지? 그게 그릇된 차원 몬스터들의 방식이니까 말이야."

이탄은 D구역에 살짝 관심을 보였다.

하지만 그보다는 E나 F구역이 더 눈길을 끌었다.

E구역의 오대강족 특별관은 리노, 구아로, 뿔브, 씨클롭, 그리고 츄루바 일족의 보물들을 모아놓은 곳인 듯했다.

"그렇다면 F구역의 삼대왕족 특별관은 뭘까? 설마 3명의 늙은 왕과 관련이 있나?"

이탄은 3명의 늙은 왕, 혹은 3명의 신에 대해서 떠올렸다.

그릇된 차원을 지배하는 3명의 신 가운데 한 명은 나라카였다. 그리고 그 나라카의 후손들은 리종 일족이라 불렸다.

한편 닉스의 후손들은 기브흐 일족을 이루었다.

마지막으로 츠롭클의 후손들인 부이부 일족이었다.

"혹시 이들 세 종족을 삼대왕족이라고 부르는 것 아냐?"

이탄은 이렇게 추측했다.

"일단 F구역부터 살펴봐야겠구나."

자연히 이탄의 관심은 F구역으로 쏠렸다.

F구역이라는 팻말이 달린 복도를 지나쳐 한참을 걸어가
자 탁 트인 공간이 이탄 앞에 나타났다.

이탄은 F구역에 도착하여 아나테마의 악령을 깨워주었
다.

[끼요욱? 여긴 또 어디냐?]

아나테마가 두리번거렸다.

'셋뽀라는 종족의 선조들이 모아놓은 보물창고요.'

[뭣이? 보물창고? 끼요오옵. 그거 흥미롭구나. 그런데
대체 이 보물창고는 또 어떻게 들어온 게냐? 창고를 지키
는 병사들을 다 때려죽이고 난입한 게냐? 끼요옵.]

'때려죽이다니? 대체 나를 뭐로 보는 거요? 나는 날강도
가 아니라고.'

이탄이 억울한 표정을 지었다.

[끼요오올. 날강도가 맞구먼. 고대 문명을 멸망으로 이끌
었던 이 아나테마 님에게 일수도장이라는 사악한 방식으로
올가미를 씌운 네놈이 날강도가 아니면 세상에 누가 날강
도란 말이냐?]

아나테마가 이탄을 놀렸다.

이탄이 발끈했다.

'아니 이놈의 영감탱이가 처돌았나? 적적할 것 같아서 잠에서 깨워주었더니 이게 뭔 개소리야? 알았소. 영감. 이제 그만 다시 주무시구려.'

[끼요옵! 그건 안 돼. 나를 막 잠재우고 그러면 안 돼. 내가 미안타. 늙어서 헛소리를 지껄인 게야. 그러니까 내가 한 말은 그냥 한 귀로 듣고 한 귀로 흘려버리려무나. 나는 그저 셋뽀 일족의 귀한 보물창고에 네 녀석이 어떻게 들어왔는지 궁금해서 물어본 것뿐이었지. 끼요오옵.]

아나테마는 재빨리 꼬리를 내렸다.

이탄도 더는 아나테마와 툭탁거리지 않았다. 그럴 시간에 보물들을 하나라도 더 살펴보는 것이 이득이었다.

F구역은 상당히 넓었으나 이곳이 진열된 보물은 많지 않았다. 딱 20개의 보물이 크리스털 전시관 안에 보관되어 있을 뿐이었다.

이탄은 우선 눈으로 한 바퀴를 둘러보았다.

아나테마도 잔뜩 집중하여 보물 하나하나를 살폈다.

그러던 중 아나테마가 어떤 보물 앞에서 반응을 보였다.

[끼욜? 희한하네?]

'영감. 뭐가 희한하다는 거요?'

[이 크리스털 전시관 속에 보관된 뿔 말이다. 어딘지 모르게 악마사원의 삼대법보 냄새가 나는데? 끼요오올.]

[이 뿔에서 말이오?]

이탄은 아나테마가 찍은 보물 앞으로 다가섰다. 그리곤 크리스털 전시관에 눈을 가까이 대고서 그 안에 담긴 50 센티미터 길이의 뿔을 자세히 살폈다.


## Chapter 6

'구불구불한 뿔의 생김새, 색깔, 풍기는 기운 등이 어딘지 모르게 익숙한걸? 내가 이런 뿔을 어디서 봤더라?'

이탄은 이렇게 중얼거리다 말고 갑자기 손가락을 딱 튕겼다.

'아하! 생각났다. 코후엠이 사자의 머리로 신체변형을 했을 때 돋아났던 뿔이 이것과 유사했어.'

[코후엠? 그게 누구냐?]

아나테마가 궁금해했다.

이탄은 씨익 웃었다.

'후후훗. 그런 녀석이 있소. 좀 어리고 시건방진 리종 녀석인데, 몇 대 쥐어박았더니 꼬리를 싹 내리는 꼴이 아주 밉상은 아니더군. 후훗.'

[리종이라고?]

'그렇소. 리종. 스스로를 늙은 왕 나라카의 후손이라고 떠들고 다니는 자들이지. 어어엉? 나라카?'

무언가를 깨달았는지 이탄이 두 눈을 부릅떴다.

아나테마는 이탄의 영혼 속에서 아예 발광을 했다.

[끼요오옵! 너 지금 뭐라고 하였느냐? 나라카를 입에 담았더냐? 짐승들의 왕 나라카? 그릇된 차원의 신이라 불리는 나라카? 끼요오옵. 바로 그 나라카의 눈알이 우리 악마사원의 삼대법보 가운데 하나이지 않느냐. 그리고 보니 네 녀석이 우리 악마사원의 유적지에서 나라카의 눈알을 꿀꺽했었더랬지. 끼요오오올.]

아나테마가 잔뜩 흥분해서 날뛰는 동안, 이탄은 수년 전에 벌어졌던 사건을 머릿속에 회상했다.


언노운 월드의 시간을 기준으로 2년쯤 전, 이탄은 은화 반 닢 기사단의 요원 신분으로 대륙 남부에 위치한 뉴부로도 시를 방문했었다.

다람쥐 배송 퀘스트(Quest: 임무)를 완수하기 위한 방문이었다.

다람쥐 배송 퀘스트는 대륙 남부의 레오니라는 여인을 대륙 북동부의 은화 반 닢 기사단 본부까지 데려가는 임무였다.

한데 이 레오니라는 여인이 알고 봤더니 슈로크 전 추기경의 손녀이자 모레툼 교단의 추기경 가운데 한 명이었다.

이탄은 뉴부로도 시에서 레오니 추기경과 인연을 맺게 되었다. 그리곤 그녀에게 직접 부탁하여 모레툼 교단의 삼대기사단 가운데 가장 강성한 세력을 일군 추심기사단에 가입했다. 또한 이탄은 레오니를 은화 반 닢 기사단까지 모셔감으로써 퀘스트를 무사히 완료하였다.

다른 한편으로 이탄은 임무를 수행하는 와중에 따로 짬을 내어서 뉴부로도 시의 하수구 밑으로 한참을 파내려 갔다.

이탄이 땅을 판 이유는 명확했다. 하수구 아래 깊은 지하에 고대 악마사원의 유적지가 파묻혀 있기 때문이었다.

당시 아나테마가 이탄의 길잡이 역할을 했다. 아나테마는 이탄에게 유적지의 위치를 자세하게 일러주면서 그곳을 함께 발굴하자고 꼬드겼다.

이탄도 악마사원의 유물에 은근히 관심이 생겼다. 이탄은 못이기는 척하면서 하수구의 밑바닥을 뚫고서 지하 깊은 곳까지 파내려 갔다.

결과는 대성공.

이탄은 뉴부로도 시의 지하에서 고대 문명을 멸망으로

이끌었던 악마사원의 옛터를 발굴해내었을 뿐 아니라, 악마사원의 삼대법보 가운데 두 가지인 나라카의 눈과 아몬의 토템을 손에 넣었다.

이 가운데 나라카의 눈알은 샛노란 실뱀으로 변하여 이탄의 몸속으로 파고들었다가 오히려 이탄에게 흡수당하고 말았다.

이후로 이탄은 두 눈에서 샛노란 광선을 뿜어내어 눈에 보이는 모든 사물을 썽둥썽둥 썰어버리는 가공할 공격 능력을 갖게 되었다.

다만 이탄은 적들을 손으로 찢어 죽이는 편을 선호하는지라 나라카의 눈을 실전에서 사용하지 않을 따름이었다.

이상이 과거에 벌어졌던 일들이었다.

이탄은 크리스털 전시관 안에 밀봉된 리종 일족의 뿔을 바라보면서 과거의 기억들을 잠시 회상했다.

'악마사원이 남긴 신화에 따르면 짐승들의 왕 나라카가 자신의 눈알 2개를 뽑아서 언노운 월드에 던져놓았다지? 언노운 월드를 장악하기 위해서 말이야. 한데 그 샛노란 눈알이 악마사원의 법보로 지정되었다가 수만 년의 시간이 지난 뒤에 나에게 흡수되었던 거야. 그러고 보면 나와 리종 일족 사이에는 묘하게 인연이 얽혀 있네.'

이탄이 인연에 대해서 생각하는 사이, 아나테마가 이탄을 다그쳤다.

[이 보물들 중에서 하나를 택할 수 있다며? 이 뿔로 하자. 혹시 아냐? 이 뿔이 나라카의 눈알과 반응을 보일지. 끼요오올.]

이탄은 한숨을 내쉬었다.

'하아아. 영감. 왜 이렇게 성급하쇼? 일단 창고 안에 어떤 보물들이 있는지 모두 둘러보고 나서 결정해도 늦지 않을 텐데, 왜 그리 재촉을 하느냔 말이오.'

[끼욜? 그런가?]

아나테마가 고개를 좌우로 갸우뚱거렸다.

이탄은 아나테마에게 신경을 끄고는 다음 보물을 살펴보았다.

두 번째로 이탄이 관심을 둔 보물은 일곱 색깔의 비늘들이었다. 성인 손바닥만 한 크기의 비늘 7개는 각각 다른 색깔로 영롱하게 빛났다. 빨주노초파남보 일곱 빛깔의 비늘들로부터 각기 다른 속성의 에너지가 느껴졌다.

'딱 보니까 알겠네. 이 비늘들은 부이부 일족의 것이로구나.'

[끼요옵. 부이부라고? 네가 전에 말해주었던 그 늙은 신, 아니 늙은 왕의 후손들 말이냐?]

아나테마가 관심을 보였다.

이탄은 턱으로 7개의 비늘을 가리켰다.

'3명의 늙은 왕 가운데 츠롭클이 낳은 후손들이 바로 부이부 일족이오. 아쉽게도 그들을 직접 만나본 적은 없지만, 그 부이부 일족들이 일곱 빛깔을 지녔다는 소리는 들었지.'

[저 비늘들은 서로 다른 종류의 힘을 품고 있는 것 같은데?]

아나테마가 아는 체를 했다.

이탄도 그 말에 동의했다.

'영감이 정확히 보았소. 예를 들어서 빨간 비늘은 불의 기운을 품은 것 같구려. 주황색 비늘은 파괴력과 단단함을 품은 것 같고. 노란 비늘은 몽롱한 환각의 힘을 가진 듯하고. 초록색 비늘은 시야를 감추는 은신의 힘을 부여받은 느낌이오.'

이탄의 눈은 정확했다.

빨간 비늘은 불과 용암을 의미했다. 이 비늘로 무기를 만들면 불 속성의 공격과 방어가 저절로 발동하는 것이 특징이었다.

*Chapter 7*

주황 비늘은 힘과 단단함을 상징했다. 이 비늘로 갑옷을 만들면 몸뚱어리가 강철보다 더 단단해지고 괴력을 발휘할 수 있었다.

노란 비늘은 민첩성과 환각 효과를 의미했다. 이 비늘로 모자를 제작하면 민첩성이 급증하고 환각을 불러일으키는 것이 가능했다.

초록 비늘은 은신과 절단이 특성이었다. 이 비늘로 무기를 만들면 무기의 절단력이 올라갈 뿐 아니라 무기 자체가 눈에 보이지 않았다.

파란 비늘은 물과 질식을 의미했다. 이 비늘로 마법 완드를 만들면 물을 자유롭게 다루어 적을 질식시킬 수 있었다.

남색 비늘은 초록 비늘과 특성이 비슷했다. 이 비늘로 망토를 만들어 몸에 두르면 몸 전체가 투명해지는 것이 장점이었다.

마지막으로 보라색 비늘은 공간의 특성을 지녔다. 이 비늘로 팔찌를 만들어 착용하면 공간을 왜곡시킬 뿐 아니라 적의 감정을 파악하여 진실과 거짓을 판단할 수 있었다.

부이부 일족은 태어날 때부터 이러한 일곱 가지 특성을 모두 갖추었다. 그리하여 그들은 불, 용암, 괴력, 민첩함,

환각, 은신, 절단, 물, 투명화, 공간 왜곡, 진실 간파 등의
권능을 골고루 가진 절대자로 성장하곤 했다.

[끼요오올? 그럼 이걸 선택하면 어떠냐? 이 비늘로 무기
와 갑옷, 모자, 완드, 망토, 팔찌 등을 만들어 착용하면 한
꺼번에 일곱 가지 우수한 특성을 모두 갖출 수가 있잖아.
끼요오올.]

아나테마가 또다시 이탄을 부추겼다.

이탄은 눈을 찌푸렸다.

'아우, 영감. 촐싹거리지 말고 좀 진득하게 기다리쇼. 일
단 다른 보물들을 모두 둘러본 다음에 결정할 거라니까.'

[끼요웁! 촐싹거린다니? 리치 중의 리치인 이 아나테마
님에게 촐싹거린다니? 이 무슨 망발이더냐? 끼요오웁. 취
소해. 당장 취소하라곳.]

아나테마가 빽빽거렸다.

'이 시끄러운 영감탱이를 확 재워버릴까?'

이탄이 홧김에 이런 생각을 품었다.

[끼욥!]

아나테마는 깜짝 놀라 두 손으로 자신의 입을 틀어막았
다.

아나테마가 입을 다문 덕분에 이탄은 조용히 세 번째 보
물을 둘러볼 수 있었다.

F구역의 세 번째 보물도 부이부 일족의 비늘이었다. 그런데 이 비늘은 면적의 4분의 1가량이 부서져 있을 뿐 아니라 개수도 주홍색 딱 하나였다.

대신 이 비늘은 두 번째 크리스털 전시관 속의 주홍색 비늘에 비해서 열 배는 더 컸다. 가로 길이는 1미터, 세로 길이는 2미터가 넘는 크기였다.

"이건 뭐 비늘이 아니라 대형방패 같네."

이탄은 커다란 비늘을 눈으로 한 번 훑어본 다음 미련 없이 다음 보물을 향해 발길을 옮겼다.

셋뽀 일족이 수집한 네 번째 보물도 비늘이었다. 그런데 이 비늘은 부이부 일족이 아니라 기브흐 일족의 것이었다.

기브흐의 비늘은 부이부 일족의 그것과는 달리 뾰족뾰족한 가시가 돋쳐서 흡사 고슴도치의 껍질을 보는 듯했다. 비늘의 색깔은 짙은 암적색에 가까웠다.

'가만 있자. 예전에 보았던 기브흐의 알도 성게처럼 뾰족하게 생겼었는데.'

이탄은 블랙마켓에서 보았던 기브흐의 알을 떠올렸다.

당시 이탄은 멈춰진 시간 속에서 알껍데기에 손을 대었다. 그러자 기브흐의 알이 사르륵 녹아서 이탄의 손가락 속으로 스며들었다.

바로 그 순간부터 이탄의 뱃속에 자리한 음차원 덩어리

가 쿠르르릉 회전하기 시작했다.

한데 지금 이탄의 눈앞에 놓인 기브흐의 비늘도 뾰족뾰족한 모습이 성게, 혹은 고슴도치를 연상시켰다. 단지 그 모습이 알처럼 타원형이 아니라 평평하고 납작할 따름이었다.

"그거 참 희한하구나. 기브흐는 뱀 일족이라고 들었는데, 알뿐만이 아니라 비늘에도 가시가 돋쳤네. 몸뚱어리가 이렇게 뾰족하면 어떻게 땅 위를 기어다닐까? 혹시 기브흐는 뱀 일족이기는 하지만 땅에서 기어다니지는 않나?"

이탄은 머릿속으로 엉금엉금 걸어다니는 뱀을 상상했다. 그러다 잡념을 털어버리고는 다음 보물로 시선을 돌렸다.

이탄이 마주한 다섯 번째 보물은 날카로운 발톱이었다.

"이건 아마도 리종 일족의 발톱이겠군."

이탄은 발톱에는 별 관심을 두지 않았다.

이어서 여섯 번째 보물은 상당히 독특했다. 크리스털 전시관 안에는 가로 세로가 4 미터나 넘는 문짝 크기의 평평한 비늘이 반쯤 부서진 채 보관되었는데, 특이하게도 노란 털 한 가닥이 그 평평한 비늘을 세 번이나 꿰뚫고 칭칭 휘감은 모습이었다.

"이게 뭐지?"

이탄은 크리스털 전시관에 얼굴을 가까이 들이밀고 자세히 살펴보았다.

원래 이 대형 비늘은 일곱 가지 색깔을 모두 가지고 있었던 것 같았다. 그런데 무슨 이유에서인지 지금은 영롱한 무지갯빛이 퇴색하여 거무튀튀하게 보였다.

"비늘의 주인은 아마도 부이부 일족이었겠구나. 그런데 조금 전에 보았던 부이부의 비늘들은 각자 한 가지 색깔만 가졌잖아. 빨간색이면 빨간색, 주황색이면 주황색, 이렇게 말이야. 그런데 이 비늘은 희미하게나마 일곱 가지 색이 모두 남아있어. 게다가 비늘의 크기도 상당히 크고."

또 한 가지.

이탄은 비늘에 틀어박힌 노란색 털을 눈여겨보았다.

예전에 이탄은 노란 털 한 가닥을 얻은 바가 있었다. 한데 지금 눈앞의 노란 털이 예전에 이탄이 얻었던 털과 아주 유사했다.

"일곱 가지 색깔을 띤 저 비늘의 원주인은 분명히 부이부 일족 가운데서도 특별한 놈일 거야. 그런데 그 부이부 강자가 노란 털의 몬스터와 한바탕 혈투를 벌였던 것이 아닐까? 그렇다면 저 노란 털의 몬스터도 상당한 강자라는 뜻이겠네?"

이탄은 일단 이 여섯 번째 보물을 마음속으로 체크해 두었다.

"혹시라도 마땅한 보물이 없으면 이걸 선택해야겠다. 이걸 가지면 일곱 색깔 부이부의 비늘과 노란 털을 한꺼번에 얻을 수 있잖아."

이탄은 이렇게 판단했다.

F구역에 전시된 일곱 번째 보물은 상대적으로 가치가 떨어져 보였다. 여덟 번째부터 열일곱 번째까지 보물들도 그다지 만족스럽지 않았다. 이것들은 반쯤 부러진 이빨 파편과 뼈 조각들이었는데, 풍기는 기운도 미약했다.

이탄은 이런 것들을 휙휙 지나쳐 열여덟 번째 보물 앞으로 다가섰다.

높이 4미터에 달하는 길쭉한 크리스털 전시관 안에는 묵직해 보이는 봉이 하나 보관되어 있었다.

"이것은 리종 일족의 무기로구나."

이탄이 손으로 턱을 쓸었다. 이탄의 머릿속에는 코후엠이 사용하던 봉이 떠올랐다.

지금 크리스털 전시관 안에 보관된 봉은 코후엠이 쓰던 무기와 형태가 비슷할 뿐 아니라 봉의 표면에 미세하게 새겨진 마법진도 유사했다.

# Chapter 8

"이것도 나름 가치는 나갈 텐데. 하지만 내가 굳이 사용하고 싶지는 않아."

이탄은 미련 없이 등을 돌렸다.

열아홉 번째 보물은 심장이었다. 맑은 수액 속에 담긴 심장은 아직도 생기가 넘쳐서 쿵쾅쿵쾅 펌프질 중이었다.

리종, 기브흐, 부이부.

이들 세 종족 가운데 어느 종족의 심장인지는 알 수가 없었다. 대신 심장에서 흘러나오는 기세가 범상치 않았다.

아나테마가 닫았던 입을 다시 열었다.

[끼욕? 이걸로 하자. 심장이다. 심장.]

고대 악마사원은 사람을 제물로 바쳐서 제사를 지내는 인신공양 풍습으로 악명이 높았다. 아나테마도 그 악마사원의 사도답게 심장만 보면 환장을 했다.

[저걸 선택에서 먹어버려. 끼요오옵. 저 심장을 먹으면 그릇된 차원 몬스터의 힘과 지식이 네게 유입될 게야. 내가 저 심장의 기운을 흡수하는 특별한 저주마법을 알려주마. 끼요오오옵.]

이탄은 아나테마의 말에 대꾸할 가치를 느끼지 못하였다. 게다가 이탄은 심장을 씹어먹을 생각도 눈곱만큼도 없었다.

이탄이 두근거리는 심장 앞을 그냥 지나치자 아나테마가 발광했다.

[끼요오오옵. 이런 망할 놈의 새끼. 노인의 충고를 귓등으로도 듣지 않는구나. 끼요오오옵. 싸가지라고는 개미 똥만큼도 없는 놈 같으니라고. 끼요오오옵.]

'쓰읍.'

이탄은 눈만 한 번 부라려서 아나테마의 입을 다시 틀어막았다.

찔끔 놀란 아나테마가 입을 다시 닫았다. 다만 침묵하기 전에 소심하게 한 마디 투덜거리는 것은 잊지 않았다.

[끼욜. 뭔 말을 못 하게 해. 퉤퉤퉤. 더럽고 치사해서 내가 입을 다물련다. 끼요옵.]

아나테마의 다짐은 지켜지지 않았다. 입을 다물겠다고 투덜거린 지 불과 몇 초도 지나지 않아 아나테마가 괴성을 질러댔다.

[끼이요오오오오옵! 끼이요오오옵! 끼이요오오오옵! 어째서 이것이 여기에! 끼이요오오오옵!]

머릿속을 손톱으로 긁는 듯한 아나테마의 괴성에도 불구하고 이탄은 아나테마를 나무라지 않았다.

아니, 이탄도 아나테마처럼 괴성을 내지르고 싶은 심정

이었다. 어찌나 놀랐던지 이탄의 눈알이 튀어나올 것처럼 툭 불거졌다. 이탄의 입도 쩍 벌어졌다. 이탄의 뇌리에는 천둥이 콰콰쾅 내리쳤다. 이탄은 머릿속이 백지처럼 하얗게 물든 기분이었다.

"아조브? 이게 여기 있었어?"

마지막 스무 번째 크리스털 전시관 안에 보관된 보물은 다름 아닌 아조브였다. 고대 악마사원의 삼대법보 가운데 하나이자 피사노교가 악착같이 회수하려고 애를 썼던 바로 그 큐브 모양의 아이템 말이다.

언노운 월드의 시간으로 3년쯤 전, 이탄은 피사노 싸마니야의 명을 받아 아울 검탑에 접근했었다. 피사노교에서 무척 중요하게 생각하는 마법아이템을 회수하기 위해서였다.

당시 피사노 싸마니야는 여러 명의 자식들을 작전에 투입하였다.

고스트 핸드와 악마종 소환에 능한 코투.

공기를 자유롭게 폭발시킬 수 있는 술라드.

베놈 포그(Venom Fog: 독안개)와 신속의 권능을 가진 싸쿤.

이탄의 분혼이 심어진 밍니야.

그리고 이탄.

이상 5명의 사도들이 마법아이템 회수 작전에 투입되어 아울 검탑의 깊숙한 곳을 털었다.

그 결과 코투는 아울 검탑의 상위 서열들과 싸우다 죽었다. 대신 코투는 아울 검탑에서 큐브 모양의 마법아이템인 아조브를 빼내는 데 성공했다.

그 후 아조브는 이탄과 싸쿤의 손을 차례로 거쳐서 술라드에게 넘어갔고, 다시 싸쿤이 이 아조브를 술라드로부터 넘겨받아 아울 검탑의 포위망을 뚫었다.

싸쿤의 복귀와 함께 피사노교는 마법아이템의 회수에 성공했다. 작전 성공으로 인하여 이탄 등은 싸마니야에게 큰 칭찬을 받았다.

하지만 싸마니야의 손에 들어간 아조브는 복제품, 즉 가짜였다. 진짜 아조브는 이탄의 손아귀에 고스란히 남았다.

당시에 이탄은 악마사원이나 피사노교도 제대로 알지 못하였던 아조브의 기능도 알아내었다.

아니, 엄밀하게 말해서 아조브가 스스로 이탄에게 자신의 능력을 드러내었다.

아조브는 놀랍게도 이탄의 만자비문과 반응하여 다양한 무기로 형태를 바꿔댄 것이다. 이탄은 여러 무기 형태 가운데 커다란 사이드(Scythe: 대형 낫)의 모습을 가장 선호했다. 심지어 이탄은 그 낫에게 둠 사이드, 즉 '파멸의 낫'이라는 별칭도 붙여주었다.

여기까지는 아나테마도 익히 알고 있는 바였다.

아니, 좀 더 엄밀하게 말해서 아나테마가 이탄을 부추겨서 아조브를 중간에 가로채도록 종용했다.

왜냐하면 아조브는 악마사원의 삼대법보 가운데 하나이므로, 아나테마의 입장에서는 이 소중한 법보가 다른 사람의 손에 들어가는 꼴을 두고 볼 수가 없었다.

그런데 이 이후에 아나테마는 알지 못하는 일들이 두 번 더 발생했다.

얼마 후 이탄은 간씨 세가의 선조들이 만들어 놓은 가상의 공간 속에서 또 다른 아조브를 발견했다.

알고 보니 아조브는 하나가 아니었다.

언노운 월드에 하나.

간씨 세가의 세상에도 하나.

'어쩌면 아조브는 각 차원마다 하나씩 존재할지도 몰라. 언령의 벽이 각 차원마다 있는 것처럼 말이야.'

이탄은 이렇게 판단했다.

그 예상이 딱 맞았다.

그릇된 차원으로 넘어오기 전, 이탄은 동차원의 특수부대에 선발되어 피사노교에 대한 대대적인 공격에 가담했다.

당시 동차원의 장로들은 특수부대원들을 격려하기 위하여 최상급 단약과 탈출용 부적 등을 하사했을 뿐 아니라, 특수부대원들에게 법보 3개를 선택할 기회도 주었다.

그때 이탄이 선택한 법보가 귀장갑, 신발형 비행 법보, 그리고 아조브였다. 놀랍게도 아조브는 동차원에도 하나가 존재했던 것이다.


## Chapter 9

언노운 월드와 간씨 세가의 세상, 그리고 동차원에 이르기까지.

아조브는 각 차원마다 하나씩 존재하는 듯했다. 그런데 어찌된 일인지 그 아조브들이 차례차례 이탄의 손아귀에 들어왔다.

그래서 이탄은 생각했다.

'혹시 그릇된 차원에서도 언령의 벽이나 아조브가 있는 것 아냐? 만약 이번에도 우연찮게 아조브를 찾게 된다면, 그건 정말 나와 아조브가 인연이 끈끈하다는 증거겠지?'

그릇된 차원으로 넘어오는 순간에 이탄은 이런 상상을 했다.

한데 그 상상이 현실이 되었다. 이탄은 알블—롭 일족의 발원지 행성에서 언령의 벽을 발굴하였을 뿐 아니라 아조 브마저 만나게 되었다.

이건 마치 운명의 여신이 이탄의 앞에 언령의 벽과 아조 브를 자꾸 가져다 놓아주는 기분이었다.

게다가 또 한 가지 특기할 만한 점이 있었다.

이탄은 셋뽀의 왕족만이 찾아낼 수 있는 독특한 독립 공 간, 즉 순혈의 공간에서 언령의 벽을 찾아내었다.

그런데 희한하게도 아조브를 발견한 장소 또한 순혈의 공간이었다.

'거참 희한하네. 그러고 보니 내가 두 번째 아조브를 찾 아낸 공간 또한 이름이 순혈의 공간이었어. 간씨 세가의 선 조들이 만들어낸 가상 세계의 이름이 순혈의 공간이었다 고. 두 번째 아조브는 바로 그 순혈의 공간 내부에 보관되 어 있었지.'

— 간씨 세가 세상의 아조브 => 순혈의 공간 내부에 보 관 중이다가 우연히 이탄의 눈에 띄었음

— 그릇된 차원의 아조브 => 순혈의 공간 속 보물창고 에 보관 중이다가 우연히 이탄의 눈에 띄었음

이탄의 머릿속에는 이러한 도식이 그림처럼 떠올랐다.

이탄의 뇌가 팽팽 돌아갔다.

'이게 과연 우연일까? 아니면 필연일까? 그렇다면 내가 맨 처음으로 얻은 첫 번째 아조브는 어디에 보관 중이었을까? 혹시 아울 검탑 내부에도 순혈의 공간이 존재하는 것 아냐? 그 속에 보관되어 있는 것을 코투 형이 빼내왔던 것 아니냐고. 그리고 동차원에서 찾은 세 번째 아조브도 혹시 순혈의 공간에 들어있던 것 아닐까? 나중에 언노운 월드로 돌아가면 아울 검탑에 들려서 한번 이 점을 조사해봐야겠구나. 또한 동차원의 남명 지역도 한번 조사해볼 필요가 있겠어.'

이탄은 나중에 시간을 내어 순혈의 공간에 대해서 알아보기로 마음을 먹었다.

그 와중에 이탄은 아나테마가 이러한 정보들을 읽지 못하도록 미리 생각을 나눠서 차단했다.

아나테마가 덜덜 떨리는 음성으로 소리쳤다.

[당장 이걸 선택해라. 끼요오옵. 당연히 아조브를 골라야지 뭘 망설이느냐? 무조건 아조브야. 아조브. 끼요오오옵.]

이탄도 이번만큼은 아나테마의 의견에 동의했다.

'영감이 그렇게 꽥꽥거리지 않아도 당연히 아조브를 고를 거요.'

이탄은 크리스털 전시관을 열어 큐브 형태의 아조브를 움켜잡았다.

우우우웅!

이탄의 손아귀에 들어온 아조브가 마치 살아 있는 생명체처럼 꿈틀거렸다.

그뿐만이 아니었다.

이탄이 고스트 핸드(Ghost Hand: 유령의 손)에게 맡겨 놓은 첫 번째 아조브, 즉 언노운 월드의 아조브와 세 번째 아조브, 즉 동차원의 아조브도 덩달아 웅웅웅 진동했다.

고스트 핸드는 피사노교의 사도인 코투의 권능이었다.

이탄은 이 권능을 코투로부터 배웠으며, 이 독특한 흑마법을 이용하여 아조브를 특수한 아공간 속에 보관해 두었다.

이 아공간은 이탄이 즐겨 사용하는 아공간 박스와는 또 다른 공간이었다.

이탄의 마음 같아서는 이 아공간 속에 들어있는 2개의 아조브를 당장 꺼내어 그릇된 차원의 아조브와 어떤 차이가 있는지 비교해보고 싶었다. 3개의 차원에 존재하던 3개의 아조브들을 접촉시켜 보면 과연 어떠한 현상이 벌어지는지도 관찰해보고 싶었다. 이탄은 이 신비로운 아이템에 대해서 정말로 궁금한 점이 많았다.

하지만 지금은 궁금증을 풀 때가 아니었다. 이탄은 호기심을 억지로 눌렀다.

'이곳은 셋뽀 일족의 극비 보물창고잖아. 이 안에 분명히 마법장치가 있을 거야. 예를 들어서 창고 내부를 감시하는 마법진이라든가, 아니면 이곳의 보물들을 한꺼번에 다른 공간으로 전송해버리는 마법진이라든가.'

이탄은 신중한 성격이었다. 그는 이렇게 불안정한 장소에서 자신의 비밀을 드러내고 싶지 않았다.

'3개의 아조브를 비교해보는 것은 나중으로 미뤄도 돼. 내가 소유한 행성으로 돌아가서 이것저것 마음껏 실험해보는 게 속이 편하지.'

이탄은 이렇게 판단했다.

그릇된 차원의 아조브가 응응응 소리 내어 보챘다.

"조금만 참아라. 착하지."

이탄은 아조브를 손으로 쓰다듬어 달랬다.

말귀라도 알아들은 것일까? 아조브가 잠잠해졌다.

이탄이 아조브를 달래는 동안에도 아나테마는 흥분을 가라앉히지 못했다. 고대의 리치는 계속해서 주절거렸다.

[끼요오올. 믿을 수가 없구나. 세상에 아조브가 2개라니! 그릇된 차원에도 우리 악마사원의 삼대법보 가운데 하나가 존재했다니! 과연 아조브는 우리 악마사원이 지정한 가장

신비로운 법보답구나. 끼요올. 이건 완전히 내 예상을 벗어
난 존재야. 끼요오오올.]

아나테마는 아조브가 2개라고 말하였지만, 사실 이탄이
발견한 아조브는 이미 이것이 네 번째였다.


한편 에스더는 순혈의 공간 밖으로 나간 뒤에도 창고 안
에서 벌어지는 일들을 모니터링하는 중이었다.

역시 이탄의 예상이 딱 맞았다.

이탄이 크리스털 전시관 속에서 아조브를 꺼낸 순간, 크
라포 시스템의 신분패에 알람이 떴다. 서리를 판매하는 뱀,
즉 에스더가 보낸 메시지였다.

[어쩌다 뱀 님, 혹시 보물을 하나 고르셨나요? 제가 창고
의 문을 열어드릴까요?]

신분패 속에서 에스더의 뇌파가 흘러나왔다.

이탄이 손가락을 놀려 대답했다.


아직 선택하지 못했소. 마음에 드는 보물을 하나
찾기는 했는데, 조금 더 둘러보고 싶으니 시간을
더 주시오.


이탄은 신분패에 이와 같이 입력했다.

이탄이 보낸 메시지의 내용이 뇌파의 형태로 전환되어 에스더에게 전해졌다.

마침 에스더는 손바닥 2개 크기의 크리스털 화면을 통해서 극비 보물창고 내부를 지켜보던 중이었다.

[어쩌다 언데드 님은 무엇을 보고 저 큐브를 고른 것일까? 우리의 선조들이 아무리 조사를 해도 저 큐브 아이템은 아무런 반응을 보이지 않았는데? 단지 저 큐브를 손에 넣은 장소가 신화 속 전장이라 소중하게 보관해왔을 뿐, 사실 저 큐브 자체는 아무런 쓸모도 없는 물건이라고 판단했건만. 혹시 내가 모르는 무언가가 저 큐브에 담겨 있단 말인가? 휴우.]

에스더가 한숨을 내쉬었다.

## Chapter 10

에스더는 이탄이 세 가지 보물 가운데 하나를 고를 것이라고 예상했다. 이 세 가지 중 하나가 바로 노란 털이 꽂혀 있는 거무튀튀한 비늘이었다.

은은하게 무지갯빛이 남아 있는 비늘과, 그 비늘에 꽂혀 있는 노란 털은 심장이 떨리도록 포악한 기세를 풍겨내었다.

에스더는 '어쩌다 언데드 님이라면 분명히 그 기세를 읽어내겠지. 그리곤 노란 털이 박힌 비늘을 가지겠다고 할지 몰라.' 라고 예상했다.

한데 이탄은 그 예상을 깨고 큐브를 선택했다. 아무짝에도 쓸모없어 보이는 큐브를 말이다.

그래서 에스더는 더욱 더 마음이 착잡했다.

이탄이 큐브를 고르기 전까지만 해도 에스더는 큐브 아이템에 아무런 미련이 없었다.

그런데 막상 이탄이 큐브를 선택하자 에스더는 가슴이 벌렁거리고 소중한 무언가를 놓친 듯한 기분이 들었다.

에스더는 머리를 흔들어 이런 감정을 털어버렸다.

[아직 어쩌다 언데드 님이 아이템을 완전히 선택한 것은 아니야. 저분이 보물창고 안을 조금 더 둘러보다가 큐브 아이템 대신 다른 보물을 고를 수도 있어. 그리고 설령 어쩌다 언데드 님이 큐브 아이템을 가져가면 어때? 나는 이미 어쩌다 언데드 님께 약속을 했는걸. 우리 일족의 극비 보물창고 안에서 그 어떤 보물이건 하나만 골라서 마음껏 가져가라고 약속했단 말이야. 그러니 절대 아까워하면 안 돼.]

에스더가 스스로에게 이렇게 다짐했다.


그 즈음 이탄은 F구역을 떠나서 E구역에 들어섰다.

이탄은 이미 아조브를 선택하기로 마음의 결정을 내렸다. 하지만 그래도 셋뽀 일족의 창고에 저장된 보물들을 한 번쯤은 다 훑어보고 싶었다.

F구역에는 딱 20개의 보물만 진열되어 있었던 것과 달리 E구역에 전시된 보물들은 그 양이 엄청났다.

이것은 삼대왕족에 비하여 오대강족의 보물들을 수집하기가 상대적으로 더 쉽다는 점을 의미했다.

이탄은 크리스털 전시관 앞을 빠르게 스쳐 지나가면서 보물들을 훑어보았다.

리노 일족의 최상급 뿔과 비늘.

구아로 일족의 최상급 이빨과 발톱.

쁠브 일족의 최상급 눈물.

씨클롭 일족의 최상급 눈알.

츄루바 일족의 최상급 털.

이탄이 익히 알고 있는 재료들이 크리스털 전시관 안에서 각자의 기운을 뽐내었다.

"만약 내가 차원이동 통로 제작에 필요한 재료를 다 모으지 못했다면, 이 재료들을 욕심냈을 뻔했네."

이탄은 스쳐 지나가는 말투로 이렇게 중얼거렸다.

사실 이탄은 강자고 에스더는 약자였다. 만약에 이탄이 나쁜 마음을 먹고 이곳 창고의 보물들을 모조리 독차지하겠다고 나서면?

그럼 에스더가 이탄을 막을 방법은 없었다.

그럼에도 불구하고 에스더는 이탄을 믿고 이곳 극비 창고를 공개했다. 그녀는 이탄이 약속을 지킬 것이라 확신했다.

그 판단이 정확했다.

이탄은 모레툼의 은화를 갚지 않는 채무자들에게는 처절할 정도로 응징을 가하지만, 그게 아닌 경우라면 타인의 재화를 함부로 강탈하는 법이 없었다. 원하는 물건이 있을 때에도 이탄은 가급적 합당한 거래를 통해서 그 물건을 손에 넣곤 했다.

물론 이탄도 가끔씩 이탈을 할 때가 있었다. 예를 들어 블랙마켓에서 기브흐의 알을 발견했을 때가 바로 이런 경우였다. 그때 이탄은 무한시의 언령으로 시간을 멈춰놓고서 기브흐 일족의 알을 흡수했었다.

하지만 이러한 강탈은 자주 벌어지지 않았다. 이탄은 가능하면 반칙을 하지 않으려고 노력하는 양심(?)적인 언데드였기 때문이다.

그 증거로 이탄은 이곳 창고에서 딱 하나의 보물만 받아갈 생각이며, 2시간의 제한시간도 가급적 지킬 요량이었다.

"서둘러야지. 2시간은 금방 가."

이탄이 보물에 대한 탐색 속도를 높였다.

E구역의 크리스털 전시관 안에는 최상급 재료들뿐 아니라 오대강족이 제작한 강력한 무기들도 들어 있었다.

대표적으로 활 하나가 이탄의 눈길을 잡아끌었다.

이 활은 리노 일족의 최상급 뿔로 틀을 잡고, 최상급 비늘로 화살촉을 만들었다. 활의 시위는 츄루바 일족의 최상급 털로 이루어진 듯했다. 또한 활의 중앙에는 씨클롭 일족의 최상급 눈알이 박혀서 희번덕거렸다. 활의 양옆에는 구아로 일족의 이빨이 X자로 교차한 채 으스스한 기운을 드러내었다.

어디 그뿐인가. 활의 옆면에는 액체가 들어차서 찰랑거렸다. 이 액체는 다름 아닌 뿔브 일족의 최상급 눈물이었다.

따지고 보면 이 활 하나에 그릇된 차원 오대강족의 최상급 재료가 총동원된 셈이었다.

이탄은 어이가 없었다.

"아니, 대체 누가 이런 활을 만든 거야? 이건 오대강족의 합체판이나 다름없잖아."

사실 이 활이야말로 에스더가 세 손가락 안에 꼽는 중요한 보물 가운데 하나였다.

[아아아. 어쩌다 언데드 님이 저 활을 선택하면 어떻게 하지?]

순혈의 공간 밖에서 에스더는 초조함에 자신의 손톱을 물어뜯었다. 그 정도로 에스더는 긴장했다.

다른 한편으로 에스더의 마음속에는 착한 생각도 깃들었다.

[아니야. 내가 이러면 안 돼. 어쩌다 언데드 님에게 화근 덩어리들을 떠넘긴 것을 생각하면 저 활 정도는 내드려도 된단 말이야. 어쩌다 언데드 님은 최고의 보물을 차지할 자격이 있어. 암. 있고말고.]

에스더는 애써 이렇게 마음을 돌렸다.

그런데 이것은 에스더의 기우였다. 이탄은 오대강족의 최상급 재료가 집약된 엄청난 보물을 눈앞에 두고도 무기로서의 가치를 인정하지 않았다. 별로 욕심도 내지 않았다. 이탄은 그저 상인의 입장에서 활의 가격을 매길 따름이었다.

'마땅한 게 없었으면 그냥 이 활을 선택했을지도 모르겠구나. 이 정도 무기라면 엄청 비싸게 팔리겠지.'

이것이 이탄의 솔직한 속마음이었다.

## Chapter 11

이탄은 활에 대한 미련을 접고서 다른 보물들을 탐색했다.

다음으로 이탄의 눈에 띈 무기는 대형 낫, 즉 사이드였다.

이탄은 '무기보다는 맨손' 주의지만, 그나마 무기들 중에는 사이드가 좀 멋있어 보인다고 생각했다.

예전에 언노운 월드의 아조브가 온갖 무기들로 형태를 바꿔가면서 이탄의 비위를 맞춰보려고 애썼을 때, 이탄이 선택한 형태도 바로 사이드였다.

크리스털 전시관 속의 사이드는 손잡이의 길이가 2.5 미터에 날의 길이는 2 미터에 달하는 중병기였다.

사이드의 손잡이는 구아로 일족의 최상급 이빨을 깎아서 만들었다. 날은 흑금을 기본 바탕으로 깔고 그 위에 구아로의 발톱을 장식하여 제작했다. 날의 아래쪽에는 구멍이 하나 뚫려 있었는데, 그 구멍에 방울 같은 것 3개가 매달렸다.

이탄이 자세히 보니 이것들은 방울이 아니라 씨클롭 일족의 최상급 눈알들이었다.

'형태는 마음에 들지만 값어치는 활보다 덜 나가겠구나.'

이탄은 사이드도 그냥 지나쳤다.

E구역에서 이탄으로 하여금 세 번째로 발걸음을 멈추게 만든 무기는 손바닥 크기의 원반이었다.

볼품없어 보이는 이 원반에는 오대강족의 상징이 테두리를 따라 빙 둘러 새겨졌다.

산봉우리처럼 우뚝 솟은 뿔.

다섯 줄의 발톱이 날카롭게 할퀸 흔적.

빨판이 달린 채 꿈틀거리는 3개의 다리.

섬뜩해 보이는 외눈.

멍게처럼 일렁거리는 새까만 털뭉치.

원반의 테두리에는 이상 5개의 문양이 순서대로 새겨져 있었다. 이탄은 문양만 보고서도 이것이 어느 일족을 상징하는지 한 눈에 알아차렸다.

'원반에서 특별한 기세가 풍기지는 않아. 무척 평범해 보인다고. 하지만 희한하게도 눈길을 끄네.'

이 묘한 이끌림이 어디에서 기인하는 것인지 이탄은 알아차렸다. 원반 속에서 희미하게 풍기는 피냄새가 이탄을 자극했다.

사실은 혈향을 풍기는 이 원반이야말로 노란 털이 박힌 일곱 색깔 비늘(F구역), 오대강족의 최상급 재료가 집약된 활(E구역)과 함께 에스더가 가장 중요하게 여기는 세 가지 보물들 가운데 하나였다.

다만 이 원반에 특별한 마법력이나 권능이 담긴 것은 아니었다. 이 원반은 하나의 상징물이었다.

까마득한 과거, 오대강족의 왕들이 한 자리에 모여서 원반을 만들었다. 다섯 왕은 원반 위에 자신들의 종족을 상징하는 문양을 새긴 다음, 원반 내부에는 자신들의 피를 한 방울씩 주입했다.

원반이 완성되자 다섯 왕들은 이 원반을 그릇된 차원의 신에게 봉헌했다.

당시에 다섯 왕들로부터 원반을 봉헌 받은 신이 바로 그릇된 차원의 세 늙은 왕 가운데 한 명인 닉스였다.

다섯 왕들은 닉스 앞에 무릎을 꿇고 원반을 바치면서 한 가지 맹세를 하였다. 나중에 이 원반을 소유한 자가 원반을 깨뜨리면서 명을 내릴 경우, 오대강족은 그 명을 반드시 받들겠다는 맹세였다.

다섯 왕의 맹세가 원반 속의 핏방울에 아로새겨졌다. 그리하여 이 원반은 우주의 오대강족을 부릴 수 있는 징표가 되었다.

그릇된 차원을 아우르는 검은 뱀 닉스는 희한하게도 이 원반을 직접 소유하지 않았다. 그렇다고 해서 후손들에게 넘겨주지도 않았다. 심지어 닉스는 이 원반의 존재를 기브흐 일족들에게 알리지도 않았다.

대신 닉스는 자신의 시중을 들던 시녀에게 이 원반을 하사했다.

이 시녀가 바로 셋뽀 일족의 선조였다.

[만약 어쩌다 언데드 님이 오대강족 왕들의 피냄새를 느낄 수만 있다면, 어쩌다 언데드 님은 다른 보물 대신 원반을 선택할지도 몰라.]

순혈의 공간 밖에서 에스더가 초조하게 중얼거렸다.

말이 나왔으니까 말인데, 사실 셋뽀 일족의 입장에서는 다른 보물보다 이 원반이 더 중요할 수도 있었다. 에스더는 이탄이 원반을 선택할까 봐 마음이 조마조마했다.

다행히 이탄은 원반을 고르지 않았다.

[휴우~.]

이탄이 원반을 내버려두고 휙 지나치자 에스더가 안도의 한숨을 내쉬었다. 그러다 에스더는 스스로의 머리를 꽁 때렸다.

[이런 배은망덕한 것. 어쩌다 언데드 님께서 어떤 보물을 선택하더라도 아까워하면 안 돼. 어쩌다 언데드 님은 최고의 보물을 선택할 권리가 있다니까. 내가 왜 자꾸 이렇게 바보 같은 욕심을 부리고 초조해하지?]

에스더는 다시 한번 마음을 다잡았다.

그러는 사이 이탄은 E구역, 즉 오대강족 특별관을 전부 둘러보았다. 이제 이탄의 발길은 D구역으로 향했다.

D구역에는 크리스털 전시관 같은 것은 없었다. 그저 선반 위에 검은색 스톤들이 쭉 놓여있을 뿐이었다.

이 스톤들은 셋뽀 일족이 수십만 년 이상 모아온 지식들을 담고 있었다.

'무한시의 권능으로 시간을 멈춰놓은 뒤 스톤에 담긴 지식들을 하나씩 읽어볼까?'

이탄은 얼핏 이런 욕심을 품었다.

하지만 곧 그 욕심을 내려놓았다.

이탄이 수만 개가 넘는 스톤들을 눈으로 쭉 훑어보았지만, 이 가운데 이탄을 잡아끄는 스톤은 단 한 개도 없었다.

'다 맹탕들일 거야. 그다지 끌리는 게 없어.'

이탄은 자신의 촉을 믿었다.

이탄이 D구역을 지나쳐서 C구역으로 넘어가자 에스더가 한숨을 쉬었다.

[하아아. 역시 어쩌다 언데드 님은 스톤을 선택하지 않는구나.]

에스더의 한숨에는 아쉬움이 담겼다.

솔직히 셋뽀 일족의 입장에서는 이탄이 스톤을 선택하는 편이 가장 유리했기 때문이었다. 스톤의 지식들은 이미 다른 곳에 복사해 놓았기에 이탄이 스톤 가운데 하나를 가져 가도 셋뽀 일족은 아무런 피해가 없었다.

이탄은 C구역도 그냥 패스했다. C구역에 보관된 희귀 재 료들을 눈으로만 한 번 훑어보고 지나친 것이다.

이건 당연한 일이었다.

그릇된 차원에서 가장 인기가 좋은 재료들은 대부분 오 대강족으로부터 나오곤 했다. 한데 이런 재료들은 C구역이 아니라 E구역의 오대강족 특별관에 따로 전시되었다. 따라 서 C구역에는 상대적으로 가치가 떨어지는 재료들, 예를 들어서 토트 일족의 최상급 등껍질 정도만이 진열 중이었 다.


## Chapter 12

이탄은 C구열을 지나쳐 B구역으로 넘어갔다.

B구역의 방어무기들도 이탄의 눈에 차지는 않았다. 원래 이탄은 무기에 관심이 없었다. 그나마 봐줄 만한 것이 리노 일족을 비롯한 오대강족의 무기들인데, 이 무기들은 E구 역에 따로 분류된 터라 B구역에는 값나가는 무기들이 없었 다.

이런 점은 A구역도 마찬가지였다. 이탄은 A구역에 진열된 공격용 무기들을 눈으로만 쓱 훑어보고 나왔다.

이탄의 선택은 이미 정해졌다.

"당연히 아조브지."

말귀를 알아듣기라도 한 것인지 이탄의 손에서 아조브가 웅웅웅 울어댔다. 이 녀석은 이탄의 선택을 받은 것을 무척 기뻐하는 듯했다.

한편 아공간에 보관 중인 첫 번째 아조브(언노운 월드의 아조브)와 세 번째 아조브(동차원 남명에서 획득한 아조브)도 화음을 넣는 것처럼 웅웅웅 소리를 내었다.

다만 간씨 세가의 아조브만은 이 자리에 함께할 수가 없었다. 왜냐하면 그 아조브는 이탄의 본체가 아니라 분신인 간철호를 통해서 습득한 까닭이었다.


　　보물을 골랐소.


이탄이 이와 같은 내용을 신분패에 적어 넣었다. 크라포 시스템의 신분패가 이탄의 의사를 뇌파로 전환하여 에스더에게 전달했다.

[알았어요. 창고의 문을 열어드릴게요.]

둥그런 신분패는 에스더의 대답을 이탄에게 전달했다.

이탄이 중앙 홀로 나오자 보물창고의 문이 활짝 개방된 모습이 보였다. 이탄은 문을 통해 은빛 강물에 뛰어든 다음, 능숙하게 수영을 해서 강물 밖으로 나왔다. 물론 그 와중에 목의 틈새로 은빛 물이 스며들지 않도록 조심하는 것도 잊지 않았다.

강가에는 에스더가 미리 와서 기다리는 중이었다. 에스더의 눈이 이탄의 오른손으로 향했다.

[그 큐브를 선택하셨나요?]

[아! 이것 말이오? 왠지 모르게 마음이 끌리더군.]

이탄은 아무렇지도 않게 답을 흘렸다.

[그랬군요.]

에스더도 더는 캐묻지 않았다.

순혈의 공간을 벗어난 뒤, 에스더는 이탄에게 약속했던 보물들을 추가로 넘겨주었다.

최상급 음혼석 2개.

기브흐 일족의 최상급 독니 하나.

역시 기브흐 일족의 최상급 비늘 하나.

여기에 아조브까지.

이탄은 화근 덩어리들을 10개월간 떠안는 대가로 에스더로부터 5개의 보물을 선불로 받았다.

[대가를 받았으니 나도 일을 해야지.]

이탄은 한쪽 어깨에 코후엠과 투론을 함께 짊어지고 옆구리에는 커다란 궤짝을 끼었다. 이 궤짝 안에는 무지갯빛 알 한 쌍이 들어 있었다.

에스더는 코후엠뿐 아니라 투론도 이탄에게 맡겼다. 리종 일족과 관련된 모든 것들을 이탄에게 떠맡기는 편이 더 안전할 것 같아서였다.

[그럼 잘 부탁드려요.]

에스더가 이탄을 배웅했다.

이탄은 선선히 고개를 끄덕였다.

[서리를 판매하는 뱀 님, 10개월 뒤에 봅시다.]

이탄은 이 말을 남긴 채 휴대용 플래닛 게이트를 작동시켰다.

차라라락—.

육각형의 마법아이템이 빠르게 회전했다. 하늘에서는 은색의 번개가 내리쳐서 이탄 주변을 하얗게 물들였다. 휴대용 플래닛 게이트로부터 광휘가 폭발적으로 일어나 난초 잎사귀처럼 사방팔방으로 퍼졌다.

파앗!

잠시 후, 이탄의 몸이 꺼지듯이 그 자리에서 사라졌다.

에스더는 이탄이 머물렀던 곳을 눈으로 더듬으면서 나직이 중얼거렸다.

[그래요. 어쩌다 언데드 님. 우리 10개월 뒤에 무탈한 모습으로 다시 봐요.]

에스더의 뇌파가 쓸쓸하게 허공에 녹아들었다.

제5화
## 피우림 대선인에게 생긴 변고

## Chapter 1

알블―롭의 발원지로부터 아득히 떨어진 HRE―1 행성.

황폐해 보이는 행성 한복판에 빛기둥이 화악! 작열했다. 눈부신 광휘 속에서 이탄이 툭 튀어나왔다.

이탄은 코후엠과 투론을 땅바닥에 쿵 내던졌다.

[큭.]

코후엠이 짧은 신음을 토했다.

투론은 아직까지도 기절 중이라 아무런 반응도 없었다.

이탄은 부이부의 알을 보관 중인 궤짝도 땅에 내려놓았다.

이탄의 전면에는 부정 차원으로 통하는 차원 이동 통로가 거대한 건축물처럼 우뚝 솟아 있었다.

팔각형의 형태를 가진 이 거대한 건축물의 꼭대기에는 으스스한 기운이 나선형으로 몰려들어서 천천히 회전 중이었다.

"어디 보자."

이탄은 나선형 기운을 뚫고서 까마득한 우주를 관통해 보았다.

지금 나선형 기운은 공간과 시간을 동시에 휘감으며 마치 드릴처럼 차원의 벽을 뚫는 중이었다.

이탄의 감각이 무섭게 뻗어 올라가 나선형 기운의 내부 깊숙한 곳을 더듬었다.

"하하하. 잘 숙성되고 있구나. 이대로 10개월만 지나면 부정 차원으로 통하는 통로가 완전히 뚫린단 말이지?"

이탄이 흡족하게 손바닥을 비볐다.

그날 밤, HRE—1 행성에는 황사가 몰아쳤다. 온통 황무지뿐인 행성이라 바람이 한 번 불면 누리끼리한 먼지가 온 하늘을 두껍게 뒤덮었다. 바람도 거세게 불어서 눈을 뜨기가 힘들었다.

이탄은 차원 이동 통로의 주변에 동차원의 술법진을 설치하여 황사의 접근을 차단했다.

뿌연 먼지구름은 이탄이 머무는 곳 근처로는 얼씬도 못했다.

이탄이 알블—롭의 발원지에 다녀온 두 달 동안, 흐나흐의 여왕과 샤론, 그리고 마그리드는 이탄에게 무수히 많은 메시지를 보냈다.

"많이도 보냈네."

이탄은 두 달 동안 쌓인 메시지들을 대충 흘려들었다.

이 가운데 대부분은 무시할 만한 내용들이었다.

다만 하나의 메시지만은 무시할 수 없었다. 이것은 마그리드가 이탄에게 보낸 메시지였다. 이탄이 네모반듯한 크리스털 화면을 켜자 그 속에 저장된 마그리드의 뇌파가 재생되었다.

[이탄 님, 저를 따르는 7명의 이방인들이 있어요. 이 가운데 피우림이라고, 이탄 님도 아실 거예요. 그 피우림이 실종되었지 뭐예요.]

이탄은 여기까지만 듣고도 관심이 확 쏠렸다.

"뭐야? 피우림 선배가 실종되었다고?"

사실 피우림은 그릇된 차원의 몬스터가 아니라 동차원 북명 지역의 삼대세력 가운데 하나인 슭의 수도자였다.

그것도 어중이떠중이 수도자가 아니라 선6급의 수인족 대선인이었다.

작년 여름에 이탄은 피우림으로부터 슭의 술법 몇 가지를 배웠다.

아니, 엄밀하게 말해서 이탄은 피우림으로부터 배운 것이 아니라 거래를 했다. 남명 금강수라종의 술법 가운데 일부와 북명 슭 휘하 실론 가문의 술법 일부를 맞교환한 것이다.

이 거래를 통해서 이탄은 포그 레코드(Fog Record: 안개 기록)와 실버 존 디파이닝(Silver Zone Defining: 은색 영역 설정)을 손에 넣었다.

결과적으로 포그 레코드는 이탄의 백팔수라(百八修羅)와 결합하여 백팔수라를 한 단계 업그레이드하는 데 공헌했다. 또한 실버 존 디파이닝은 이탄의 만랑회진에 녹아들어 진법의 위력을 한층 높여주었다.

"그 피우림 선배가 실종되었다고? 대체 누가 선배를 납치했다는 거지?"

이탄은 마그리드가 남긴 메시지를 계속해서 경청했다.

[얼마 전에 실종된 피우림으로부터 긴급연락 한 통이 날아왔어요. 그런데 이유는 모르겠지만 피우림은 제가 아니라 이탄 님께 구조 요청을 보냈더라고요. 그러면서 그녀는 코이오스 가문이라는 단서를 남겼어요.]

마그리드의 메시지를 듣자마자 이탄이 눈을 동그랗게 떴다.

"뭐? 코이오스 가문이라고?"

코이오스 가문은 북명의 삼대세력 가운데 하나인 하버마 소속이었다. 코이오스들은 잿빛 늑대 계열의 수인족으로, 하버마 내에서도 세력이 강성하기로 유명했다.

한데 그 코이오스의 행동이 영 심상치 않았다.

최근 코이오스의 선인 한 명이 에스더의 여동생인 레니를 납치하려 시도하다가 이탄과 부딪친 사례가 있었다. 또한 코이오스 가문은 언노운 월드에서도 마르쿠제 술탑주의 혈육인 비앙카를 납치하려고 획책했다.

이런 일들이 반복되자 이탄도 코이오스에게 신경이 쏠릴 수밖에 없었다.

"코이오스 녀석들이 이번엔 피우림 대선인을 납치했다고? 대체 그놈들은 정체가 뭐야? 뭘 획책하기에 여러 차원에서 동시다발로 일을 벌이는 거지?"

이탄은 다른 일이라면 그냥 무시했을 것이다. 지금 이탄이 가장 신경 쓰는 바는 부정차원으로 통하는 통로였다. 그러니 이 통로를 내팽개치고 다른 일에 시간을 투입하고 싶지는 않았다. 이게 이탄의 솔직한 심정이었다.

한데 코이오스 가문이라는 단어가 이탄을 자극했다.

"아무래도 안 되겠다. 피우림의 납치 건에 대해서 좀 알아봐야겠어."

이탄은 차원이동 통로 주변에 설치된 진법을 한 번 더 점검한 다음, 휴대용 플래닛 게이트를 가동했다.

육각형의 마법아이템이 차라라락 회전했다. 뿌연 하늘에선 새하얀 낙뢰가 수도 없이 떨어졌다. 눈부신 광휘가 난초 잎사귀처럼 퍼져나가면서 이탄을 집어삼켰다.

파앗!

이탄은 그 자리에서 씻은 듯이 사라졌다.


이탄이 다시 모습을 드러낸 곳은 흐나흐 일족의 주행성 가운데 마그리드가 다스리는 도시였다.

[웬 놈이냣?]

이탄이 예고도 없이 갑자기 궁전 앞에 나타나자 마그리드의 가병들이 우르르 몰려들었다. 전사들은 이탄을 둥글게 에워싸더니 다짜고짜 창끝부터 겨누었다.

[마그리드는 어디 있지?]

이탄은 대뜸 마그리드부터 찾았다.

전사들이 흠칫했다.

선임전사가 한 발 앞으로 나섰다. 선임전사는 이탄의 차림새와 분위기를 잠시 살펴보더니 능숙하게 응대했다.

[마그리드 님을 찾아오셨습니까? 성함과 직위를 알려주시면 저희가 궁전에 기별을 넣겠습니다.]

[이름은 이탄. 직위는…… 그래. 총독이군.]

약간의 머뭇거림 끝에 이탄의 대답이 떨어졌다. '총독'이라는 단어를 뇌파에 담을 때 이탄의 입꼬리가 기분 좋게 위로 올라갔다.

선임전사가 화들짝 놀랐다.

[헙! 총독님이셨습니까? 실례했습니다.]

다른 전사들도 이탄에게 겨눴던 창을 황급히 거둬들였다.

그때 궁전 안쪽으로부터 마그리드가 황급히 날아왔다. 어찌나 급했던지 마그리드는 궁전 정문을 통하지 않고 성벽을 그대로 뛰어넘었다.

[비켜라. 그분은 나의 손님이시니라.]

마그리드의 호통에 전사들이 우르르 한쪽으로 물러나 무릎을 꿇었다.

선임전사도 머리를 납죽 조아렸다.


## Chapter 2

마그리드는 전사들을 거들떠보지도 않았다. 그녀의 시선은 온통 이탄에게만 고정되었다.

[이탄 님. 오셨군요.]

[메시지를 보고 달려왔는데. 피우림이 납치되었다고?]

이탄은 곧바로 용건을 꺼내들었다.

[아! 맞아요. 안으로 들어가서 이야기를 나누시지요. 마침 저도 휘하의 귀족들과 대책회의를 진행 중이었거든요.]

마그리드가 이탄을 궁전 안으로 안내했다.

으리으리한 회의실에서는 마그리드 일파가 모여서 머리를 맞대고 피우림 구출 대책을 논의하던 중이었다.

회의 참석자들 가운데 3명은 이탄이 이미 아는 자들이었다. 여우 머리에 인간의 몸을 가진 세골 가주가 먼저 이탄에게 아는 체를 했다.

[이탄 님, 오셨습니까?]

세골은 얼마 전 비번 일족과 전쟁이 벌어졌을 때 이탄에게 큰 도움을 받았던 귀족이었다. 그래서인지 이탄을 대하는 세골의 태도는 무척 정중했다.

한편 두쿰도 이탄에게 인사를 건넸다.

[이, 이탄 님.]

두쿰은 마그리드 휘하의 일곱 흉성 가운데 한 명으로, 독충을 소환하여 자유롭게 부리는 것이 주특기였다.

평소에 오만하고 까다롭던 두쿰이 이탄 앞에서 뇌파까지 더듬을 정도로 쩔쩔맸다. 그 모습에 다른 참석자들이 묘한 표정을 지었다.

마지막으로 번쩍번쩍한 갑옷을 입은 이리칸이 이탄에게 목례를 했다. 이리칸은 여왕의 친위대장인 고이칸의 장남으로, 예전에 이탄과 인사를 나눈 바가 있었다.

마그리드는 이탄에게 나머지 참석자들도 소개시켜 주었다.

[이탄 님, 인사부터 나누세요. 여기는 다이브예요.]

키가 크고 몸이 마른 여인이 이탄을 빤히 바라보았다. 그녀가 바로 다이브였다. 다이브는 마그리드를 추종하는 일곱 흉성 가운데 한 명으로, 흐나흐 족과 알블―롭 족 사이의 혼혈이었다.

이어서 대머리에 땅딸보 사내가 이탄과 인사를 나눴다. 그는 합시였다. 합시도 일곱 흉성에 속했으며, 뻘브 일족답게 환각과 공간 마법에 능통했다.

그 옆에 털이 북슬북슬한 여인은 힐리라는 이름으로 불렸다. 힐리는 공격 능력과 치유 능력을 한 몸에 지닌 것으로 유명했다. 당연히 힐리도 일곱 흉성 가운데 1인이었다. 또한 그녀는 우주 오대강족 가운데 하나인 츄루바 일족이기도 했다.

백발에 점잖아 보이는 노인이 그 뒤를 이었다. 이 노인의 이름은 차핑이라고 했다.

'어라? 어디서 본 듯한 얼굴인데? 내가 이 노인을 어디

서 봤더라?'

이탄이 백발의 노인을 앞에 두고 기억을 더듬었다.

'아!'

드디어 이탄이 기억 속에서 노인의 얼굴이 튀어나왔다.

'키펀 숲의 동쪽을 수호하는 아홉 영주들 가운데 셔핑이 있었지. 이제 보니 이 차핑이라는 자는 셔핑과 꼭 닮았네.'

이탄이 마음속으로 무릎을 쳤다.

그러고 보니 예전에 두쿰이 이탄에게 털어놓은 정보에 따르면 차핑은 셋뽀 일족이라고 했다.

'차핑. 셔핑. 이름마저 비슷한 것을 보니 아마도 이들은 가까운 혈연관계인가 보구나.'

이탄은 이렇게 짐작했다.

그 추측이 맞았다. 이탄이 나중에 알게 된 사실인데, 차핑은 셔핑의 사촌동생이었다.

마그리드가 이탄에게 부연 설명을 덧붙였다.

[이탄 님께 말씀을 드렸던 바와 같이 저를 따르는 7명의 손님들이 있답니다. 이 가운데 피우림은 정체불명의 괴한들에게 납치를 당했고요, 오슬로는 지금 납치 현장에 파견을 나가서 조사 중이지요. 피우림과 오슬로를 제외한 나머지 5명, 두쿰, 다이브, 합시, 힐리, 그리고 차핑은 전원 다오늘 회의에 참석했어요.]

이탄은 고개를 끄덕였다.

일곱 흉성 외에도 4명의 귀족들이 회의장에 얼굴을 보였다. 마그리드는 이탄에게 세골 가주와 이리칸을 제외한 나머지 두 귀족들을 소개했다.

이 중에 우아한 외모의 중년 여귀족이 키이라였다. 키이라 가주는 세골과 함께 마그리드 일파에서 가장 무력이 강한 것으로 소문이 자자했다.

키이라의 옆에 자리한 사내는 피부가 까무잡잡하고 유난히 입술이 두꺼웠다. 그가 바로 멧돼지처럼 저돌적이기로 유명한 무스크 가주였다.

원래 마그리드 일파에서 노른자위를 차지한 핵심 귀족 4명이 바로 세골, 키이라, 무스크, 그리고 고이칸이었다.

그러니까 오늘 이 자리에 마그리드의 핵심 귀족 4인방 가운데 3명이 모인 셈이었다.

고이칸은 여왕의 친위대장 자리를 역임하느라 왕궁을 벗어나지 못했다. 대신 고이칸은 장남인 이리칸이 가문을 대표하여 오늘 회의에 참석했다.

테이블의 상석에 마그리드가 앉았다.

[다들 앉아요.]

마그리드의 말이 떨어지기 무섭게 그녀의 오른편에 핵심 귀족들이 착석했다. 마그리드의 왼편에는 일곱 흉성 가운데 5명이 자리했다.

[이탄 님은 이쪽에 앉으셔요.]

마그리드는 이탄을 자신의 바로 옆자리에 앉혔다.

이러한 자리 배치가 시사하는 바는 분명했다. 마그리드
와 이탄은 동일한 레벨이며, 귀족들과 일곱 흉성은 그보다
한 단계 아래라는 것이 마그리드의 뜻이었다.

세골과 이리칸, 그리고 두쿰은 이에 대해서 불만이 전혀
없었다. 그들은 이탄이 얼마나 무시무시한 강자인지 잘 알
기 때문이었다.

나머지는 아니었다.

이탄을 힐끗 바라보는 키이라의 눈빛이 냉랭했다.

[크험험.]

무스크는 헛기침을 통해서 불쾌한 심기를 드러내었다.

그동안 키이라와 무스크는 떠도는 소문을 통해서만 이탄
의 유명세를 들어왔을 뿐 실제로 만나본 적은 없었다.

물론 키이라와 무스크의 귀에 들어온 이탄에 대한 소문
은 살벌했다. 한데 막상 그들이 만나본 이탄의 첫인상은 오
해를 하기에 딱 좋았다. 이탄은 미소년처럼 곱상했으며, 배
도 볼록하게 나와서 아무리 살펴봐도 강해 보이지 않았다.

'허어 참. 소문이 과장되었나?'

'이탄이라는 자, 별거 없어 보이는데?'

키이라와 무스크가 동시에 이런 생각을 품었다.

비단 이들 두 귀족만 이탄을 낮춰보는 것이 아니었다. 일곱 홍성 가운데 합시와 힐리도 이탄을 힐끔거리면서 입가에 옅은 조롱기를 내비쳤다.

반면 다이브의 반응은 조금 달랐다. 그녀는 이탄에 대해서 관심이 전혀 없었다. 이렇게 매사에 시큰둥한 점이 다이브의 성격이자 매력이었다.

차핑도 점잖은 표정을 짓고 있기에 속마음이 들여다보이지 않았다.


## Chapter 3

두쿰이 속으로 코웃음을 쳤다.

'푸훗. 멍청한 것들. 이탄 님의 무시무시함을 한번 겪어봐야 정신이 번쩍 들지. 이탄 님은 왕의 재목 수준이 아니야. 포악한 왕, 그 자체. 혹은 그 이상이라고.'

한편 세골도 두쿰과 비슷한 생각을 품었다.

'쯧쯧쯧. 저렇게도 보는 눈들이 없어서야.'

세골은 동료들의 형편없는 안목이 한탄스러웠다.

그즈음 이탄은 대놓고 눈썹을 찌푸렸다. 다들 눈길만 주고반을 뿐 회의가 빨리 진행이 되지 않아서였다.

결국 이탄이 나섰다.

[피우림이 나에게 구조 요청을 보냈다던데. 그게 사실인가?]

[네. 이탄 님의 말씀이 맞아요. 피우림이 마지막으로 남긴 구조 요청에는 분명히 이탄 님이 언급되었어요. 또한 코이오스 가문이라는 단어도 들어 있었고요.]

마그리드가 냉큼 대답했다.

이탄이 또 다시 물었다.

[거기가 어디지? 피우림으로부터 마지막 연락이 온 곳 말이야.]

[그곳은…….]

마그리드가 이탄의 질문에 막 대답을 하려고 할 때였다.

[크흐험험. 어린 녀석이 말을 함부로 하는군. 반말이나 찍찍 내뱉고 말이야.]

겁도 없이 무스크가 끼어들었다.

무스크의 얼굴에는 불만이 가득했다. 그는 이탄이 감히 마그리드에게 무례하게 군다고 여겼다.

[무스크 가주!]

순간 마그리드의 안색이 하얗게 질렸다. 마그리드는 황급히 이탄의 반응부터 살폈다.

이탄은 별다른 표정의 변화 없이 마그리드를 한 번 더 재촉했다.

[피우림이 마지막으로 연락한 장소를 물었는데.]

마그리드가 이탄에게 대답을 하기도 전에 무스크가 자리를 박차고 일어섰다.

[이놈. 마그리드 님이 뉘신 줄 알고 그 따위 썩은 태도를 보이느냐.]

무스크의 호통은 우렁찼다.

마그리드가 손바닥으로 테이블을 탕! 내리쳤다.

[무스크 가주! 닥치지 못해요.]

마그리드만 날카롭게 반응한 것이 아니었다.

[무스크 가주. 이탄 님께 무례를 범하지 말고 자리에 다시 앉게.]

세골도 예리한 기세를 쏘아 보내서 무스크를 제자리에 주저앉혔다.

[마그리드 님. 세골 가주. 왜 저에게……?]

무스크가 당황했다.

조금 전 무스크가 자리를 박차고 일어나 이탄을 꾸짖은 이유는 마그리드에게 잘 보이기 위함이었다.

그런데 도리어 마그리드로부터 꾸중만 들었다. 무스크는 이게 어찌된 영문인가 싶어 어리둥절했다.

마그리드가 두려운 눈빛으로 이탄을 바라보았다.

마그리드의 우려와 달리 이탄은 무스크에게 별다른 악감정이 없었다. 이탄은 무스크를 멀뚱멀뚱 바라보다가 다시 마그리드에게 시선을 돌렸다.

[마그리드. 내가 몇 번을 반복해서 물어야 하지? 피우림이 마지막으로 연락한 장소가 어딘지도 파악이 안 되었나?]

[아 참, 그걸 물으셨죠?]

마그리드는 크리스털 화면에 행성 간 지도를 띄워놓은 뒤, 손가락으로 한 곳을 짚었다.

[저희가 조사한 바에 따르면 여기 이 행성에서 피우림의 마지막 연락이 발송되었어요. 그 후로 피우림이 다른 행성으로 이동한 흔적이 발견되었고요. 지금 오슬로가 이들 두 행성을 조사 중이거든요. 저희들은 지금 오슬로의 조사 결과가 올라오기만을 기다리는 중이고요.]

[그래?]

이탄은 팔짱을 끼고서 잠시 생각에 잠겼다.


40분쯤 뒤, 오슬로로부터 긴급보고가 올라왔다. 피우림을 납치한 자들의 흔적을 찾았다는 보고였다.

오슬로는 적들의 위치도 함께 알려왔다.

한데 보고 직후에 오슬로와의 통신이 두절되었다. 피우

림에 이어서 오슬로에게도 문제가 생긴 것이 분명했다.

[빨리 서둘러야겠구나. 사태가 심상치 않아. 전원 출전을 준비하라.]

마그리드가 벌떡 일어났다. 마그리드는 당장에라도 피우림을 찾아 나설 기세였다.

세골이 마그리드를 만류했다.

[마그리드 님께서는 이곳에 계십시오. 제가 일곱 흉성들과 이탄 님을 모시고 현장에 다녀오겠습니다.]

세골의 판단이 옳았다. 마그리드는 한 세력의 주인이므로 위험한 일에 함부로 뛰어들 수는 없었다.

키이라와 무스크도 세골의 뇌파에 동의했다.

[마그리드 님, 세골 가주의 의견을 따르시지요.]

[그렇습니다. 마그리드 님께서는 여기에 계셔야 합니다.]

마그리드는 다시 자리에 앉는 대신 이탄을 돌아보았다.

[이탄 님, 도와주시겠어요?]

[맨입으로? 나는 대가 없이 움직이지 않아.]

이탄이 대놓고 대가를 요구하자 키이라가 얼굴을 찌푸렸다.

[크험험험.]

무스크 가주는 아예 이탄이 들으라는 듯이 헛기침을 했다. 일곱 흉성들 가운데 몇 명도 인상을 썼다.

반면 마그리드는 이탄이 이렇게 나올 것이라 예상했다.

[호호. 당연히 대가를 드려야죠. 이탄 님은 무엇을 원하시나요?]

[그건 피우림을 구출한 뒤에 밝히도록 하지.]

마그리드에게 이렇게 대꾸한 뒤, 이탄은 세골을 돌아보았다.

[세골 가주.]

[알겠습니다, 이탄 님.]

세골이 자리에서 일어나더니 휴대용 플래닛 게이트를 꺼냈다.

일곱 흉성들이 하나 둘 세골의 곁으로 모여들었다.

이탄도 세골의 옆에 섰다.

세골의 손바닥 위에서 육각형의 판이 차라라락 돌아갔다. 휴대용 플래닛 게이트의 주변으로 새하얀 뇌전이 마구 날뛰었다. 뇌전 사이에서 일어난 찬란한 빛은 둥글게 휘어지면서 온 사방으로 터져나갔다.

행성과 행성을 연결하는 공간의 문 오픈!

이탄과 세골, 그리고 5명의 흉성들이 그 자리에서 씻은 듯이 자취를 감추었다.

## Chapter 4

파앗!

허공에서 한 줄기 빛이 터졌다.

이탄 일행이 도착한 곳은 온통 물로 이루어진 행성이었다.

넘실거리는 쪽빛 바다 위에는 가로 세로의 길이가 100미터에도 채 미치지 못하는 조그만 섬이 서너 개만이 외로이 떠다녔다. 하늘은 우중충한 그레이 블루(Grayish Blue: 회청색) 빛깔이었다.

이탄 일행은 허공 수백 미터 높이에 그 모습을 드러내더니, 스르륵 하강하여 암석으로 이루어진 조그만 섬 위에 착지했다.

5명의 흉성들을 대표하여 합시가 투덜거렸다.

[여기는 완전히 망망대해인데? 세골 가주. 행성의 좌표를 맞게 찍은 게요?]

[확인해보리다.]

세골은 휴대용 플래닛 게이트에 입력된 좌표를 다시 한 번 체크한 다음 고개를 주억거렸다.

[여기가 맞소.]

세골의 대답은 확신에 차 있었다.

이번에는 다섯 흉성들 가운데 힐리가 나섰다. 힐리는 털북숭이 손을 자신에 이마에 얹고서 망망대해를 빠르게 훑었다. 힐리의 눈가에서 남색 빛이 날카롭게 번뜩였다.

힐리가 광역 스캔을 했음에도 불구하고 잡히는 바는 없었다.

[온통 물뿐인 이 행성 어디에 피우림이 있다는 게지? 뭔가 착오가 있었던 것 아닌가?]

힐리가 매섭게 세골을 추궁했다.

세골은 상대의 비난에 일일이 대꾸하지 않았다. 대신 그는 주변으로 감각을 넓게 퍼뜨렸다.

두쿰이 그런 세골을 껄끄러운 눈빛으로 바라보았다.

비번 일족과 전쟁이 벌어졌을 당시, 두쿰은 세골의 큰아들인 츄이에게 뒤통수를 맞았더랬다. 당시 츄이는 두쿰을 적진 한복판에 내버려둔 채 병력을 뒤로 뺐다.

겨우 목숨을 건진 뒤, 두쿰은 그 원한을 잊지 않고서 꽁해 있다가 독충으로 츄이를 암습했다.

이후 츄이는 신경이 온통 망가져서 몸을 움직이지 못했다. 장차 세골의 뒤를 이어 거대 가문을 물려받아야 할 후계자가 반신불수가 된 셈이었다.

홧김에 츄이를 망가뜨리기는 하였지만, 사실 두쿰도 마음이 조마조마했다.

'세골 가주는 만만치 않은 강자인데. 혹시 그가 눈치를 챘을까? 내가 츄이에게 독을 썼다는 사실을 세골이 알아차렸을까?'

두쿰은 세골을 마주할 때마다 이런 걱정에 심장이 쪼그라들었다.

두쿰의 속내를 아는지 모르는지 세골은 넘실거리는 쪽빛 바다를 감각으로 훑을 뿐이었다.

그보다 이탄이 더 빨랐다.

이탄은 감각으로 주변을 스캔하지 않았다. 대신 이탄은 코를 씰룩거려 법력의 향기를 집중적으로 탐색했다.

'마법사들이 마나를 근간으로 삼듯이, 동차원의 수도자들은 법력이 곧 에너지원이다. 피우림이 죽지만 않았다면 그녀의 법력을 찾아낼 수 있을 거야. 그게 아니더라도 납치범들, 즉 코이오스 가문의 수인족 수도자들도 체내에 법력을 지녔을 테지.'

이윽고 이탄이 희미한 흔적을 찾아내는 데 성공했다. 법력의 향기가 피어오른 곳은 동쪽 바다 깊숙한 곳이었다.

파앙!

이탄이 땅을 박찼다. 신발형 비행 법보를 구동한 뒤, 이탄은 포물선을 그리면서 동쪽으로 빠르게 날아갔다.

[엇? 이탄 님. 뭔가 찾으셨습니까?]

세골이 고개를 번쩍 들었다. 세골은 몸 주변에 상급 음혼
석 2개를 위성처럼 띄워놓은 다음, 음차원의 마나를 끌어
당겨 이탄의 뒤를 쫓았다.

키이라와 무스크가 서로의 얼굴을 마주 보았다.

[키이라 가주님, 일단 우리도 세골 가주를 따라가 봅시
다.]

[그러시죠.]

키이라와 무스크도 세골의 뒤를 따랐다.

그보다 한발 앞서 두쿰이 움직였다. 두쿰은 이탄의 판단
을 믿었다.

결국 나머지 4명도 함께할 수밖에 없었다. 일곱 흉성들
가운데 합시, 힐리, 다이브, 차핑이 네 줄기의 기다란 흔적
을 허공에 남긴 채 동쪽으로 움직였다.

동쪽으로 이동할수록 법력의 향기가 짙어졌다. 이탄은
눈 깜짝할 사이에 15 킬로미터를 비행하더니, 어느 순간
먹이를 낚아채는 매처럼 아래로 뚝 떨어졌다.

첨벙!

바닷물이 높이 튀었다.

이탄은 바닷속으로 뛰어들기 전에 목 주변을 손으로 한
번 더듬었다. 목 주변에 둘러놓은 혈적에 혹시라도 물이 스
며들까 걱정해서였다.

이탄은 혈적만으로는 안심이 되지 않아 간단한 술법도 하나 둘러놓았다. 이탄의 주변에 얇은 보호막이 형성되면서 수분의 침투를 막아주었다. 덕분에 이탄의 의복도 물에 젖지 않았다.

이탄의 뒤를 이어서 세골과 두쿰이 첨벙 첨벙 입수했다. 키이라와 무스크, 그리고 나머지 4명의 흉성들도 모두 바닷속으로 뛰어들을 수밖에 없었다.

바다는 상쾌하리만치 투명했다. 물이 맑아 먼 곳까지도 잘 보였다. 이탄은 선두에서 포말을 뽀글뽀글 일으키며 점점 더 깊은 곳으로 잠수해 들어갔다. 희한하게도 이곳 바다에는 어류가 보이지 않았다.

이유는 곧 밝혀졌다.

이탄이 바닷속 수 킬로미터까지 잠수했을 때였다. 이탄의 위쪽에 스르륵하고 긴 그림자가 드리운다 싶더니 거대한 생명체가 갑자기 출현했다.

길이는 5 킬로미터 이상.

생김새는 간씨 세가 세상의 전기뱀장어를 어마어마하게 뻥튀기 시켜놓은 듯했다. 다만 몸통에 징그러운 촉수가 듬성듬성 나 있는 점이 독특했다.

이 거대 생명체는 피부를 바닷물 색깔과 동화시켜서 은신하고 있다가 갑자기 모습을 드러내어 이탄을 덮쳤다.

아마도 이 일대의 어류들은 거대 뱀장어형 몬스터가 두려워서 멀리 도망친 모양이었다.

'흥.'

이탄은 거대 뱀장어형 몬스터와 맞서 싸우는 대신 한 층 속도록 높여 아래로 잠수했다.

그러자 이번에는 이탄의 아래쪽에서 또 한 마리의 거대 뱀장어형 몬스터가 스르륵 나타났다.

촉수를 흐느적거리며 모습을 드러낸 거대 몬스터는 갑자기 대가리를 확 치켜들면서 아가리를 쩍 벌렸다. 거대 뱀장어형 몬스터의 시뻘건 아가리 속에 시커먼 구멍이 지옥의 문처럼 쩌억 열렸다.

쭈와아악—.

시커멓게 열린 몬스터의 목구멍이 주변의 바닷물을 무시무시한 압력으로 빨아들였다.

이탄은 피하지 않았다. 거신강림대진으로 몸집을 키우지도 않았다. 그저 맨몸으로 상대의 아가리 속으로 뛰어들더니, 단숨에 아래로 치고 내려갔다. 이탄의 등 뒤에는 머리가 18개에 팔다리가 각각 36씩인 괴물수라가 예스러운 청동상처럼 또렷하게 드러났다.

## Chapter 5

백팔수라 제2식 수라군림(修羅君臨) 작열!

빠―앙!

날카로운 충격파와 함께 이탄의 몸뚱어리는 거대 몬스터의 기다란 목구멍을 지나 위장을 돌파했다.

거대 뱀장어형 몬스터의 목구멍 길이가 얼마나 긴지, 이탄은 마치 끝도 없는 터널을 지나는 기분이었다.

점액질로 가득한 몬스터의 목구멍은 꿈틀꿈틀 연동하며 이탄을 공격해왔다. 그러나 이탄의 몸 근처에 접근하기도 전에 수라군림의 위력에 튕겨나갔다. 그 탓에 몬스터의 목구멍 전체가 찢어질 듯이 크게 팽창했다.

이탄은 거대 몬스터의 위장까지 일직선으로 돌파한 뒤, 상대의 위장을 뚫고 내장 밖으로 튀어나왔다.

괴물수라로 변한 이탄의 눈앞에 허연 척추뼈가 드러났다. 산맥처럼 우뚝 솟은 뼈였다.

'뼈 따위가 뭐라고 내 앞을 막아.'

이탄은 거대 뱀장어형 몬스터의 근육을 뜯어 발기고 척추뼈마저 그대로 관통했다. 그런 다음 몬스터의 등짝을 찢고 나왔다.

거대 뱀장어형 몬스터가 아가리를 쩍 벌렸다. 이 거대한 생명체가 고통에 겨워 몸부림치자 바닷속이 폭풍에 휘말린 것처럼 뒤흔들렸다.

그 순간 놀라운 일이 벌어졌다.

치직! 치지지직!

거대 뱀장어형 몬스터가 갑자기 흐릿해지더니 감쪽같이 사라졌다. 이어서 이탄의 눈앞에 거대 몬스터가 다시 등장했다.

조금 전 이탄에게 몸이 관통당한 바로 그 몬스터였다. 그 증거로 거대 몬스터의 회청색 눈동자에는 이탄을 향한 숨길 수 없는 적개심이 번들거렸다. 몬스터의 등에는 이탄이 돌파해 나온 흔적이 뚫려 있었다.

한편 이탄의 뒤에서는 또 다른 거대 뱀장어형 몬스터가 접근했다. 두 번째 몬스터는 커다란 동체를 꾸불텅 구부려 이탄을 추격했다.

이탄은 앞뒤로 협공을 받으면서도 눈 하나 깜짝하지 않았다. 이탄은 이 거대 몬스터들과 굳이 싸울 생각도 없었다. 그는 다시 한번 수라군림을 일으켜서 거대 뱀장어형 몬스터의 아가리로 뛰어들었다. 그런 다음, 상대의 목구멍과 위장을 차례로 지나 옆구리를 뚫고 밖으로 뛰어나왔다.

그러자 해괴한 현상이 한 번 더 되풀이되었다.

치지지직!

거대 뱀장어형 몬스터의 몸이 흐릿해진다 싶더니, 갑자기 싹 사라졌다. 이어서 이탄의 아래쪽에서 다시 그 몬스터가 나타나 이탄을 향한 적개심을 불태웠다.

'뭐야? 공간 이동 마법이라도 익힌 거야?'

이탄이 호기심을 느꼈다.

이게 거대 뱀장어형 몬스터에게는 불운이었다. 조금 전까지만 해도 이탄은 피우림의 구출에만 신경을 쓰느라 뱀장어형 몬스터들은 그냥 지나쳐버릴 생각이었다.

지금은 마음이 바뀌었다.

'대체 이 녀석들의 어떤 기관이 공간 이동을 가능하게 만들까? 뇌? 심장? 뼈?'

이 뱀장어형 몬스터는 공간 이동만 가능한 것이 아니었다. 표피의 색을 바꿔서 은신하는 능력도 갖췄다.

'잠시 짬을 내서 이 녀석을 붙잡아야겠구나. 그런 다음 나중에 찬찬히 해부를 해봐야겠다.'

이탄은 이제 심해로 잠수하는 것을 멈췄다. 이탄의 분신들이 촤라라락 생겨났다. 그것도 무려 1,000명으로 분열되었다.

1,000명의 분신들은 척척 역할을 분담했다. 분신들 가운데 일부는 거신의 삼중핵이 되었다. 또 일부는 거신의 팔다리로 편입되었다. 거신의 몸체 위에 거신의 머리가 얹혀지

고, 그 위에 거신의 갑주가 입혀졌다.

지금까지 이탄은 여러 차례에 걸쳐서 거신강림대진을 펼쳐내었으나, 바닷속에서 거신을 강림시켜보기는 이번이 처음이었다.

이탄의 뇌리에 얼핏 '바닷속에서도 잘 될까?' 라는 궁금증이 스쳐 지나갔다.

다행히 거신은 제대로 강림했다.

바닷속이 수 킬로미터에 걸쳐서 불룩하게 부풀어 오른다 싶더니, 그 여파가 수십 킬로미터, 아니 수백 킬로미터에 걸쳐서 퍼져나갔다. 철썩 철썩 바닷물이 요동쳤다. 수면에는 수천 미터 높이의 격랑이 일었다.

[어헉?]

빠르게 잠수 중이던 세골이 압력에 의해서 다시 수면 쪽으로 떠밀려갔다.

[우와아악.]

두쿰도 팔랑개비처럼 빙글빙글 돌면서 어디론가 쓸려갔다.

키이라나 무스크, 합시, 힐리, 다이브, 차펑도 예외일 수 없었다.

[어푸푸푸.]

다들 정신을 차리지 못하고 균형을 잡기에 급급했다.

그러는 와중에도 세골은 얼핏 보았다. 바닷속 깊은 곳에서 벌어지는 어마어마한 사태를 말이다.

부와아아악!

거대한 존재가 강림하면서 바닷속이 무섭게 팽창했다. 그 속에서 으스스한 괴물이 눈을 떴다.

이탄은 거신강림대진으로 거신을 강림시키는 것과 동시에 백팔수라 제1식 수라초현도 구현했다. 덕분에 이탄이 불러낸 거신은 머리가 18개에 팔다리가 각각 36개인 괴물의 모습을 갖추었다.

그 괴물 거신이 거대 뱀장어에게 벼락처럼 달려들었다. 괴물 거신은 높은 수압에도 전혀 영향을 받지 않았다. 오히려 수심 수십 킬로미터 깊이의 바닷물이 괴물 거신의 몸체에 접근하지 못하고 와르르 밀려났다.

덕분에 괴물 거신의 주변 10 킬로미터 이내는 바닷물이 존재하지 않는 진공 상태가 이루어졌다.

그 진공 속에서 거대 뱀장어형 몬스터가 요란하게 몸부림을 쳤다. 괴물 거신은 36개의 손으로 몬스터를 붙잡고는 꽉 움켜쥐었다.

치직! 치지직!

깜짝 놀란 뱀장어형 몬스터가 공간 이동으로 탈출하려고 들었다.

그 전에 이탄이 무한공의 언령을 읊조렸다.

그것으로 끝.

신비하게 사라질 뻔했던 거대 뱀장어형 몬스터가 탈출에 실패했다. 괴물 거신은 상대의 미끄러운 몸통을 꽉 잡아 반으로 접었다.

우두둑! 소리와 함께 뱀장어형 몬스터의 척추뼈가 반으로 접혔다. 뱀장어형 몬스터가 미친 듯이 대가리를 휘저었다. 몬스터의 몸통에서 뻗어 나온 촉수들이 괴물 수라의 팔뚝을 칭칭 휘감았다.


## Chapter 6

괴물 수라는 해초를 잡아 뽑듯이 촉수를 뜯어낸 다음, 뱀장어형 몬스터의 몸체를 다시 한번 접었다.

우두두둑! 소리와 함께 뱀장어형 몬스터가 두 번이나 접혔다. 척추가 네 토막으로 부러지면서 뱀장어형 몬스터가 축 늘어졌다.

그때 또 한 마리의 뱀장어형 몬스터가 위쪽에서 아가리를 쩍 벌리고 달려들었다.

이탄이 상대를 힐끗 올려다보았다.

[왜? 너도 접어주랴?]

이탄의 뇌파는 으스스했다.

두 번째 뱀장어형 몬스터가 움찔했다.

치직! 치지지직!

두 번째 뱀장어형 몬스터는 공격을 포기한 채 즉시 공간이동을 시도했다.

탁월한 선택이었다. 이탄은 피우림을 구출하는 것이 급하기에 상대가 도망치도록 내버려 두었다.

대신 이탄은 허리를 두 번 접은 몬스터만 꾹꾹 눌러서 아공간 박스 속에 담아두었다.

'나중에 시간을 내서 해부를 해봐야지.'

이탄은 마음속으로 이렇게 중얼거린 다음, 거신강림대진을 해체하고 본래 모습으로 돌아왔다.

무려 10킬로미터에 달하던 진공 영역이 해제되면서 밀려났던 바닷물이 다시 제자리로 돌아왔다.

그 여파로 해수면이 또다시 거칠게 출렁거렸다. 바다 깊숙한 곳에서 퍼진 파문은 수백 킬로미터에 걸친 해일을 일으키며 넓게 퍼져나갔다.

이탄은 흔들리는 물살을 헤치며 빠르게 아래로 잠수했다.

한참 뒤, 세골과 두쿰 등이 겨우 자세를 바로 잡고 이탄의 뒤를 쫓았다. 다른 귀족들과 흉성들도 세골이 보내준 신호에 의지하여 겨우 방향을 잡았다.

세골과 두툼이 심해를 향해 한창 헤엄치고 있을 즈음, 이탄은 잿빛 늑대족들에게 둘러싸인 상태였다.

얼굴은 늑대에 몸은 사람인 잿빛 늑대족들은 머리에 둥그런 유리통을 하나씩 뒤집어쓰고 있었다. 그 상태에서 늑대족들은 상어를 연상시키는 수중 몬스터의 등에 올라탄 채 바닷속을 빠르게 헤집었다.

이 잿빛 늑대족들은 그릇된 차원의 종족이 아니었다. 그들은 북명 코이오스 가문에 소속된 수도자들이었다.

그 증거로 잿빛 늑대족들은 음혼석에 의지하지 않고도 술법을 척척 펼쳤다. 다른 이들의 눈에는 보이지 않겠지만, 잿빛 늑대족들의 신체 내부에는 법력이 도도하게 순환 중이었다. 이탄은 이러한 법력의 흐름을 관통하듯이 꿰뚫어 보았다.

[코이오스 가문이 이렇게 깊은 물 속까지 장악하고 있는 줄은 몰랐군.]

이탄은 그릇된 차원의 언어가 아니라 동차원의 언어로 중얼거렸다.

이탄의 뇌파를 들은 코이오스들이 화들짝 놀랐다.

[네놈은 누구냣?]

잿빛 늑대족 수도자 가운데 한 명이 이탄을 다그쳤다.

이탄이 자세히 보니 이 수도자는 다른 수도자들과 달리 눈썹이 하얗게 세었다. 눈알 색깔도 약간 특이했다. 이탄이 판단컨대 이 흰 눈썹 수도자가 이 자리에 있는 코이오스 무리의 대표인 듯했다.

[피우림은 어디에 있지?]

이탄이 딱 잘라 물었다.

이 일대에는 코이오스 가문의 수도자들만 득실거릴 뿐 피우림이나 오슬로의 모습은 보이지 않았다.

흰 눈썹 수도자가 이탄에게 되물었다.

[피우림? 혹시 숲의 대선인을 말하는 게냐?]

[맞아. 그녀는 어디 있지?]

[그렇다면 혹시 네놈도 숲의 수도자냐?]

흰 눈썹은 이탄에게 묻고 싶은 것만 질문할 뿐 대답은 하지 않았다. 이탄이 눈썹을 슬쩍 찌푸렸다.

이탄이 손가락을 까딱했다.

그 즉시 주변의 중력이 확 증가했다.

물속이라고 해서 중력이 약해지는 것은 아니었다. 오히려 수압 때문의 중력 증폭의 효과는 더욱 크게 나타났다.

상어를 닮은 몬스터들이 열두 배로 증가한 중력을 견디지 못하고 해저에 코를 처박았다.

[큭!]

몬스터의 등에 타고 있던 코이오스의 수도자들도 몸이 아래로 확 쏠리면서 허우적거렸다.

이탄은 그 틈을 놓치지 않았다. 이탄이 마나를 배열하자 간철호의 흙 계열 마법 가운데 하나인 소일 아머(Soil Amor: 흙 갑옷)가 소환되었다.

후옹! 후옹! 후옹!

심해에 빛이 작열했다. 흙으로 빚은 묵직한 갑옷이 갑자기 소환되어 코이오스 수도자들의 몸 위에 입혀졌다. 바로 그 상태에서 열두 배의 중력이 코이오스 가문의 수도자들을 짓눌렀다.

[크헉. 끄으으.]

[으으윽. 일어날 수가 없어.]

코이오스의 수도자들은 해저 밑바닥에 납작하게 달라붙어 버둥거렸다.

[흙의 마법인가?]

흰 눈썹 수도자가 고개를 갸웃했다.

이탄이 펼친 흙의 마법은 그릇된 차원의 마법과는 차이가 났다. 이탄 주변에 음차원의 마나가 퍼져나가지도 않았다.

그렇다고 해서 이것이 언노운 월드의 마법이냐?

이건 또 아닌 듯했다.

[네놈은 대체 누구냐?]

흰 눈썹 수도자가 이탄을 추궁했다.

이탄은 답이 없었다.

'너도 내 질문에 답을 하지 않았는데 내가 왜 대답을 하겠어?'

이탄은 이렇게 꽁한 마음을 품었다.

흰 눈썹 수도자가 이탄의 정체를 고민하는 사이, 그의 주변에도 소일 아머가 나타나 몸을 꽉 구속했다.

[흥! 어림도 없다.]

흰 눈썹 수도자는 구불구불한 지팡이를 휘둘렀다. 지팡이에서 뻗어 나온 법력이 소일 아머를 터뜨렸다.

그렇게 흰 눈썹 수도자가 구속을 풀었을 때 이미 이탄의 모습은 어디에도 보이지 않았다. 순간적으로 흰 눈썹 수도자는 가슴이 철렁했다.

[허엇? 이놈이 어디로 갔지?]

흰 눈썹 수도자가 황급히 주변을 탐색했다. 그러면서 흰 눈썹은 반사적으로 방어 술법을 일으켜 자신의 몸을 보호했다.

## Chapter 7

그때였다.

흰 눈썹 수도자의 오른쪽에서 물살이 미세하게 출렁거렸다. 이탄이 모레툼 교단 특유의 은신의 가호를 펼쳐서 흰 눈썹 수도자를 덮친 것이다.

이탄이 주특기인 백팔수라를 사용하지 않는 이유는 간단했다.

'북명의 하버마는 오랜 전통이 있는 곳이지. 어쩌면 그들은 금강수라종의 술법인 백팔수라를 알아볼지도 몰라.'

이탄은 이 점을 우려하여 주특기인 술법을 자제했다. 대신 이탄은 오랜만에 간철호의 마법과 모레툼 교단의 신성 가호를 섞어서 사용했다.

'간만에 사용해서 그런지 맛이 새롭네. 하하.'

이탄은 이 싸움이 즐거웠다.

[이노옴.]

흰 눈썹 수도자가 벼락처럼 오른쪽으로 몸을 돌렸다. 그와 동시에 수도자의 지팡이에서 법력이 구름처럼 일어났다. 주변의 바닷물이 수십 겹의 파문을 겹쳐 일으키며 커다란 늑대머리의 형태를 만들었다.

물로 이루어진 늑대머리가 이탄을 향해 포효하듯 아가리

를 쩍 벌렸다. 그 크기가 80 미터는 족히 넘었다.

후오옹! 후오옹!

이탄은 양손에 빛의 방패를 둘렀다. 오목한 조개껍데기처럼 생긴 이 빛의 방패들은 다름 아닌 모레툼 교단의 지둔의 가호였다.

원래 지둔의 가호로 만들어진 빛의 방패는 그 크기가 수백 미터가 족히 넘었다. 한데 이탄은 지둔의 가호를 손바닥 사이즈로 꽉 압축하는 연습을 해두었다. 그렇게 압축된 방패가 이탄의 의지에 따라 소환되어 손 주변을 뒤덮었다.

지둔의 가호 하나만 터뜨려도 어지간한 성채는 쑥대밭으로 날려버릴 수 있었다. 그런데 이탄은 지둔의 가호를 한 손에 3개씩 연달아 6개나 소환했다.

이탄을 향해 달려들던 커다란 늑대머리는 빛의 방패 하나가 날아와 폭발하자 와락 무너졌다.

이어서 쏘아진 빛의 방패 5개가 흰 눈썹 수도자를 빙 둘러쌌다.

[헉!]

포위망에 갇힌 흰 눈썹 수도자가 깜짝 놀랐다. 그는 황급히 방어막을 보강했다.

이미 때는 늦었다. 흰 눈썹 수도자가 방어하는 것보다 한 발 앞서서 빛의 방패 5개가 동시에 터질 기미를 보였다.

쾅! 쾅! 쾅! 쾅! 쾅!

연쇄적인 폭발에 해저 지형이 완전히 뒤집혔다.

[크악.]

[끄아악.]

해저 밑바닥에 납작하게 들러붙어 있던 코이오스의 수도자들은 강력한 폭발에 휘말려 온몸이 찢겨나갔다. 수도자들이 타고 있던 상어형 몬스터들도 피보라를 일으키며 고기 파편으로 흩어졌다.

무려 3킬로미터에 걸쳐서 해저 지형이 붕괴했다. 뿌옇게 일어난 부유물들이 역류하는 바닷물을 타고 위로 확 솟구쳤다.

당연히 흰 눈썹도 무사하지 못했다. 흰 눈썹 수도자는 폭발의 중심부에서 몸을 새우처럼 웅크린 채 전력을 다해 방어를 해야만 했다.

지둔의 가호 5개가 동시에 터진 위력은 그 방어막을 뚫고 들어와 흰 눈썹 수도자의 온몸을 찢어놓았다. 수도자의 살점을 후벼 파듯 뜯어냈다.

[끄아아아악.]

흰 눈썹 수도자는 있는 법력 없는 법력 다 끌어모았다. 그리곤 최후의 한 방울까지 쥐어짠 법력으로 방어막을 지탱했다.

그와 동시에 흰 눈썹 수도자는 치유 효과가 탁월한 단약을 품속에서 꺼내어 입속에 탁 털어 넣었다.

이탄이 빛의 방패 6개를 추가로 소환했다.

원래 이탄의 신성력은 이미 고갈된 상태였다. 그의 신성력은 지둔의 가호를 연달아 열두 번이나 사용할 정도로 풍부하지 않았다. 최대한 쥐어짜도 지둔의 가호 여섯 번이 한계였다.

그런데도 이탄은 빛의 방패를 새로 소환해내었다.

그러니까 이것은 신성력이 아니라 음차원의 마나로 만들어낸 방패들이었다. 사실 이탄의 피부 위에는 절망과 비탄과 통곡의 악마종 화이트니스(Whiteness)가 한 겹 둘러싸고 있는데, 이 악마종이 음차원의 마나를 신성력으로 포장해 준 것이다.

진짜가 아닌 가짜 신성력으로 이루어진 빛의 방패.

빛으로 포장된 어둠.

신성으로 위장한 사악함.

그 해괴하고 음습한 빛이 이탄의 손가락을 타고 뻗어나가더니 흰 눈썹 수도자의 주변에서 찬란하게 폭발하였다.

[크아악!]

흰 눈썹 수도자가 괴성을 질렀다.

'안 되겠다. 이러다 죽겠어.'

죽음을 예감한 흰 눈썹 수도자는 가슴속 깊숙한 곳에 감쥐두었던 부적 한 장을 꺼내들었다.

흰 눈썹의 손이 덜덜 떨렸다. 부적이 아까워서였다.

이것은 그만큼 소중한 부적이었다. 노란 종이 위에 복잡한 문자가 새겨진 부적은 놀라울 정도로 강력한 법력의 파동을 일으켰다. 이 부적 한 장에 방어력 증대와 상처 회복, 그리고 탈출의 기능이 모두 포함되어 있었다.

흰 눈썹은 부적을 꺼내자마자 그대로 찢었다.

이탄이 눈을 번뜩였다.

'저 흰 눈썹이 탈출용 부적을 갖고 있었구나.'

이탄은 그 즉시 두 손을 가슴께로 모았다.

츠츠츠츠춧.

이탄의 두 손바닥 사이에서 쥬신 황실의 비법인 광정(光精: 빛의 씨앗)이 자라났다.

이탄은 광정을 온전하게 키워내지 않았다. 대충 빛의 씨앗 형태만 잡은 뒤, 그대로 오른손으로 휘감아 전면으로 내던졌다.

피육!

빛의 속도로 날아간 광정이 흰 눈썹 수도자의 부적을 날려버렸다.

비록 시간이 촉박하여 광정에 담긴 에너지는 온전하지 않았지만, 부적 한 장을 화르륵 태워버리기엔 충분했다.

[으헉?]

부적이 망가지자 흰 눈썹 수도자가 화들짝 놀랐다. 최후의 수단마저 막혀버린 지금, 흰 눈썹 수도자에게 남은 길은 죽음을 각오한 결사항전뿐이었다.


## Chapter 8

[이런 개 같은 놈. 죽어랏.]

흰 눈썹이 이탄에게 달려들었다. 힘차게 휘두른 그의 지팡이에서 하얀 안개 같은 기운이 뿜어져 나왔다.

이 안개는 심해 깊은 곳에서도 구애받지 않고 넓게 퍼지더니 이탄의 주변을 칭칭 휘감았다. 안개 속에서 끈적끈적한 기운이 물씬 풍겼다.

이탄도 물러서지 않았다. 이탄은 화이트니스를 사용하여 음차원의 마나를 신성력으로 전환한 다음, 또다시 빛의 방패 3개를 만들었다. 이탄의 오른손 주변에 손바닥 크기의 빛의 방패가 3개나 돋아나 빙글빙글 회전했다.

이탄은 그 상태에서 흰 눈썹 수도자를 향해 달려들었다.

양측 모두 바닷물의 압력에 지장을 받지는 않았다. 이탄과 흰 눈썹은 마치 지상에서 싸우는 것처럼 순식간에 서로에게 확 달려들었다.

[이노옴!]

흰 눈썹 수도자가 지팡이로 이탄을 후려쳤다.

이탄도 빛의 방패가 둘린 오른 주먹을 상대방에게 꽂아넣었다.

꾸아앙!

지팡이와 주먹이 맞부딪치면서 금속 깨지는 소리가 터졌다. 양측의 충돌로 인해 심해에 파문이 크게 일었다.

강한 충돌과 동시에 빛의 방패 3개가 한꺼번에 폭발했다. 무지막지한 폭발력이 흰 눈썹 수도자에게 집중되었다.

놀랍게도 흰 눈썹은 지팡이에 담긴 법력으로 이 폭발력을 막아낸 다음, 마지막으로 숨겨두었던 비장의 수법을 전개했다.

슈왁!

지팡이 끝에서 방출된 한 가닥의 잿빛 뇌전이 이탄의 가슴팍에 꽂힌 것이다.

이 잿빛 뇌전이야말로 코이오스 가문의 가주가 흰 눈썹의 지팡이에 직접 담아준 비장의 무기였다.

잿빛 뇌전에 스치는 즉시 모든 생명체는 생기를 잃게 마련. 흰 눈썹 수도자는 상대가 곧 고꾸라질 것이라 굳게 믿었다.

그 믿음이 와장창 깨졌다.

잿빛 뇌전은 이탄의 의복을 단숨에 바스러뜨리면서 가슴팍으로 파고들었다. 직후, 번쩍! 하고 튕겨 나와 심해 저 멀리로 날아가 버렸다. 이탄의 가슴 부위에서 붉은 노을 같은 기운이 얼핏 나타났다가 빠르게 자취를 감추었다.

[이럴 수가!]

흰 눈썹 수도자가 입을 쩍 벌렸다.

그때 이미 이탄은 왼손을 짧게 끊어 쳐서 주먹을 상대방의 옆구리에 꽂아 넣은 상태였다.

쾅!

이탄의 주먹질 한 방에 흰 눈썹 수도자의 모든 방어 술법이 허물어졌다. 흰 눈썹 수도자의 갈비뼈도 와장창 박살 났다.

[꺼억!]

흰 눈썹 수도자는 숨이 콱 막혔다. 이탄의 주먹질에 흰 눈썹 수도자의 몸뚱어리가 '〉' 자 모양으로 꺾여버렸다.

쾅!

이번에는 이탄의 오른손이 흰 눈썹 수도자의 반대쪽 옆구리에 틀어박혔다. '〉' 자 모양으로 꺾였던 흰 눈썹 수도자의 몸이 이번에는 '〈' 자로 변했다.

어찌나 고통스러웠던지 흰 눈썹 수도자는 비명조차 지르

지 못했다. 흰 눈썹 수도자의 눈알이 터지면서 핏물이 줄줄 흘렀다.

그나마 이탄이 힘 조절을 해서 톡톡 쳤기에 이 정도로 그 쳤다. 이탄이 주먹에 조금만 더 힘을 실었다면 흰 눈썹 수 도자는 이미 상체와 하체가 분리되었을 것이다.

[끄어어어.]

마침내 흰 눈썹 수도자가 앞으로 푹 고꾸라졌다. 이탄은 쓰러지는 상대의 머리를 한 손으로 우악스럽게 붙잡았다.

쾅!

아래서 위로 휘두른 이탄의 주먹이 흰 눈썹 수도자의 복 부에 꽂혔다. 흰 눈썹 수도자의 내장이 등을 뚫고 뒤로 쏟 아졌다.

단 세 방.

이탄은 주먹질 세 방으로 상대를 완전히 제압했다. 그런 다음 이탄은 흰 눈썹 수도자의 지팡이를 전리품으로 빼앗 았다.

흰 눈썹 수도자가 시체처럼 축 늘어졌다. 이탄은 그를 해 저 밑바닥에 아무렇게나 내팽개친 뒤, 다른 코이오스 가문 생존자들에게 다가섰다.

코이오스의 수도자들은 조금 전 지둔의 가호가 폭발했을 때 대부분 즉사했다. 다만 몇 명만이 기적적으로 살아남았을 뿐이었다.

이탄이 이들을 살려준 이유?

다른 이유가 있을 리 없었다. 이탄은 피우림의 행방을 찾기 위해서 생존자를 몇 명 남겨놓았다.

이탄이 버둥거리는 생존자의 멱살을 잡았다. 이탄이 상대의 머리통에서 유리구를 벗겨내자 코이오스 수도자의 잇새로 공기방울이 뽀글뽀글 올라왔다.

이탄이 동차원의 언어로 물었다.

[피우림은 어디에 있지?]

[크으윽. 나는 모른다.]

코이오스의 수도자가 죽일 듯이 이탄을 노려보았다.

이탄은 상대의 뾰족한 주둥이를 잡아 비틀었다.

꽈드득.

우악스러운 소리와 함께 코이오스 수도자의 이빨이 으스러졌다. 주둥이 뼈도 완전히 박살 났다.

이곳이 심해 깊은 곳이라 그런지 피가 흘러나오는 속도가 무척 빨랐다. 주둥이가 뜯겨나간 코이오스 가문의 수도자는 피를 철철 흘리며 고통에 몸부림쳤다.

이탄이 다시 물었다.

[피우림의 행방은?]

[크으윽. 나는 모른다니까.]

코이오스 수도자의 태도는 여전히 뻣뻣했다. 이탄은 늑대머리 수도자의 뾰족한 귀를 붙잡아 부왁 찢어버렸다.

[끄악!]

코이오스 수도자가 몸부림쳤다.

주변의 생존자들이 그 끔찍한 모습을 보고는 진저리를 쳤다. 다들 소일 아머에 몸이 구속되고 열두 배의 중력에 짓눌린 터라 도망칠 수도 없었다.

이탄이 한 번 더 물었다.

[피우림은 어디에 있나?]

[크우우. 크우우우.]

코이오스 수도자가 반쯤 뭉개진 머리를 좌우로 흔들었다.


Chapter 9

이탄이 고개를 끄덕였다.

[응. 그래. 역시 주둥아리가 무겁네. 좀 가볍게 해줘야겠어.]

이탄은 코이오스 수도자의 위턱에 손가락을 걸고 뚜껑을 따듯이 확 젖혔다. 상대방의 주둥이 위쪽이 뒤로 벌렁 뒤집

어지면서 늑대 머리가 위아래로 갈라졌다. 코이오스 수도
자는 그렇게 머리가 둘로 분리되어 죽었다.

이탄은 피를 뿜어내는 수도자의 시체를 심해에 띄워 보
낸 뒤, 또 다른 생존자에게 다가섰다.

[아으으으.]

해저 밑바닥에 엎드려 있던 수도자들이 몸서리를 쳤다.

이탄은 그 가운데 한 명을 고르더니, 멱살을 잡아 일으켰
다.

[으으읏.]

코이오스 수도자가 와들와들 떨었다.

이탄이 높낮이가 없는 뇌파로 물었다.

[피우림의 행방.]

[모, 모릅니다.]

이번 수도자도 이탄이 원하는 대답을 하지는 않았다. 대
신 이 수도자는 이탄에게 존댓말을 붙였다.

[마지막으로 묻는다. 피우림의 행방을 말해.]

이탄이 마지막으로 한 번만 더 물었다.

코이오스 가문의 수도자는 불안하게 눈알을 굴렸다.

[으으으읏. 저는 말단이라 아무것도 모릅니다. 그저 상부
로부터 이곳을 지키라는 명을 받았을 뿐입니다.]

[이곳을 지킨다고? 대체 왜?]

이탄이 이런 의문을 품었다.

[으헙!]

코이오스 수도자가 화들짝 놀라 두 손으로 자신의 입을 막았다.

이탄이 비릿하게 입꼬리를 비틀었다.

[후후홋. 역시 이곳에 뭔가가 있구나. 분명히 이곳은 심해 밑바닥일 뿐이건만, 네 윗선에서는 왜 이 황량한 곳을 지키라고 명했지?]

[그건. 으으으. 그것은. 으으으으.]

코이오스의 수도자는 뭔가를 말할 듯 말 듯 망설였다.

이탄이 상대의 귀에 대고 속삭였다.

[어서 말해 봐. 코이오스 가문은 대체 여기서 무슨 일을 도모하는 거지?]

[헙! 어떻게 우리 가문을 아십니까?]

이탄이 가문의 이름을 입에 담자 상대방이 기함했다.

이탄은 한 발 더 나갔다.

[하버마의 다른 가문들은 이 사실을 알고 있나? 코이오스 가문이 그릇된 차원과 북명, 그리고 언노운 월드에서 벌이는 수상한 짓들 말이야.]

[허어억? 그것까지!]

코이오스 수도자의 눈이 휘둥그레졌다.

이탄이 은근슬쩍 상대를 한 번 떠봤는데, 상대가 거기에 딱 걸렸다. 역시 코이오스 가문은 3개의 차원에서 아주 수상쩍은 일들을 획책 중이었다.

'피우림의 납치도 그 일환이겠지?'

이탄은 한 손으로 코이오스 수도자의 목을 틀어쥔 채 생각에 잠겼다. 그러다 이탄이 고개를 다시 들고 주변으로 법력을 퍼뜨렸다.

조금 전 코이오스의 수도자는 [이 일대를 지키라는 명을 받았다.]라고 자백했다. 그렇다면 이 일대에 중요한 게 있다는 뜻이었다.

후우우웅.

농밀하면서도 풍부한 법력이 이탄의 몸에서 풀려나와 심해 밑바닥을 더듬었다. 그 법력에 반응하여 가느다란 실이 바르르 진동했다.

이 실은 아주 미세할 뿐 아니라 투명하기까지 했다. 게다가 실에 기척을 죽이는 술법이 걸려 있어 이탄의 예민한 감각에도 드러나지 않았다.

하지만 이탄이 법력을 쏟아붓자 더는 버티지 못하고 그 모습을 드러내었다.

이탄은 길게 늘어진 실을 타고 법력을 계속 투입했다.

법력이 주입되자 실이 흙 속에서 빠져나와 은은한 빛을

뿌렸다. 그 실의 중간에 또 다른 실이 연결되었다.

여러 가닥의 실들은 거미줄처럼 복잡하게 얽힌 채 해저 밑바닥에 가라앉아 있었다. 그러다 이탄에 의해 그 모습을 드러내었다.

마침내 해저 밑바닥을 뒤덮은 실들이 온전하게 그 모습을 드러내었다. 중앙의 꼭짓점을 중심으로 팔각형을 이루면서 퍼져나간 실들은 그 자체가 하나의 진법이었다. 팔각형의 실 사이에는 또 다른 실들이 겹쳐서 복잡한 문양을 이루었다.

그 진법 전체가 이탄의 법력에 반응하여 은은한 빛을 뿌렸다. 그러면서 진법이 빠르게 활성화되었다.

'이게 대체 무슨 진이지?'

이탄은 진법의 모양을 머릿속에 담아두었다.

그러는 사이에도 진법은 점점 더 활성화되어 본격적인 위력을 발휘하기 시작했다.

우르르르, 쿠우우웅.

해저 밑바닥이 지진을 만난 듯이 뒤흔들렸다. 진법의 모양을 닮은 팔각형 형태로 해저 지각이 갈라지더니, 위로 빠르게 들고 일어났다.

팔각형 진법의 크기는 대략 2.5 킬로미터.

팔각형 위에 그려진 문양의 개수는 총 8,888개.

이 많은 문양들이 환하게 빛나면서 진법의 중심에 눈동자 하나가 돋아났다. 북명 지역에 전해져 내려오는 고대의 술법으로 만들어진 이 눈동자는 껌뻑 껌뻑 눈꺼풀을 열고 닫더니, 느닷없이 이탄을 바라보았다.

이탄도 호기심을 품고서 진법의 눈을 관찰했다.

번쩍!

갑자기 눈동자가 사라졌다.

대신 진법을 이루는 실들이 빛을 확 뿜어내면서 또 다른 현상이 발생했다. 진법 중심부가 쩌억 갈라지면서 땅속으로 통하는 통로가 열렸다.

진법의 힘 덕분인지 통로 속으로는 바닷물이 범람하지 않았다.

'안에 들어가 봐야 하나?'

이탄은 잠시 고민하다가 통로 속으로 뛰어들었다.

물론 그 전에 할 일도 잊지 않았다.

이탄은 흰 눈썹 수도자를 비롯하여 코이오스 가문의 수도자 4명을 굴비 엮듯이 묶은 다음 통로 속으로 함께 끌고 들어갔다.

포로들을 묶을 때 이탄은 수도자들의 옷을 찢어서 끈의 대용으로 사용했다. 마땅한 줄이 없었기 때문이었다.

# 피우림과 오슬로를 구출하다

## Chapter 1

통로는 수직으로 100 미터 깊이까지 이어졌다. 그 다음 다시 수평으로 방향을 꺾어서 200 미터가량 진행되었다. 네모난 통로의 벽면에는 북명 지역의 고대 문자들이 빼곡하게 박혀 있었다.

특별한 의미가 담긴 문자들은 아닌 듯했으나, 이탄은 벽에 새겨진 내용들을 일단 뇌리에 담아두었다.

통로의 끝은 울퉁불퉁한 청동 문으로 막혔다. 양쪽으로 열리는 청동 문 옆에는 청동으로 빚어진 화로가 나란히 자리했다. 화로 속에서는 불꽃이 조그맣게 피어올랐다.

이탄이 청동 문에 손바닥을 댔다.

문은 차가웠다.

이탄이 힘을 주자 묵직한 청동 문이 끼기기긱 소리를 내면서 열렸다.

문 안쪽은 어둡고 스산했다. 이탄이 30 센티미터 정도 문을 열고 안으로 들어가자 으스스한 기운이 한층 더 짙게 풍겨왔다.

이탄이 히죽 웃었다.

"쓸 만한데? 제법 괜찮잖아."

이탄은 오히려 이 스산한 곳에서 아늑함을 느꼈다.

청동 문 안쪽은 황제가 대신들을 굽어보았을 법한 대전, 혹은 신을 섬기는 신전을 연상시켰다.

넓은 대전 안에는 청동으로 만든 조각상들이 열을 지어 늘어서 있었다. 이 조각상 하나하나가 악마를 형상화해놓은 듯 모습들이라 무척 섬뜩했다.

조각상 아래쪽에는 청동화로가 하나씩 배치되었는데, 화로에서 타오르는 불길 때문에 조각상들이 더더욱 으스스해 보였다.

대전은 폭이 약 50 미터 정도 되었다.

깊이 방향으로는 150 미터가 훌쩍 넘었다.

이탄은 대전 안쪽으로 걸어 들어갔다. 그 전에 이탄은 코이오스 가문의 수도자 4명을 청동 문 앞에 꽁꽁 묶어놓는 것도 잊지 않았다. 황량한 대전 안에서 이탄의 발소리가 왕왕 메아리쳤다.

이탄이 조금 더 대전 안쪽으로 걸어 들어가자 정면에 위치한 큼지막한 조각상이 눈에 띄었다.

이 조각상은 하반신은 없이 상반신만 조각되어 있었으며, 다른 조각상들보다 크기가 훨씬 더 컸다. 상반신의 높이만 거의 30 미터에 달했다.

한데 희한하게도 조각상의 팔이 36개에 머리는 18개였다.

'거 참. 백팔수라와 비슷하게 생겼잖아? 혹시 이곳이 금강수라종과 연관이 있나?'

이탄의 뇌리에 문득 이런 의문이 스쳐 지나갔다.

물론 그럴 가능성은 희박했다. 그릇된 차원의 외진 행성 심해 밑바닥에 이런 곳이 숨겨져 있으리라고는 상상하기 힘들었다. 그리고 그 대전 정면에 백팔수라를 연상시키는 조각상이 세워져 있으리라고는 더더욱 예상하기 불가능했다.

이탄이 고개를 갸웃거릴 때였다. 별안간 괴변이 일어났다. 대전 정면에 자리한 큼지막한 상반신 조각상의 갑자기 살아난 것이다.

청동 조각상의 눈동자에 불현듯 금색 테두리가 돋아났

다. 그와 동시에 조각상의 눈동자가 움직여 이탄을 빤히 응시했다.

이 사실을 아는지 모르는지 이탄이 상반신 조각상 가까이 다가섰다.

그 순간!

조각상의 36개 손 가운데 2개가 벼락처럼 움직여 이탄을 잡아챘다. 마치 사람이 손뼉을 쳐서 날파리를 잡는 것처럼 꽝!

한데 이탄은 날파리가 아니었다. 이탄은 양손을 재빨리 뻗어 청동 조각상의 공격을 막았다. 조각상이 휘두른 손바닥에는 강력한 힘이 실려 있었지만, 이탄을 납작하게 짓눌러 죽일 정도는 되지 못하였다.

오히려 이탄은 여유를 가지고 조각상을 살펴보았다.

"희한하네? 조각상 안쪽에 기계장치가 있는 것도 아니고, 청동으로 꽉 차 있는데 어떻게 이렇게 빠르고 자연스럽게 움직일까?"

호기심을 느낀 이탄이 청동 조각상의 내부를 X선으로 투과해서 관찰하듯이 샅샅이 꿰뚫어 보았다.

이런 일이 가능한 이유는 이탄이 세상의 모든 금속을 통제할 수 있는 만금제어(萬金制御)의 권능을 지닌 덕분이었다.

커다란 청동 조각상이 36개의 팔을 뻗어 이탄을 붙잡으려고 들었다.

딱!

이탄이 손가락을 튕겼다.

그 즉시 조각상의 움직임이 멎었다.

조각상은 이탄의 통제를 벗어나려고 팔뚝에 힘을 불끈 주었다. 그러자 조각상의 눈동자에 형성된 황금색 테두리가 한층 더 선명하게 두드러졌다. 조각상의 팔뚝에서는 끼기기긱 마찰음이 울렸다.

하지만 청동 조각상이 아무리 애를 써도 손가락 하나 까딱할 수 없었다. 이탄은 세상의 모든 금속의 지배자였기 때문이다.

그 능력이 이 순간 여실하게 드러났다.

상반신만 남은 조각상이 이탄을 제대로 공략하지 못하자 대전 안의 모든 조각상들이 동시에 움직이기 시작했다. 청동으로 빚어진 조각상들은 철컹 철컹 소리를 내면서 단상에서 내려와 이탄을 에워쌌다.

이 조각상들 하나하나가 눈동자 둘레에 황금빛 테두리를 머금었다.

딱!

이탄이 한 번 더 손가락을 튕겼다.

모든 조각상들이 우뚝 멈췄다. 조각상들이 금속 재질로 이루어진 이상 수가 아무리 많아도 소용없었다.

대전 안에서의 전투는 그렇게 이탄의 압도적으로 상대를 제압한 것처럼 보였다.

바로 그때 조각상들이 변화를 일으켰다. 모든 조각상의 눈동자에 박힌 금빛 테두리가 폭발적인 광채를 내뿜었다. 동시에 청동 조각상 전체가 뿌드드득 굉음을 내었다. 금속이 쨍쨍 깨져나가고, 그 속에서 금빛 알갱이가 무수하게 쏟아졌다.

이 금빛 알갱이들은 흐르는 모래처럼 우수수 쏟아져 대전 바닥을 채우더니, 이내 형체를 갖추었다.

"호오?"

이탄이 눈에 이채를 머금었다.

금빛 알갱이들이 만들어낸 형체는 조각상의 원래 모습과 똑같았다. 다시 말해서 청동 조각상이 껍질이라면, 금빛 알갱이들이 뭉쳐서 만들어낸 이 악마의 형체들이 본질인 것 같았다.


## Chapter 2

이탄이 고개를 갸웃했다.

"이상하다? 조금 전에 청동 조각상의 내부를 투시해 보았을 때는 내부 깊숙한 곳까지 청동 재질로 꽉 찼는데. 이 금빛 알갱이들은 대체 어디서 튀어나온 거지?"

이탄이 의문을 품을 새도 없이 금빛 존재들이 공격을 시작했다. 18개의 머리와 36개의 팔을 가진 금빛 존재가 이탄을 향해 12개의 손바닥을 연달아 후려쳤다. 금빛 손바닥이 날아오기 전에 황금빛 파문이 먼저 다가와 이탄의 몸을 옭아매었다.

이탄도 피하지 않았다.

이탄의 등 뒤에는 괴물수라의 형상이 거창하게 일어났다.

백팔수라 제3식 수라멸세(修羅滅世) 개진!

괴물수라는 세상을 멸망시킬 듯한 기세를 일으키며 12개의 금빛 손바닥을 무찔러 갔다. 괴물수라의 발밑에서는 포그 레코드의 기운이 우르르 일어나 주변의 공기를 무겁게 찐득하게 만들었다.

이탄의 수라멸세와 12개의 금빛 손바닥에 거세게 충돌했다.

놀랍게도 12개의 손바닥은 수라멸세의 파괴적인 기운을 뚫고 안으로 파고들었다.

지금까지 그 어떤 적도 괴물수라가 일으킨 기세 안쪽으로 파고든 적은 없었는데, 이번이 처음이었다.

그래 봤자 손바닥이 파고든 깊이는 채 1 센티미터에도 미치지 못했지만 말이다.

겨우 1 센티미터를 파고든 뒤, 12개의 금빛 손바닥이 와 장창 깨져나갔다. 괴물수라는 무지막지한 힘으로 적의 공격을 파훼한 다음, 그대로 상대에게 달려들었다.

적이 36개의 손을 앞으로 뻗어 이탄, 아니 괴물수라를 붙잡았다.

이탄도 적의 손을 피하지 않고 36개의 손을 앞으로 뻗었다.

마침 손의 개수가 딱 맞았다. 적의 손 36개와 괴물수라의 손 36개가 중간에서 맞부딪쳤다.

36 더하기 36은 72.

총 72개의 손이 1 대 1로 깍지를 끼고 힘겨루기에 들어갔다.

금빛 존재는 상반신의 크기만 30 미터에 달했다. 거기에 비하면 괴물수라는 상대적으로 작은 몸집이었다.

따라서 금빛 존재가 위에서 아래로 괴물수라를 찍어 누르는 모양새가 되었다. 반면 괴물수라는 36개의 종아리에 힘을 꽉 주고 상대를 아래에서 위로 밀어내야만 했다.

꾸우욱.

괴물수라의 팔근육이 힘차게 벌크―업했다.

괴물수라를 찍어 누르는 금빛 존재의 팔근육도 풍선처럼

부풀었다.

괴물수라 속에서 이탄이 씨익 웃었다.

동차원에서 백팔수라와 금강체를 연마한 이후로 이탄은
일종의 매너리즘에 빠졌다. 제대로 된 적수를 찾지 못하다
보니 대부분의 싸움이 시큰둥했던 것이다.

그런데 오늘 모처럼 백팔수라의 힘을 받아줄 상대를 만
났다. 이탄의 입꼬리가 저절로 올라갔다. 이탄의 뇌에서는
아드레날린이 뭉텅뭉텅 분출되었다.

[아하하하.]

이탄이 괴물수라 속에서 뇌파로 웃음을 터뜨렸다.

기뻐하는 이탄과 반대로 금빛 존재는 지금 이 상황이 무
척이나 당혹스러웠다.

지금의 형세만 보면 금빛 존재가 승기를 잡은 것처럼 보
였다. 금빛 존재는 위에서 아래로 상대를 찍어 누르고 있었
으며, 여기서 조금만 힘을 더 주면 상대를 완전히 우그러뜨
릴 수 있을 것처럼 느껴졌다.

한데 막상 그게 되지 않았다. 어느 순간부터 괴물수라는
산악처럼 굳건하게 버텼다. 금빛 존재가 아무리 마력을 쏟
아부어도 단 1 밀리리터도 아래로 밀려나지 않았다.

[크와알알!]

금빛 존재가 뇌파로 괴성을 터뜨렸다.

이 해괴한 괴성이 명령이라도 되는 것일까? 대전 안에 우뚝 서 있던 또 다른 금빛 존재들이 괴물수라, 즉 이탄을 향해 일제히 달려들었다.

지금 이탄은 36개의 손을 적과 맞잡고 힘겨루기를 하는 중이었다. 따라서 사방에서 공격해오는 다수의 적을 막을 여력이 없었다.

그럼에도 이탄은 당황하지 않았다. 오히려 이탄은 이번 기회에 몇 가지 권능들을 시험해볼 요량이었다.

쾅!

괴물수라가 발 하나를 들었다가 세차게 대전 바닥에 내리찍었다. 청동으로 이루어진 대전 바닥에 금이 쩌저적 갔다. 그와 동시에 이탄의 괴물수라를 중심으로 끈적끈적한 소용돌이가 몰아쳤다.

콰르르르르 회전하는 소용돌이는 이내 뿌연 안개가 되어 대전 전체를 빽빽하게 채웠다. 짙은 안개 속에서 검푸른 연기가 파라락 솟구쳐서 늑대의 아가리 형상을 갖추었다. 검푸른 연기는 이내 온전한 늑대가 되어서 이탄의 주변을 보호하듯이 돌아다녔다.

이것은 시작에 불과했다.

연기로 이루어진 유령 늑대들이 빈 허공에서 퐁퐁 솟아났다. 그 수가 눈 깜짝할 사이에 100마리를 넘어가고 200마리도 돌파했다. 얼마 지나지 않아 800과 900을 넘어 1,000 마리도 넘는 검푸른 유령 늑대가 대전 안을 가득 채웠다.

이후에도 유령 늑대의 숫자는 점점 더 늘어났다.

허공을 마구 날아다니는 유령 늑대들 사이로 괴상한 기둥들도 우쑥우쑥 솟구쳤다. 늑대의 머리가 매달린 기둥들이었다.

험악하게 울부짖는 듯한 늑대 기둥들은 섬뜩하면서도 괴이한 파동을 뿜어내어 주변 공간을 잔뜩 찌부러뜨렸다.

이것은 만랑회진이다. 신왕의 딸 벨린다가 완성한 비장의 수법이 이탄에 손에서 재현되었다.

괴물수라를 공격하던 금빛 존재들이 검푸른 유령 늑대에 의해 가로막혔다. 금빛 존재들은 각자의 무기를 휘둘러 유령 늑대들을 공격했다.

검푸른 유령 늑대들은 상대의 공격에 얻어맞을 때마다 검푸른 연기로 흩어졌다가 다시 뭉쳐서 재생되었다.

유령 늑대의 주변에 어른거리는 안개도 시간이 갈수록 더욱 짙어졌다.

그게 끝이 아니었다. 만랑회진 위에 북명 실론 가문의 술법인 실버 존 다파이닝이 융합되면서 한층 더 강한 위력을 내뿜었다. 이윽고 대전 전체가 은빛 영역으로 물들었다. 이 은빛 영역 안에서 검푸른 유령 늑대들과 늑대 기둥들은 한

층 더 강력한 힘을 발휘했다.

만랑회진으로 잔챙이(?)들의 발을 묶어놓은 뒤, 이탄은 본격적으로 싸움에 돌입했다. 이탄이 36개의 손에 조금 더 힘을 투입하자 곧 승부가 이탄 쪽으로 기울었다.

콰득, 콰득, 콰득.

깍지 낀 손 72개가 동시에 위로 꺾였다. 금빛 존재의 손 36개가 일제히 뒤로 젖혀져 손가락의 마디마디가 팔뚝에 닿았다. 심지어 손등도 팔뚝에 밀착되었다.

[크와알.]

금빛 존재는 고통스럽게 얼굴을 구겼다.

이탄의 괴물수라는 36개의 종아리에 힘을 꾹 주고 대전 바닥을 뒤로 밀었다. 그 즉시 괴물수라의 몸체가 위로 올라 갔다.

이와 반대로 금빛 존재는 뒤로 몸이 밀렸다.

이번에는 이탄이 힘의 방향을 180도 바꿨다. 위로 밀어 올리던 36개의 손을 갑자기 아래로 확 잡아당긴 것이다.

[크왈?]

금빛 존재가 아래로 쭉 딸려왔다. 그러면서 금빛 존재의 상체도 앞으로 빠르게 숙여졌다.

*Chapter 3*

이탄은 이렇게 상대를 밀고 당기는 작업을 몇 차례나 반복했다.

금빛 존재는 그제야 깨달았다.

'크왈왈! 지금 이놈이 나를 장난감처럼 가지고 노는구나.'

금빛 존재의 고고하던 자존심에 금이 갔다.

[크와알알.]

머리 꼭대기까지 화가 난 금빛 존재는 18개의 입을 쩍 벌렸다. 그리곤 뾰족하게 솟구친 이빨로 괴물수라를 물어 뜯으려 들었다.

그보다 한발 앞서서 이탄이 수라군림을 발휘했다. 백팔수라 제2식인 수라군림 말이다.

괴물수라의 몸뚱어리가 하늘로 쏘아진 로켓처럼 강하게 위로 솟구쳤다.

이탄은 몸을 날리는 것과 동시에 36개의 손을 확 당겨 상대를 앞으로 잡아챘다.

[끄왈?]

금빛 존재가 어떻게 손을 써볼 새도 없었다. 금빛 존재는 눈 깜짝할 사이에 앞으로 휙 딸려왔다.

그 상태에서 벼락처럼 솟구친 괴물수라가 금빛 존재의 안면에 박치기를 퍼부었다.

충돌의 굉음이 어찌나 컸던지 그 소리만으로도 대전이 허물어질 것처럼 뒤흔들렸다.

[끄와왈!]

금빛 존재의 머리가 뒤로 확 젖혀졌다. 순간적으로 금빛 존재의 뒤통수 몇 개가 등판에 닿았다가 다시 떨어졌다. 금빛 존재는 머리가 띵하고 하늘이 핑그르르 돌았다.

그게 끝이 아니었다. 금빛 존재의 머리 18개 가운데 중앙의 4개는 괴물수라에게 정면으로 박치기를 당해 완전히 박살 났다.

[크우우울.]

금빛 존재의 남은 머리 14개가 부르르 도리질을 했다.

그 어질어질한 틈을 타서 괴물수라가 금빛 존재의 팔꿈치를 비틀었다.

빠각! 빠각! 빠가각!

수십 개의 팔뚝이 거침없이 비틀어졌다. 팔뚝 뼈가 잘게 으스러졌다. 금빛 존재의 팔 36개가 엉망으로 망가졌다.

이탄은 그제야 깍지 낀 손을 풀어주었다. 그리곤 단숨에 상대의 아래쪽으로 파고들었다.

이탄이 금빛 존재의 허리를 꽉 끌어안았다. 괴물수라가

36개의 손으로 상대의 허리를 붙잡고 팔뚝에 힘을 불끈 주었다.

금빛 존재는 머리부터 허리에 이르기까지 딱 상반신만 존재했다. 하체는 없는 대신 허리가 대전 바닥에 직접 붙어 있는 형태였다.

[네 녀석의 하체가 대전 바닥 아래쪽에 박혀 있는지 어디 한번 확인해 보자. 너 혹시 다리도 36개냐?]

이탄이 궁금한 듯 물었다.

물론 이탄은 적의 대답을 기대하지는 않았다. 직접 눈으로 확인하려는 듯, 이탄은 고목을 뿌리째 뽑아내는 기세로 적의의 상체를 힘껏 위로 들었다.

뿌드드득!

끔찍한 소리가 울렸다.

[크왈? 크와알!]

상대가 기겁을 하자 이탄은 오히려 더 즐거웠다. 이탄은 대지에서 산봉우리를 통째로 뽑아 올리는 것처럼 상대를 있는 힘껏 잡아 뽑았다.

뿌득, 뿌드득!

금빛 존재의 허리 부근에서 뼈가 생으로 뽑히는 듯한 소리가 다시 한번 울렸다. 이제 보니 금빛 존재는 진짜로 대전 바닥에 뿌리를 내린 모양이었다.

이탄이 팔뚝에 힘을 살짝 풀었다. 그런 다음, 다시 한번 손목에 스냅을 주어 상대를 빠르게 잡아 뽑았다.

[끄와왈알알.]

금빛 존재가 자지러졌다. 금빛 존재는 비로소 생존의 위협을 느끼고는 몸 전체를 터뜨려서 알갱이 형태로 흩어졌다.

쏴아아아—.

모래성이 허물어지는 것처럼 미세한 금빛 알갱이들이 괴물수라의 머리와 어깨 위로 와르르 쏟아졌다.

이렇게 몸을 흐트러뜨려서 도망치겠다는 것이 금빛 존재의 의도였다.

이탄은 상대의 의도를 곧바로 눈치챘다.

[흥. 어딜 도망치려고?]

이탄이 36개의 손을 하나로 모았다. 손바닥과 손바닥이 맞물리면서 그 내부에 둥그런 공간이 형성되었다.

콰르르륵!

이탄은 손바닥을 통해 음차원의 마나를 왈칵 쏟아부었다. 이탄의 손바닥 사이에서 빛의 씨앗이 강렬하게 자라났다.

괴물수라가 36개의 손으로 구현하는 수라광정은 평범한 일반 광정보다 훨씬 더 강렬한 에너지를 품게 마련이었다.

순간적으로 주변의 모든 에너지가 빛의 씨앗 속으로 빨려들어왔다.

와르르 허물어진 금빛 알갱이들도 예외는 아니었다. 모래처럼 뿔뿔이 흩어지던 금빛 알갱이들은 갑자기 괴물수라의 손바닥 사이로 확 딸려가더니 그 중심부의 강렬한 빛 속에 흡수되었다.

[크왈왈왈. 아, 안 돼!]

금빛 알갱이들 사이에서 금빛 존재가 유령처럼 반투명하게 일어났다. 금빛 존재는 빛 알갱이 속으로 흡수되지 않으려고 마구 발버둥 쳤다.

소용없었다.

괴물수라가 만들어낸 광정은 빛의 집결체라 불릴 만했다. 세상에서 빛의 근원에 이토록 가까이 다가서 있는 물질은 전무했다. 따라서 광정이 만들어질 때는 주변의 모든 빛을 몽땅 빨아들여 광정 속으로 끄잡아 들어가게 마련이었다.

금빛 존재 또한 빛에 기반을 둔 영체였다. 그러니 광정이 만들어낸 흡입력을 버텨낼 수가 없었다.

지금 이탄이 광정을 펼친 이유가 바로 여기에 있었다. 이탄은 금빛 존재와 한 번 부딪친 것만으로도 상대의 속성이 '빛'임을 알아차렸다.

'햐아아, 이게 진짜로 되네? 적의 속성이 빛이라서 한번 광정을 만들어 보았는데, 진짜로 적이 내가 만든 광정 속으로 빨려 들어오고 있어.'

이탄은 속으로 쾌재를 불렀다.

츠츠츠츠츠!

그러는 동안에도 빛은 계속 응집되어 점점 더 강렬한 빛의 씨앗을 탄생시켰다. 머리가 18개이고 팔이 36개였던 금빛 존재는 이제 완전히 허물어져서 괴물수라의 광정 속으로 녹아들었다.

[크왈알알―알―알.]

금빛 존재가 내뱉은 마지막 뇌파만이 대전 안에서 허무하게 메아리쳤다.


## Chapter 4

이것은 시작일 뿐.

만랑회진에 갇혀서 검푸른 유령 늑대들과 맞서 싸우고 있던 금빛 존재들이 하나둘 알갱이로 흩어졌다. 그리곤 그 알갱이들이 괴물수라의 손바닥 속으로 밀물처럼 쓸려 들어왔다.

이건 마치 금빛 물결이 온 사방에서 밀려들어 괴물수라의 손아귀 안으로 응집되는 것 같았다.

거의 1,000에 육박하던 금빛 존재들은 이제 모두 사라졌다.

텅 빈 대전 안에는 검푸른 유령 늑대들만이 획획 날아다녔다. 늑대 기둥들이 끔찍한 울음소리를 터뜨렸다.

이탄은 만랑회진을 거둬들였다.

은빛 영역이 먼저 자취를 감추었다. 이어서 뿌연 안개가 걷혔다. 유령 늑대들과 늑대 기둥들은 펑! 펑! 펑! 터져서 검푸른 연기로 변했다. 그 연기가 대전 바닥에 자욱하게 깔리더니, 이탄의 발밑으로 쏴아아아 빨려들어 왔다.

넓디넓은 대전이 한순간에 적막에 빠졌다.

이탄의 독백이 그 적막을 깨뜨렸다.

"금빛 존재들의 정체는 과연 무엇이었을까? 코이오스 가문의 수도자들은 어떤 목적으로 이 대전을 경비한 것이지?"

이탄이 대전 안을 자세히 둘러보았다.

그 어디에도 단서는 남아 있지 않았다. 대전과 연결된 비밀 통로 같은 것도 없었다.

"쳇. 피우림과 오슬로는 대체 어디로 납치된 거야? 분명히 이 안에는 없는 것 같은데."

이탄이 낮게 투덜거렸다. 이어서 이탄은 금빛 알갱이들이 녹아 있는 광정을 가만히 들여다보았다.

강하게 응집된 빛의 씨앗이 살아 있는 불꽃처럼 일렁거렸다. 수 밀리미터도 되지 않는 조그만 광정 속에서 은은하게 금빛 존재들의 기운이 느껴졌다.

그때 아나테마가 이탄에게 말을 걸었다.

[내가 곰곰이 기억을 더듬어 봤는데 말이다. 아무래도 너를 공격했던 금빛 존재들은 악마종이 아닌가 싶구나. 끼요옥.]

이탄이 반색했다.

'오오오. 영감. 그 금빛 녀석들에 대해서 뭔가 아는 게 있소?'

[자세히는 나도 모른다. 녀석들은 고대 악마사원에서도 단 한 차례도 소환해보지 못한 새로운 악마종인 것 같구나. 끼요오옥. 끼욱.]

아나테마가 고개를 내저었다.

이탄이 좀 더 자세히 캐물었다.

'응? 녀석들에게 대해서 잘 모른다면서. 그런데 녀석들이 악마종이라고 생각하는 이유는 뭐요?'

[끼요옥. 오래된 문헌에서 이와 비슷한 내용을 본 적이 있구나. 빛의 영체로 이루어진 악마종이 있다고. 문헌에 따

르면 그 신비로운 악마종은 빛의 알갱이로 몸을 분해할 수 있으며, 강력한 괴력을 발휘한다더라. 끼요오옥.]

이상이 아나테마의 주장이었다.

이탄이 보기에 제법 그럴듯한 의견 같았다.

'흐음.'

이탄이 머리를 끄덕였다.

확실히 조금 전 이탄과 싸웠던 금빛 존재는 힘이 장난이 아니었다. 괴물수라와 맞서서 버틸 정도의 괴력이면 말 다했다.

또한 부정 차원의 악마종이면서도 빛의 속성을 지녔다는 점도 아나테마가 읽은 문헌과 일치했다.

'한데 녀석들에게서 음차원의 마나는 느껴지지 않던데. 부정 차원의 악마종이라면 음차원의 마나를 사용하는 것 아뇨?'

이탄이 아나테마에게 물었다.

아나테마는 고개를 가로저었다.

[반드시 그런 것은 아니지. 끼욕. 부정 차원의 악마종이 얼마나 다양한데 그렇게 획일적인 기준으로 판단하겠느냐? 끼요오오옥.]

'호오오? 그게 정말이오? 악마종이면서 음차원의 마나를 사용하지 않는 녀석들도 있다?'

이탄은 오늘 새로운 사실을 알게 되었다.

아나테마가 한 마디를 덧붙였다.

[끼요오옥. 기억을 좀 더 뒤져보마. 내가 읽은 문헌이 워낙 방대하여 그걸 다시 되새기려면 시간이 좀 필요할 게다. 하지만 그렇게 기억을 더듬다 보면 금빛 알갱이로 이루어진 악마종에 대해서 뭔가가 떠오를지도 모르지. 끼요오올.]

'와아. 이거 웬일이오? 리치 영감이 이렇게 기특한 생각을 다 할 줄이야.'

이탄이 박수를 쳤다.

[예끼. 이 녀석.]

아나테마는 이탄이 자신을 놀린다고 생각하고는 호통을 한 번 쳤다. 하지만 그는 곧 이탄의 영혼 속에서 조용히 웅크려 앉아 오래된 기억을 더듬었다.

이탄도 아나테마의 사색을 방해하지 않았다.

"아나테마 영감이 열심히 일을 할 동안 나도 내가 할 일을 해야겠지."

이탄은 금빛 알갱이들을 품은 광정을 흐트러뜨리지 않고 조심스럽게 아공간 안에 넣어두었다. 나중에 시간을 두고 광정을 자세히 살펴보겠다는 것이 이탄의 생각이었다.

그런 다음 이탄은 청동 문 앞에 내팽개쳐 두었던 코이오스 가문 수도자들을 질질 끌고 대전 밖으로 다시 나갔다.

물론 이탄은 그 전에 대전 내부를 한 번 더 샅샅이 살폈다.

이탄이 내리 두 번을 스캔해봤으나 딱히 눈에 띄는 요소는 없었다. 감춰진 밀실도 없었다.

"쳇. 밋밋하네. 밋밋해."

이탄은 재미가 없다는 듯이 투덜거렸다.

한데 대전 밖으로 나가자 오히려 새로운 단서가 이탄의 눈에 포착되었다.

처음에 이탄은 심해저 밑바닥에서 대전으로 진입하는 통로가 'ㄴ'자 모양으로 꺾인 것으로 생각했었다. 그런데 다시 한번 찬찬히 살펴보니 반대편에 감추어진 통로가 하나 더 있지 뭔가.

알고 보니 이곳은 'ㄴ'자 모양이 아니라 'ㅗ'자 모양으로 통로가 설계되어 있었다.

"혹시 여기에 피우림이 있으려나?"

이탄은 반대편 통로로 빠르게 질주했다.

이탄이 접근하자 통로 안쪽에서 후다닥 소리가 들렸다. 이탄의 감각에 부산스러운 기척도 감지되었다.

"옳거니! 걸렸구나."

이탄은 좀 더 속력을 높였다.

## Chapter 5

이곳의 통로는 거의 5, 6 킬로미터가량 길게 이어졌다.

통로 저편의 수상한 자들도 이탄의 접근을 눈치챘는지 움직임이 한 층 더 바빠졌다. 이탄은 비행 법보를 최대한으로 구동하여 질주했다.

마침내 이탄이 수상한 자들을 따라잡았다.

화악!

어두컴컴하던 통로의 끝자락에 도착하자 별안간 환한 조명이 터졌다. 작열하는 빛줄기가 어찌나 강했던지 어지간한 몬스터들은 그대로 눈이 멀 지경이었다.

물론 이탄에게는 통하지 않았다. 이탄은 빛이 응축되고 또 응축되어서 만들어진 광정을 맨눈으로 지켜볼 정도의 안력을 지녔다. 광정에 비한다면 이 정도 섬광쯤은 간에 기별도 가지 않았다.

슈왁—.

오히려 이탄은 가속에 가속을 더해서 작열하는 빛줄기 속으로 뛰어들었다.

동차원의 언어로 고함이 터졌다. 뇌파와 비명이 한꺼번에 뒤섞이면서 한바탕 아수라장이 펼쳐졌다.

잠시 후, 강렬한 빛이 가셨다. 그 속에서 드러난 살육의 현장은 차마 눈을 뜨고 봐줄 수 없을 정도였다. 사방의 벽과 천장, 바닥에는 시뻘건 핏물이 튀어 있었다. 다진 고깃덩이와도 같은 살점의 파편들도 엉망진창으로 달라붙었다. 살점들 사이에 잘게 으깨진 뼛조각들이 뒤섞였다.

거대한 회전 칼날로 수백 명 이상을 단숨에 갈아버리면 이 꼴이 나올까?

이 끔찍한 현장 속에서 이탄만이 홀로 우뚝 서 있었다.

그리고 넓은 대전 저 끝에는 바닥에 드러누워 벌벌 떠는 생존자 서너 명만이 숨이 붙어 있을 뿐이었다.

조금 전, 이탄이 이곳 대전에 뛰어들었을 때 적들은 이탄의 눈을 향해 섬광의 술법을 퍼부었다. 강렬한 빛으로 이탄의 시력을 마비시킨 뒤 공격을 하겠다는 것이 적들의 계획이었다.

한데 이탄은 시력이 마비되지 않았다. 오히려 더 사납게 날뛰었다.

이탄이 벼락처럼 대전 안으로 뛰어든 것과, 지둔의 가호로 빛의 방패 12개를 한꺼번에 소환하여 터뜨린 것은 거의 동시였다.

이탄의 공격은 지둔의 가호에서 그치지 않았다.

불행하게도 이곳 대전 문도 청동으로 이루어져 있었다. 그리고 청동 문은 이탄의 의지를 거스르지 못하였다.

꽈앙!

이탄이 의지를 일으킨 순간, 두께가 30 센티미터나 되는 묵직한 청동 문이 수십만 개의 파편으로 박살 났다. 그 파편들이 이탄의 의지에 따라 나선형으로 회전했다. 와류에 휘말린 것처럼 콰드드드득!

대부분의 적들은 그 와류에 온몸이 갈려 나갔다.

이탄은 딱 5명만 살려두었다. 빛의 방패가 폭발할 때 이 5명만큼은 건드리지 않았다. 청동 문의 파편들도 이 5명의 목숨을 노리지는 않았다. 대신 몸만 상하게 만들었을 뿐이었다.

5명 가운데 3명은 하반신이 갈가리 찢겼다. 나머지 2명은 팔이 날아가거나 종아리가 너덜너덜하게 끊겼다.

[으으으으.]

피투성이가 된 부상자들이 공포에 질린 눈으로 이탄을 올려다보았다.

부상자들은 전원 다 늑대의 머리에 사람의 몸을 가진 수인족들이었다. 부상자들의 배꼽 아래쪽에선 법력의 향기가 솔솔 풍겼다.

이탄이 동차원의 언어로 중얼거렸다.

[코이오스 가문이로군.]

[헙!]

부상자들이 흠칫했다.

이탄은 굳이 적들에게 피우림의 행방을 묻지 않았다. 이탄의 눈길은 부상자들이 드러누워 있는 곳을 지나 대전 끝자락에 위치한 문으로 향했다.

이 문의 문짝은 조금 전 폭발의 여파로 반쯤 뜯겨진 상태였다. 파손된 문을 통해 2명의 수감자가 보였다. 쇠사슬에 손발이 묶인 자들이었다.

두 수감자 가운데 한 명은 피우림.

그리고 또 한 명은 이탄이 처음 보는 사내였다. 이 사내가 아마도 마그리드의 일곱 흉성 가운데 한 명인 오슬로일 것이리라.

[드디어 찾았구나.]

이탄이 입매를 슬쩍 비틀었다.

문 안으로 들어간 이탄이 손으로 쇠사슬을 잡았다. 굵은 사슬이건만 이탄의 손에 닿자마자 메마른 지푸라기처럼 후두둑 뜯겼다.

손목을 묶은 사슬이 끊어지자 피우림이 옆으로 털썩 쓰러졌다.

이탄은 피우림의 코에 손가락을 대보았다.

"다행히 아직 죽지는 않았구나. 한데 단전의 법력이 제압을 당했어."

이탄은 피우림의 배꼽 아래쪽에 손가락을 밀착하고는 법력을 살짝 불어넣었다.

후웅!

이탄에 주입해준 법력이 피우림의 신체 내부를 한 바퀴 휘돌면서 코이오스 가문의 금제를 와장창 박살 냈다.

이탄의 방식이 과격하여 피우림은 신체 내부에 피멍이 들고 각혈까지 토했다. 그래도 그 덕분에 금제는 풀렸다.

[끄으으응.]

제압이 풀리자 피우림도 정신을 차렸다. 피우림의 눈꺼풀이 파르르 떨리다가 살짝 열렸다.

[이……탄 님.]

피우림의 흐릿한 시야에 이탄의 얼굴 윤각이 잡혔다.

[좀 쉬쇼.]

이탄은 손바닥으로 피우림의 얼굴을 덮어 다시 눈꺼풀을 닫아주었다. 지금 피우림은 휴식이 필요한 상황이었다.

이어서 이탄은 피우림 옆쪽의 사내도 구해주었다. 이탄은 우선 사내의 손목과 발목을 묶은 쇠사슬을 끊었다. 이어서 사내의 몸에 법력을 살짝 불어넣어 코이오스 가문이 걸어 놓은 금제도 해결해주었다.

피우림과 달리 사내는 곧바로 깨어나지는 못했다. 하지만 목숨이 위태롭지는 않으니 조만간 정신을 차릴 것이다.

피우림과 정체불명의 사내를 구출한 뒤, 이탄은 쇠사슬을 몇 가닥 끊어내어 그것으로 코이오스의 생존자 5명을 묶었다.

이탄이 여기까지 처리했을 때 비로소 세골과 두쿰이 도착했다. 그들은 해저 밑바닥에 도착한 뒤, 싸움의 흔적을 발견하고는 곧장 통로에 뛰어들었다. 그 다음 긴 통로를 지나 이탄이 머무는 곳에 이르렀다.

[이탄 님, 이게 다 무슨 일입니까?]

세골은 대전 벽과 천장, 바닥에 덕지덕지 붙어 있는 살점들을 보면서 기겁했다.

[으윽.]

두쿰도 끔찍한 광경에 마음 한구석이 서늘해졌다.

## Chapter 6

이탄은 손가락으로 피우림을 가리켰다.

세골이 피우림의 얼굴을 즉시 알아보았다.

[엇? 피우림이 아닙니까? 이탄 님께서 피우림을 구하셨군요.]

이어서 세골은 바닥에 축 늘어진 사내의 정체도 알아차

렸다.

[허어. 오슬로가 아닙니까? 오슬로도 이탄 님께서 구출하셨습니까?]

세골이 확인해준 덕분에 이탄은 사내의 정체를 확실하게 알게 되었다. 이탄이 짐작했던 대로 이 사내는 마그리드의 일곱 흉성 가운데 한 명인 오슬로였다.

이탄이 손을 까딱여 세골과 두쿰을 가까이 불렀다.

[세골 가주. 두쿰. 와서 부축 좀 하쇼.]

[네. 이탄 님.]

[예엡.]

세골과 두쿰이 황급히 뛰어와 피우림과 오슬로를 등에 업었다.

이렇게 둘이 함께 행동하는 것을 보면, 세골은 두쿰이 츄이를 중독시켰다는 사실을 모르는 모양이었다.

이탄은 세골과 두쿰을 힐끗 쳐다본 다음, 다른 곳으로 눈을 돌렸다.

이탄은 광란의 살육이 자행된 대전의 내부를 꼼꼼하게 살폈다. 혹시라도 챙길 만한 전리품이 있는지 둘러보려는 목적이었다.

아쉽게도 대전 안에는 이탄의 눈에 띄는 물건이 없었다.

이탄은 대상을 바꿔서 코이오스 수도자들의 몸을 수색했

다. 그러는 가운데 수도자 한 명이 무언가를 입에 삼키려는 장면이 이탄의 시선에 잡혔다.

이탄이 한달음에 다가섰다.

[으윽. 아, 안 돼.]

부상자의 눈동자가 와르르 흔들렸다. 그는 더 빨리 물건을 삼키려고 애썼다.

이탄은 부상자의 턱을 완력으로 벌린 다음, 목구멍 속에 반쯤 삽입된 물건을 강제로 빼냈다.

코이오스 가문의 수도자가 억지로 삼키려던 물건은 조그만 돌탑이었다. 약 15 센티미터 높이의 돌탑은 정교하고 아름다웠다.

하지만 그것뿐.

예술적 가치는 있을지 모르겠으나 이 돌탑 자체가 특별한 법보처럼 보이지는 않았다. 게다가 코이오스 수도자의 침이 돌탑에 묻어 있어 지저분했다.

'에잇.'

이탄이 실망감에 돌탑을 내팽개치려 할 때였다. 돌탑이 갑자기 격렬한 반응을 보이더니 술법의 기운과 음습한 기세를 함께 발산했다.

이탄은 깜짝 놀랐다.

'허어? 이것 봐라? 법력의 힘과 부정 차원의 기운이 하나

로 합쳐져 있잖아? 누가 이런 희한한 법보를 만들었을까?'

이탄의 눈이 호기심으로 반짝였다.

그럴 만도 한 것이, 돌탑에서 풍기는 두 가지 상반된 기운은 완전히 하나로 합쳐져서 융화가 되어 있었다. 덕분에 이 돌탑은 법보도 아니고 마보도 아니지만, 동시에 법보이자 마보이기도 했다.

'어떻게 법력과 부정 차원의 기운이 하나가 될 수 있지? 법력이 어둠에 물든 것 같기도 하고. 거 참 신기하네.'

이탄은 머릿속으로 이런저런 가능성을 타진해 보았다.

한편 돌탑을 빼앗긴 코이오스 가문의 부상자는 당혹감에 어쩔 줄을 몰랐다.

[안 돼. 제발 돌려주십시오.]

부상자가 이탄을 향해 간절하게 손을 뻗었다.

이탄이 그 말을 들어줄 리 없었다.

코이오스 가문이 먼저 피우림을 노린 상황이었다. 먼저 전쟁을 시작한 원흉은 코이오스 가문이라는 소리였다. 이탄은 그에 맞서서 피우림을 구출하려다가 부수적으로 전리품을 획득했다.

이렇게 정당하게 획득한 전리품을 적에게 되돌려줄 만큼 이탄이 호락호락하지는 않았다. 이탄은 조그만 돌탑을 아공간 박스 속에 넣어두고는 수도자의 몸을 샅샅이 뒤졌다.

짐승의 가죽을 엮어서 만든 술법서 한 권.

옥을 깎아서 만든 팔찌 한 쌍.

검게 칠해진 단검 한 자루.

역시 검은색으로 물든 구슬 하나.

이와 같은 물건들이 수도자의 품에서 와르르 쏟아졌다.

다른 수도자들에 비해서 유독 이 수도자만이 귀한 물건들을 지니고 있었다. 이걸 보면 돌탑을 삼키려던 수도자가 다른 수도자들보다 월등히 높은 지위를 가진 것이 분명했다.

이탄이 전리품 몇 개를 챙겼을 즈음이었다.

키이라 가주와 무스크 가주가 함께 도착했다.

[세골 가주. 피우림을 구출했군요.]

키이라가 반색했다.

세골은 고개를 가로저었다.

[내가 구출한 게 아니오. 나와 두쿰이 도착했을 때는 이미 이탄 님께서 모든 상황을 종료하셨소.]

[진짜요?]

그 말에 키이라가 눈을 동그랗게 떴다.

[킁.]

무스크는 콧방귀를 한 번 뀌었다.

## Chapter 7

약간의 시간 차이를 두고서 4명의 흉성들이 차례로 심해 저 밑바닥에 도착했다. 합시, 힐리, 다이브, 차핑이 두쿰에 게 다가섰다.

합시도 키이라가 했던 것과 비슷한 질문을 던졌다.

[두쿰. 자네가 피우림을 구했나?]

[아니. 이탄 님께서 하신 일이오.]

두쿰의 단호한 대답에 합시가 입을 꾹 다물었다.

힐리와 차핑은 새삼스러운 눈으로 이탄을 바라보았다.

4차원의 정신세계를 가진 다이브만이 대전 안을 멀뚱멀 뚱 둘러보았다.

어쨌거나 이제 상황은 종료되었다. 납치되었던 피우림은 무사히 구출했다. 오슬로도 함께 구했다. 피우림을 납치했 던 수상한 무리들도 9명이나 붙잡았으니 앞으로 차근차근 취조를 해보면 될 것이다.

세골이 정리를 했다.

[일단 이곳 좌표는 기록해 두었으니 후발대를 보내서 자 세한 뒷조사를 하면 될 거요. 우리는 포로들을 끌고서 마그 리드 님께 다시 돌아갑시다.]

[그래요. 세골 가주의 말대로 하는 게 좋겠네요.]

키이라가 세골의 말에 동의했다.

[크응.]

무스크는 불만이 섞인 듯한 콧방귀를 한 번 더 뀌었다. 하지만 무스크도 세골의 의견에 반대하지는 않았다.

일곱 홍성들도 세골의 말에 반대할 명분이나 이유가 없었다.

다들 동의하자 세골이 휴대용 플래닛 게이트를 작동시켰다. 상급 음혼석이 플래닛 게이트에 에너지를 공급했다. 육각형의 판이 차라라락 돌아가면서 주변에 새하얀 번개를 이끌어내었다. 눈부신 광휘가 사방팔방으로 뻗었다.

세골을 포함한 일행 전원이 그 광휘에 휩싸였다.

파앗!

행성과 행성을 오가는 초장거리 공간이동이 이루어졌다.


피우림 구출 작전을 성공적으로 마친 뒤, 이탄은 자신이 총독으로 있는 HRE—1 행성으로 돌아갔다.

그 전에 이탄은 마그리드에게 대가를 받아내는 것을 잊지 않았다.

이탄이 요구한 바는 다음과 같았다.


첫째, 이탄이 피우림 구출 작전 수행 중에 개인적으로 획득한 전리품은 모두 이탄의 소유로 인정할 것.

둘째, 피우림을 구출한 대가로 흐나흐 백성 1,000,000명을 이탄이 총독으로 있는 HSE—2 행성에 이주시킬 것.

셋째, 오슬로를 구출한 대가로 흐나흐 백성 1,000,000명을 이탄이 총독으로 있는 HSE—2 행성에 이주시킬 것.


이상의 세 가지 조건이 문서로 작성되어 이탄의 손에 들어왔다.

마그리드의 입장에서는 이 문서에 반대할 이유가 없었다. 사실 이탄이 내민 청구서는 마그리드의 예상보다 훨씬 더 저렴했다.

'일족 2백만 명을 이주시키는 것쯤이야 아무런 문제가 아니지. 호호호. 이탄 님도 참. 총독 노릇을 하는 데 완전히 푹 빠지셨나 봐. 그러니까 자신의 행성에 백성을 늘려달라고 요구하셨겠지. 호호호호.'

마그리드는 혹시라도 이탄이 마음을 바꿀까 봐 두려워서 당장 문서에 서명을 마쳤다.

그로부터 한 달 뒤.

이탄이 소유한 두 번째 행성인 HSE—2의 거주민은 두 배로 늘어나 4,000,000명을 넘어섰다.

이 가운데 새로 유입된 2,000,000명의 흐나흐 백성들은 마그리드의 행성에서 강제로 전출된 자들이었다.

이탄은 이 4,000,000명을 밑천으로 삼아 그릇된 차원에 모레툼 지부를 설립하였다. 삭막한 황무지나 다름없는 HSE—2 행성에서 흐나흐 백성들은 땅에 쓰러진 비참한 꼴이 되었으며, 이탄이 그 백성들에게 은화 한 닢에 해당하는 은혜를 베풀어 신도로 삼았다.

이것이 장차 그릇된 차원 전체를 집어삼킬 '고리대금업 교단 모레툼'의 시초였다.

4월 3일의 하늘은 삭막했다.

리노 일족의 최상급 뿔 8개로 이루어진 차원이동 통로의 상공에선 검푸른 색깔의 먹장구름이 콰르르르 회오리쳤다.

나선형으로 빙글빙글 회전 중인 구름은 대기권을 벗어나 우주 깊은 곳까지 영향을 미쳤다. 시야가 미치지 않는 그 깊은 곳에선 시간과 공간이 마구 뒤틀리면서 차원의 벽이 허물어지는 중이었다.

피우림 구출 작전을 마친 뒤, 이탄은 HRE—1 행성으로 돌아왔다.

어젯밤의 일이었다.

복귀와 동시에 이탄은 몇 가지 작업에 돌입하였다.

가장 먼저 이탄이 신경을 쓴 것은 광정이었다. 이탄은 아공간 박스 속에 넣어둔 빛의 씨앗을 다시 꺼내어 지그시 노려보았다.

"하아아. 알 수가 없네. 빛의 반대가 어둠이잖아. 백색의 반대가 흑색이고. 그리하여 시시퍼 마탑, 마르쿠제 술탑, 아울 겁탑은 백을 상징하고 피사노교는 어둠인 흑색을 대표하는 것이거든. 그런데 이렇게 찬란한 빛 속성을 가진 악마종이 존재할 줄이야."

이탄의 손바닥 위 10 센티미터 높이에 둥실 떠 있는 쌀알 크기의 광정은 얼마 전 금빛 존재들이 발산했던 그 사악한 기운을 물씬 뿜어내었다. 이른바 마기(魔氣: 악마의 기운)라고밖에 일컬을 수 없는 그 사악한 기운 말이다.

제7화
화이트니스의 진화

## Chapter 1

광정에서 뿜어지는 악마의 기운은 지금 이 시간에도 점점 더 증가하는 중이었다.

이탄이 또 중얼거렸다.

"게다가 알 수 없는 일이 또 있단 말이지. 예전에 나는 음차원의 마나가 부정 차원의 악마종, 각종 언데드들, 그릇된 차원의 몬스터들, 그리고 피사노교 사도들이 발휘하는 무력의 근원이라고 믿었거든. 그런데 그 심해저에서 싸웠던 금빛 악마종들은 눈곱만큼의 음차원의 마나도 사용하지 않았어. 그렇다면 부정 차원과 음차원은 서로 긴밀한 관계가 아니란 말인가?"

이 추측은 어폐가 있었다. 부정 차원과 음차원은 서로 밀접한 관계였다. 실제로 상당수의 악마종들이 음차원의 마나를 힘의 근원으로 사용했다.

하지만 100퍼센트는 아니었다. 일부 악마종들은 음차원의 마나를 전혀 사용하지 않았다. 이탄이 마주했던 금빛 존재들도 이러한 부류에 속했다.

이탄은 또 다른 의문에 천착했다.

"부정 차원의 악마종이 그릇된 차원에 들어와 있고, 동차원의 수인족 수도자들도 그릇된 차원에서 수상한 일을 꾸미고 있단 말이지. 게다가 그 금빛 악마종은 코이오스 가문과 협력 관계인 것 같아. 그러니까 코이오스의 수도자들이 금빛 악마종이 머무는 대전을 지키고 있었겠지."

여기까지는 명확했다.

그런데 그 이후가 보이지 않았다.

악마종과 코이오스 가문이 어떤 이유로 손을 잡은 것인지?

그 어둠의 무리들이 무슨 일을 획책 중인지?

이탄은 이러한 질문에 답을 찾지 못하였다. 답답해진 이탄이 두 눈을 부릅뜨고 사악한 힘을 뿜어내는 빛의 씨앗을 노려보았다.

"역시 이걸 흡수해 봐야 하나?"

광정의 기운을 흡수한다고 해서 이탄이 꼭 답을 얻으라는 보장은 없었다. 금빛 악마종들은 이미 이탄에 의해 알갱이로 부서졌고, 그 알갱이들이 다시 광정에 빨려들어 왔다.

　이러한 와해의 과정을 겪으면서 금빛 악마종들이 가지고 있던 지식들은 모두 사라졌을 가능성이 높았다.

　"그러니까 내가 이 광정을 흡수한다고 해도 아무런 단서도 얻지 못할 거야. 아무도 그렇게 되겠지."

　하지만 밑져야 본전 아닌가.

　이탄은 "에라 모르겠다."라고 중얼거리며 쌀알 크기의 광정을 냅다 삼켰다.

　빛의 씨앗이 이탄의 목구멍을 타고 위로 넘어왔다. 그러면서 이탄은 (진)마력순환로 속을 휘도는 음차원의 마나를 싹 거둬들였다.

　순간적으로 이탄의 (진)마력순환로가 대나무 속처럼 텅 비었다. 그 즉시 무시무시한 흡입력이 발휘되어 주변의 에너지를 빨아들이기 시작했다.

　이것은 피사노교에서도 금지마법으로 지정한 북극의 별이다. 흑 계열에 속한 모든 존재들이 기겁을 하면서 두려워하는 악마의 마법이다.

　만약 광정 속에 포함된 기운이 조금이라도 음차원과 관련이 있다면 그 즉시 (진)마력순환로 속으로 빨려들어 올

것이다. 북극의 별은 음차원의 기운을 흡수하는 데 이골이
난 절대마법이기 때문이다.

'어쩌면 광정을 흡수하는 데 실패할 수도 있어. 이 광정
속에는 음차원의 기운이 단 한 톨도 없으니까.'

이탄은 실패도 염두에 두었다.

그 예감이 맞아떨어졌다.

쭈와아아악!

북극의 별이 주변의 음차원 마나들을 미친 듯이 빨아들
였다.

하지만 광정은 바람 앞의 촛불처럼 흔들거리기만 할 뿐,
북극의 별에 영향을 받지 않았다. 이탄의 위장 속에서 빛의
씨앗이 오롯한 광채를 내뿜었다.

"쳇. 역시 실패인가?"

이탄이 내심 실망할 때였다.

이탄의 위장 속에 있던 광정이 갑자기 얌체공처럼 위벽
에 부딪쳐 통통통통 튕기는가 싶더니, 위벽을 뚫고 쫙 퍼져
서 이탄의 피부 속에 골고루 흡수되었다.

아니, 엄밀하게 말해서 광정은 이탄의 피부에 흡수된 것
이 아니었다. 이탄의 피부 위에 한 겹 얇게 코팅되어 있는
절망과 비탄과 통곡의 악마종 화이트니스에게 쭈와악 흡수
되었다.

"뭐야?"

이탄은 어리둥절했다.

"이게 대체 뭔 일이래?"

이탄은 어이가 없었다.

광정이 사악한 악마종의 기운을 폴폴 풍기는 것도 이상한데, 그 광정이 화이트니스에게 흡수되다니!

"허어어."

이탄이 놀라워할 때였다. 아나테마가 버럭 소리쳤다.

[끼요옵. 뭐하냐? 어서 속박마법진을 펼치지 않고서.]

속박마법진.

정식 명칭은 사역마 종속 법체대진법.

고대 악마사원으로부터 전수된 이 저주마법진은 부정 차원의 악마종들을 속박하여 사역마로 길들이기 위한 특수한 마법진이었다. 고대 악마사원의 사도들은 이 속박마법진을 이용하여 부정 차원의 악마들을 길들여 부렸다.

이탄도 과이올라 시에서 악마사원의 속박마법진을 사용하여 절망과 비탄과 통곡의 악마종 화이트니스를 길들였다.

이탄이 눈을 동그랗게 떴다.

'갑자기 웬 속박마법진? 어디 악마종이라도 나타났소?'

아나테마가 답답하다는 듯이 이탄의 영혼 속에서 가슴을

쾅쾅 두드렸다.

[어이구. 답답해라. 네 녀석의 눈앞에 악마종이 나타나지 않았느냐. 끼요오옵. 조금 전에 빛을 가장한 가장 짙은 어둠이 뿜어지면서 그 사악한 기운이 절망과 비탄과 통곡의 악마종 화이트니스에게 흡수되었느니라. 끼요오옵. 그와 동시에 화이트니스의 3단계 진화 가운데 첫 번째 진화가 시작되었단 말이다. 끼요오오올.]

[3단계 진화? 화이트니스가 3단계로 진화할 수 있단 말이오?]

이탄이 깜짝 놀라 물었다.

## Chapter 2

아나테마가 더욱 세차게 자신의 가슴을 두드렸다.

[끼요오오옵. 답답하구나. 당연히 진화할 수 있지. 그렇지 않다면 화이트니스에게 왜 이렇게 긴 수식어가 붙었겠느냐? 녀석이 하찮은 악마종이라면 왜 절망과 비탄과 통곡의 악마종이라는 거창한 명칭이 붙었겠느냐고. 끼요오오옵. 답답해.]

아나테마의 주장은 사실이었다. 지금까지 이탄의 피부에

찰싹 달라붙어 기생하던 화이트니스가 별안간 보호막의 색깔을 풀고서 호르륵 일어섰다. 그 모습이 마치 이탄의 피부 위에서 껍질이 한 꺼풀 벗겨지는 것 같았다.

반투명한 껍질은 속만 텅 비었을 뿐 윤곽은 이탄과 똑같았다. 아마도 이탄의 몸에 투명한 수지를 얇게 펴서 바른 뒤, 그 수지를 굳혀서 벗겨내면 이러한 모습이 될 듯했다.

이탄의 몸에서 떨어져 나온 반투명한 존재가 후다닥 도망치려 들었다.

아나테마가 악을 썼다.

[어서 속박마법진을 펼쳣! 놈이 세상에 녹아버리면 찾을 수도 없다고. 끼욕! 끼욕!]

아나테마가 악을 쓰기도 전에 이탄은 오른손으로 속박마법진을 그려내었다. 왼손 검지에는 음차원의 마나를 응집했다.

음차원의 마나가 속박마법진 위에 똑똑 떨어지자 마법진 전체가 콰르르르 회전을 시작했다. 속박마법진의 꼭짓점을 중심으로 땅이 빙글빙글 회전했다. 속박마법진을 구성하는 고대 악마사원의 문자들은 노란 빛을 발산하며 지상에서 1미터 높이로 떠올랐다.

그 문자들이 노란 광선으로 연결되어 촘촘한 그물망을 구성하였다.

콰르르르르―.

대지가 빙글빙글 돌았다. 고대의 문자와 문자 사이를 연
결한 노란 광선들은 한층 더 진한 광채를 뿌려댔다. 속박마
법진에서 발휘된 흡입력이 동심원을 그리며 퍼져나가는가
싶더니 반투명하게 변한 화이트니스를 에워쌌다.

[쏴쏴? 쏴쏴쏴?]

화이트니스가 몸부림쳤다. 화이트니스의 반투명한 몸이
빠르게 투명하게 변했다.

아나테마가 악을 썼다.

[끼요오오옵. 안 돼. 놈이 세상에 녹아든다. 그 전에 잡
아야 해. 끼요오오옵.]

쭈―왕!

그 순간 속박마법진에서 노란 광선이 방출되었다.

마법진 중심부에서 시작하여 하늘까지 날아간 노란 광선
은 불꽃놀이를 하는 것처럼 하늘 높은 곳에서 퍼퍼펑! 폭발
했다. 그리곤 그 노란 광선이 수천 개의 유성우처럼 변해서
다시 지상으로 떨어졌다.

[쏴쏴쏴아아?]

화이트니스가 화들짝 놀랐다.

유성우처럼 떨어진 노란 광선들이 화이트니스의 주변에
철창처럼 내리꽂혔다. 화이트니스는 미친 듯이 투명화를

진행했다.

하지만 노란 광선이 화이트니스에게 찰떡처럼 찐득하게 달라붙어 놓아주지 않았다.

그와 동시에 속박마법진의 둘레에 돋아있던 고대의 문자들이 노란 빛으로 변해서 화이트니스의 몸뚱어리에 콱콱 박혀들었다.

이 노란 문자가 화이트니스의 온몸에 문신처럼 각인되었다.

[쏴쏴쏴쏴쏴.]

화이트니스가 분노에 찬 숨결을 내뱉었다. 화이트니스가 숨을 내쉴 때마다 온 사방으로 절망이 퍼졌다. 비탄이 퍼졌다. 통곡이 퍼졌다.

이탄은 속박마법진 속에 음차원의 마나를 추가로 투입했다.

푸화확!

속박마법진에 새겨진 고대의 문자들이 통째로 날아가 화이트니스의 몸 전체에 틀어박혔다. 거의 투명하게 변했던 화이트니스가 샛노랗게 발광했다.

[쏴쏴쏴! 쏴쏴쏴쏴!]

화이트니스는 이탄에게 저주를 퍼붓듯이 노려보았다.

이탄이 턱을 슬쩍 들고 눈을 희번덕거렸다.

"이게 죽을라고. 어디서 감히 주인을 노려봐? 확 소멸시 켜버릴까 보다."

이탄의 으르렁거림에 화이트니스가 움찔했다.

이탄은 더 이상 속박마법진에 의지하지 않았다. 뱃속 깊은 곳에 웅크리고 있던 만자비문을 직접 꺼내들었다.

이탄의 손끝에서 꽈배기 모양의 만자비문이 톡톡 튀어나왔다. 부정 차원의 인과율인 이 읽을 수 없는 문자가 화이트니스에게 날아가 불도장처럼 쾅쾅 찍혔다.

이것은 주인이 노예에게 남기는 표식, 즉 낙인이었다.

[쇄쇄쇄쇄? 쇄쇄? 쇄—아—랑?]

낙인이 찍한 화이트니스는 그 즉시 반항을 멈췄다. 고분고분해진 화이트니스가 다시 이탄에게로 돌아와 이탄의 피부 위에 얌전히 뒤덮였다.

이 화이트니스는 지금까지의 화이트니스와는 차원이 달랐다. 진화하기 이전과 이후는 그 위력이 하늘과 땅 차이였다.

기존의 화이트니스는 음차원의 기운을 신성력으로 포장해주는 능력만 지녔다.

반면 1단계 진화를 마친 화이트니스는 신성력 포장 외에도 다음 세 가지 능력을 추가로 보유했다.

첫째, 대규모의 환각 능력.

1단계로 진화한 화이트니스가 만들어내는 환각이 어찌나 현실 같은지 어지간한 악마종들은 화이트니스의 환각에 한번 걸리면 평생토록 벗어나지 못했다.

둘째, 방어 능력.

1단계로 진화를 마친 화이트니스는 그 자체가 강력한 방어용 갑옷이었다. 물리적 공격뿐 아니라 각종 마법 공격, 영력 공격까지 모두 막아낼 수 있는 갑옷 말이다.

물론 이 능력은 이탄에게는 별로 필요가 없기는 했다.

셋째, 빛을 컨트롤하는 능력.

1단계로 진화한 화이트니스는 주변의 빛을 자유롭게 굴절시키거나 차단하는 권능을 지녔다. 이 권능 하나만으로도 보이던 것이 보이지 않고, 보이자 않아야 할 것이 보이게 만들 수 있었다. 따라서 앞으로 이탄은 금속뿐 아니라 빛마저도 자유롭게 다루는 권능자가 된 셈이었다.

다음 날 아침.

이탄은 이른 새벽부터 전리품들을 꺼내어 하나씩 살펴보았다. 이탄이 심해저에서 빼앗은 전리품은 총 다섯 가지였다.

첫째, 짐승가죽으로 만들어진 술법서.

둘째, 거무튀튀한 구슬.

셋째, 검게 칠해진 단검 한 자루.

넷째, 한 쌍의 옥팔찌.

다섯째, 법보인지 마보인지 구별이 가지 않는 돌탑.

이탄은 보드라운 융 위에 이 다섯 가지 물건들을 쭉 늘어놓고는 손가락으로 콧날을 슥슥 문질렀다.

이탄이 가장 먼저 살펴본 것은 당연히 술법서였다. 이탄은 다른 무엇보다 술법에 가장 관심이 많았다.

한데 짐승가죽을 엮어서 만든 술법서는 텅 빈 백지였다. 이탄이 아무리 앞뒤로 살펴보아도 술법서 안에는 단 한 글자도 없었다.

## Chapter 3

이탄은 술법서를 촛불에 비춰보았다. 물에도 살짝 적셔보았다.

반응이 전혀 없었다.

이탄은 짐승가죽 술법서에 법력을 주입해 보기도 하고, 별별 수단을 다 썼다. 그래도 글자는 나타나지 않았다.

"쳇. 뭐야."

이탄은 술법서를 신경질적으로 내려놓았다.

이탄이 두 번째로 손에 잡은 물건은 거무튀튀한 구슬이었다.

검은 구슬이 풍기는 기운은 음산했다. 이탄이 구슬 속에 음차원의 마나를 불어넣자 구슬 속 깊은 곳에서 은은한 빛이 새어나왔다.

"오호라. 뭔가 변화가 있네."

이탄은 시험 삼아 조금 더 많은 양의 마나를 구슬에 주입해 보았다.

아쉽게도 특별한 변화는 보이지 않았다. 검은 구슬의 용도가 영 불분명했다. 결국 이탄은 아나테마의 지식을 빌릴 수밖에 없었다.

'영감. 혹시 이 검은 구슬에 대해서 아는 바가 있소?'

[끼욜? 웬일이냐? 네 녀석이 나에게 도움을 다 요청하고. 끼요올. 역시 이 아나테마 님의 도움이 없이는 일이 풀리지 않지? 끼요올.]

아나테마가 히죽거렸다.

이탄은 아나테마의 행동이 얄미웠지만 꾹 참았다.

'아는 바가 있소, 없소? 그것만 말하쇼.'

[끼요올. 글쎄다. 검은 구슬이라. 뭔가 떠오를 것도 같은데…….]

아나테마는 이탄을 놀려먹기라도 하려는 듯이 빙글빙글

웃었다.

참다못한 이탄이 아나테마를 잠재우려 들 때였다.

[끼욜. 잠깐만. 잠깐만 기다려 봐라, 이 성급한 놈아. 이
제 생각이 날 것도 같구나. 끼요올. 그래. 오래 전에 이런
구슬을 본 적이 있었지.]

'호오. 예전에 본 적이 있소?'

이탄이 기대를 품었다.

아나테마의 입에서는 흥미로운 이야기가 쏟아졌다.

[오래 전에 악마사원에서 부정 차원의 악마종을 소환하
여 사역하려 할 때였다. 그 악마종의 소지품 가운데 이와
같은 구슬이 있더구나. 끼요올. 나중에 알고 보니 이 검은
구슬이 부정 차원의 악마종들 사이에서 통용되는 화폐의
일종이라더라. 끼요오올.]

'허어! 이게 화폐라고?'

이탄은 새삼스러운 눈으로 구슬을 살펴보았다.

아무리 봐도 특별한 점은 눈에 띄지 않았다.

아나테마가 설명을 이었다.

[엄밀하게 말해서 화폐는 아니고, 화폐처럼 거래에 통용
되는 것이겠지. 끼요올. 내가 아는 바는 딱 여기가지다. 끼
욜.]

'영감, 고맙소.'

이탄은 무심결에 고맙다는 인사를 던졌다.

아나테마가 흠칫했다. 그러더니 아나테마는 별 기척도 없이 조용히 입을 다물었다.

이탄은 일단 검은 구슬을 아공간 박스 속에 잘 넣어두었다.

'이것이 화폐라면 몇 개월 뒤에 부정 차원으로 넘어갔을 때 도움이 되겠지.'

이것이 이탄의 생각이었다.

이어서 세 번째 물건을 살펴볼 차례.

이탄은 단검을 손에 들었다.

이 단검은 나무 재질에 검게 색칠을 한 목검이었다. 겉모습만 보면 이것은 진짜 검도 아니고 아이들 장난감처럼 느껴졌다.

"설마 그건 아니겠지. 코이오스 가문의 수도자가 애들 장난감을 소중하게 보관했겠어? 분명히 단검에 뭔가 있을 거야."

이탄은 검은색 단검을 꼼꼼하게 관찰했다. 단검에 법력도 불어넣어 보고, 마나도 주입해 보았다. 마지막으로 음차원의 마나와 반응하는지 여부도 살폈다.

이탄이 무슨 짓을 해도 단검은 무반응이었다.

한데 단검의 진짜 용도는 그것이 아니었다.

이탄이 검은 단검을 휙 내팽개치는데, 우연히 그 단검이 짐승가죽 술법서 위에 툭 떨어졌다.

마침 이탄은 술법서도 아무렇게나 팽개쳐놓은 상태라 페이지가 몇 장 넘어가 있었다. 단검은 바로 그 페이지 위에 낙하했다.

그 즉시 희한한 현상이 일어났다. 단검 주위에 글자들이 연기처럼 스르륵 나타난 것이다. 이탄이 그 모습을 우연히 목격했다.

"어엉?"

이탄은 깜짝 놀라 술법서를 다시 손에 들었다. 그런 다음 아무 페이지나 펼쳐서 그 위에 검은색 단검을 가까이 대었다.

단검이 가까워지자 텅 빈 백지이던 페이지에 글씨가 스르륵 나타났다.

이탄은 일부러 단검을 멀리 띄워보았다.

나타났던 글씨가 다시 스르륵 사라졌다.

"아하! 이 단검을 가까이 접근시켜야 비로소 글씨가 보이는구나."

이탄이 손뼉을 쳤다.

이윽고 본격적인 탐독이 시작되었다. 이탄은 술법서의 첫 페이지를 펼친 다음, 그 위를 검은 단검으로 스캔하듯 쭉 긁었다.

빈 페이지에 글씨들이 줄지어 사라락 나타났다.

단검이 멀어지자 글씨도 다시 사라졌다.

"거 참 묘하다."

이탄은 이렇게 중얼거린 뒤, 단검을 등불로 삼아 짐승가죽 술법서를 맨 앞부터 차례로 읽어 내려갔다.


　　　<<홍염산하(紅染山河)>>


이것이 술법서의 제목이었다.

북명의 고대 문자로 쓰인 술법서의 제목을 풀어 쓰면, '붉은 빛이 산과 강을 물들인다.' 라는 의미였다.

또한 제목 아래엔 부연 설명이 한 줄 붙었다. 이 홍염산하는 하버마의 팔곡(八曲) 가운데 하나이며, 팔곡을 구성하는 원풍, 봄, 여름, 가을, 겨울, 아침, 점심, 저녁 가운데 네 번째 술법인 '가을의 법칙'을 담고 있다고 했다.

이탄은 원래 술법이라면 환장을 했으며, 그 가운데 시리즈로 연결되는 술법을 특히 좋아라 했다.

예를 들어서 이탄이 가장 많이 사용하는 백팔수라는 제1식 수라초현, 제2식 수라군림, 제3식 수라멸세, 제4식 수라관천, 제5식 수라광정, 제6식 수라천세로 이어지는 시리즈 형태의 술법이었다.

또한 이탄이 애용하는 금강체도 4개의 연결된 술법, 즉 기초를 다지는 기초연공법, 외피를 단련하는 응용연공법, 내장을 단단히 만드는 연단법, 그리고 뼈를 강화하는 연골법으로 짜임새 있게 구성되었다.


## Chapter 4

"그런데 북명 하버마에도 이런 시리즈 술법이 있었구나. 법칙을 다스리는 하버마의 팔곡이라! 햐아. 이름 한 번 그럴듯한데?"

이탄은 무릎을 탁 쳤다.

"그러니까 짐승가죽에 쓰인 이 술법서가 하버마의 팔곡 가운데 네 번째 술법인 홍염산하란 말이지?"

이탄은 당장에라도 홍염산하를 연마하고 싶어서 안달이 났다.

하지만 안타깝게도 고대 북명지역의 문자를 해독하는 게 보통 일은 아니었다. 지금 이탄의 수준으로는 술법서의 제목과 부연설명 한 줄 정도만 겨우 읽어내었을 뿐이었다.

예전에 이탄은 피우림과 거래를 통해서 가죽 술법서의 탁본과 거북이 등껍질 술법서의 탁본, 그리고 대나무 술법서의 탁본을 떠놓았다.

이탄은 이상 3권의 술법서도 손에 쥐고만 있을 뿐, 아직까지 완전히 풀이를 해내지는 못하였다.

언어의 장벽 탓이었다.

"어휴우우. 나중에 북명 지역을 꼭 방문해서 고대 문자부터 배워야겠구나. 피우림에게 받은 술법서 3권도 그렇고, 이 홍염산하도 엄청 재미있을 것 같은데 내가 까막눈이라 도저히 읽을 수가 없네. 안타까워라."

이탄은 해독이 불가능한 술법서를 바라보며 마른 침만 꼴깍꼴깍 삼켰다.

홍염산하라는 이름의 술법서를 아공간 속에 고이 보관한 뒤, 이탄은 한 쌍의 옥팔찌를 조사하기 시작했다.

이탄이 우선 옥팔찌 가운데 하나를 오른손에 쥐고 법력을 불어넣었다.

옥팔찌로부터 웅웅웅 소리가 울렸다. 팔찌에서 흘러나오는 기운은 흉포하면서도 잘 정제되어 있었다.

"오오! 이건 바로 반응이 오네."

이탄은 좀 더 많은 양의 법력을 팔찌에 투입했다. 그러자 옥팔찌로부터 늑대의 형상이 유령처럼 확 솟구쳤다.

늑대의 크기는 어깨 높이만 2 미터에 이를 정도였다. 이 정도면 호랑이보다도 더 거대한 크기였다. 또한 늑대는 눈처럼 새하얀 털을 가진 것이 특징이었다.

옥팔찌에서 튀어나온 하얀 늑대가 허공에 둥실 떠서 이탄의 머리 위를 한 바퀴 선회했다. 그런 다음 주둥이를 하늘로 치켜들고 길게 포효했다.

이탄은 또 다른 옥팔찌를 왼손에 쥔 다음, 2개의 옥팔찌에 균등하게 법력을 주입했다.

두 번째 옥팔찌도 커다란 늑대를 토해놓았다. 한데 이번 늑대는 흰색이 아니라 검은 털을 지녔다.

크르르, 크르르르.

검고 흰 늑대 두 마리가 송곳니를 으스스하게 드러낸 채 이탄의 주위를 뱅뱅 맴돌았다. 그 모습을 위에서 내려다보면, 흑백의 태극 도안이 이탄을 중심으로 뱅글뱅글 회전하는 듯했다.

"코이오스 가문은 원래 늑대족이지. 그러니까 아마도 이 한 쌍의 팔찌는 코이오스 가문의 법보이겠구나."

그러고 보니 옥팔찌 안쪽에 미세하게 늑대의 얼굴이 조각되어 있기도 했다. 이탄의 추측이 맞는 모양이었다.

마지막으로 이탄은 돌탑을 주목했다.

자그마한 돌탑에서는 동차원 수도자들의 기운인 법력과 부정 차원 특유의 마기를 함께 내뿜었다.

"마치 법보와 마보를 합쳐놓은 형태라고나 할까? 그런데 그 코이오스의 수도자는 다른 어떤 법보보다도 바로 이 돌탑을 빼앗길까 봐 두려워했단 말이지. 그렇다면 이 돌탑이 아주 중요한 물건인가 본데……."

이탄은 돌탑에 호기심을 느꼈다.

그때부터 이탄은 하루를 꼬박 투자하여 돌탑을 분석했다. 다음 날에도 이탄은 하루 종일 돌탑만 들여다보았다. 또 그 다음 날도 마찬가지였다. 무려 72시간 동안 이탄은 그 자리에서 꿈쩍도 하지 않았다.

나중에는 이탄뿐 아니라 아나테마도 함께 고민했다.

그래 봤자 의미가 없었다. 실마리는 잡힐 듯 잡힐 듯 잡히지 않았다.

[끼요오오옵! 이건 똥덩어리야. 어디서 이런 고철도 아닌 똥덩어리를 주워왔어? 끼요오오옵. 대가리가 빠개질 것 같구나. 끼요오오옵.]

아나테마가 제풀에 지쳐 먼저 나가떨어졌다.

"에휴우. 아무래도 이번 건은 다음으로 미뤄야겠구나. 내가 돌탑과 인연이 있으면 결국 언젠가는 실마리가 풀리겠지."

이탄은 72시간을 꼬박 허비한 끝에 돌탑에 대한 조사를 중단했다.

제8화
# 기브흐 일족의 방문

## Chapter 1

초봄이 지나도록 HRE—1 행성에는 풀 한 포기 자라지 않았다. 황폐한 행성에는 삭막한 바람만이 훑고 지나갈 뿐이었다.

대신 이탄의 두 번째 행성인 HSE—2에는 큰 변화가 생겼다. 마그리드의 이주 정책 덕분에 행성의 인구가 갑자기 두 배로 늘어난 것이다.

그 여파는 곧 변화로 이어졌다. HSE—2 행성에서는 뚝딱뚝딱 대규모 공사가 시작되다. 거주민들은 지하 깊은 곳까지 관을 박아 마실 물도 끌어올렸다.

이탄은 HSE—2 거주민들에게 아낌없이 베풀었다. 그는 자신이 보유 중이던 전공 점수 가운데 일부를 모조리 투자하여 도로를 새로 냈다. 상하수도도 이번 기회에 정비했다. 심지어 이탄은 4,000,000명이 넘는 거주민들에게 새 집을 하나씩 지어주었다. 농장과 상점도 이탄이 제공했다.

흐나흐 백성들이 환호했다.

마그리드의 명에 의해 하루아침에 HSE—2 행성으로 이주하게 된 자들은 이탄의 선심 정책에 감복했다. 덕분에 이주자들은 고향별을 떠나면서 느끼는 불안감도 많이 줄었다.

기존에 HSE—2 행성에 거주하던 주민들도 마찬가지였다. 이탄은 기존의 흐나흐 백성들에게도 새 집과 농장 등을 무료로 베풀었다.

이것만으로도 충분할 듯했지만, 이탄의 원대한(?) 계획은 여기서 그치지 않았다.

"이 황무지 행성에 무슨 먹거리가 있겠어? 아무리 땅을 갈아엎어 농사를 짓고 가축을 키워봤자 다들 배를 곯을 수밖에 없다고. 상점도 마찬가지야. 백성들이 다들 쫄쫄 굶는데 어떻게 상업이 발달하겠냐고? 이렇게 신도들이 가난하면 모레툼 님으로부터 받은 은혜를 갚고 싶어도 갚을 수가 없지."

이탄은 HSE—2 행성의 문제점을 정확하게 짚었다. 이탄의 머릿속에서는 이와 비슷한 경우가 떠올랐다.

황폐해진 폐광 마을을 살리는 법.

사막 한가운데에 화려한 도시를 세우는 법.

마침 간씨 세가의 세상에는 이러한 기적을 일으키는 방법이 잘 정립되어 있었다.

"이번 기회에 도박장, 아니, 도박 전용 행성이라는 것을 한번 만들어 보자. 내가 보니까 흐나흐 일족들이 은근히 도박을 좋아하더라고. 흐나흐 일족의 축제 때 백성들이 격투 경기에 미치는 것을 보니까 도박장이 딱이야. 격투 경기는 1년에 딱 한 번만 열리지만, 이곳 HSE―2 행성에서는 1년 내내 도박을 즐길 수 있도록 하는 거야."

이탄이 쌈빡한 아이디어를 내었다.

이탄은 자신의 전공 점수를 투자하여 최대한 화려하게 도박장을 세웠다. 도박장 하나만이 아니라 여러 개의 도박장을 동시에 확 올렸다. 도박장 주변에는 숙박업소와 유흥거리도 조성했다.

그러느라 10,000점에 이르는 전공 점수가 바닥났다.

"투자는 쩨쩨하게 하면 안 돼, 지를 땐 확 질러야지."

이탄은 상급 재료들 가운데 일부를 팔아치웠다. 리노 일족의 상급 비늘을 무려 200개나 시장에 내어놓은 것이다. 그런 다음 이탄은 판매대금을 총동원하여 도박장 인근에 플래닛 게이트를 어마어마한 규모로 확장 설치했다.

"기존의 플래닛 게이트는 수용 인원에 한계가 있어서 손님들을 많이 불러 모으기 불가능하지. 이왕 사업을 벌이려면 교통망부터 화끈하게 넓혀 놔야 해."

이탄은 상업으로 번창한 쿠퍼 가문의 가주다웠다.

물론 이탄은 쿠퍼 가문의 진짜 주인이 아니라 허수아비에 불과하지만, 그래도 그동안 귀동냥을 한 세월이 있었다. 이탄은 최대한의 사업수단을 발휘했다.

"도박 도시 건설이 착착 진행 중이니 이제 진짜로 중요한 일을 해야 해."

이탄은 마지막으로 결정타를 날렸다. 그가 직접 나서서 흐나흐 여왕과 마그리드, 그리고 샤룬 샤론 남매에게 협조를 요청했다.

본디 도박장이라는 것은 권력이 뒷배를 봐주지 않으면 설립이 불가능한 법이었다. 이탄은 흐나흐 일족의 네 권력자에게 동시에 청탁을 넣었다.

　　＜청원 사항＞
　　1. HSE—2 행성이 먹고 살기 힘드니 이곳에 도박장이라는 것을 개설하게 허락해 줄 것.
　　2. 향후 흐나흐 일족이 다스리는 지역에서 도박장을 개설하려면 반드시 여왕의 승낙을 받을 것.

3. HSE—2 행성이 도박장에 대한 우선권이 있
으므로 향후 100년 간은 HSE—2 행성 외에 다른
지역에는 일체 도박장 허가를 내주지 말 것.


이상이 이탄이 흐나흐 권력자들에게 들이민 문서였다.

흐나흐 여왕과 마그리드, 그리고 샤룬 샤론 남매는 별다
른 고민 없이 이탄의 청탁을 들어주었다.

그도 그럴 것이, 이탄이 아이디어를 짜내기 전까지는 그
릇된 차원에 도박장이라는 시설이 전혀 없었다. 따라서 흐
나흐 여왕 등은 도박장 허가가 얼마나 엄청난 파급효과를
가져올 것인지를 전혀 알지 못하였다.

이탄의 HSE—2 행성은 그렇게 얼렁뚱땅 도박 전용 행
성으로 지정되었다. 이것은 그릇된 차원 최초의 도박 전용
행성이자 최초의 모레툼 지부였다.

도박 전용 행성에 대한 초기 반응은 뜨뜻미지근하였다.

그래도 이탄은 실망하지 않았다. 이탄은 마음속에 굳은
확신을 가지고 도박장의 불빛을 화려하게 밝혔다.

이탄은 재화도 물 쓰듯이 투자했다. 흐나흐 일족이 다스
리는 지역 전체에 도박장 광고를 어마어마하게 때린 것이다.

그 가운데 가장 파격적인 광고는 바로 이것이었다.

*행성 사이를 오가는 여행을 할 비용이 부족하십니까? 걱정 마십시오. 우주 최초 도박 전용 행성인 HSE—2 행성에서는 여러분들이 플래닛 게이트를 사용할 비용의 90퍼센트를 대납해 드립니다. 10퍼센트의 비용만 내시고 싸게 오십시오. 이번 기회에 평생의 소원인 행성 여행을 싼 값에 즐겨보십시오.*

이 문구가 흐나흐 일족의 행성들 곳곳에 내걸렸다.

평생토록 행성 여행을 한 번도 해보지 못했던 흐나흐 백성들이 귀를 쫑긋 세웠다.

[고작 10퍼센트의 비용으로 행성 여행을 할 수 있다고?]

[혹시 사기 아니야?]

흐나흐 백성들은 처음에 광고를 믿지 않았다.

하지만 옆집 아저씨, 이웃집 아줌마가 하나둘 HSE—2 행성에 다녀왔다는 소문이 돌자 흐나흐 일족 전체가 부글부글 끓어올랐다.

그렇게 여행 삼아 HSE—2 행성을 방문한 여행객들은 이 행성의 숙박업소가 무척 으리으리하다는 사실에 감탄했다. 또한 이 으리으리한 시설이 엄청나게 저렴하다는 사실도 깨닫게 되었다.

비단 숙박업소만이 아니었다. HSE—2 행성의 음식도

가성비가 최고였다.

어마어마하게 파격적인 가격에 행성 여행도 하고, 최고급 숙박업소에 묵으면서 맛있는 음식도 마음껏 즐기고.

이런데 누가 HSE—2 행성을 방문하고 싶지 않겠나.

HSE—2 행성은 개장 한 달 만에 대박을 쳤다. 입소문이 제대로 나면서 관광객들이 기하급수적으로 폭증했다.


## Chapter 2

만약 이탄이 플래닛 게이트의 용량을 미리 늘려놓지 않았더라면 여행 대기자가 한도 끝도 없이 줄을 섰을 뻔했다. 그리곤 곧 인기가 시들해지면서 관광객 숫자도 줄어들었을 것이다.

이탄의 선견지명이 톡톡히 효과를 보았다.

HSE—2 행성을 방문하는 관광객들은 뻥 뚫린 플래닛 게이트로 밀물처럼 밀려들었다. 그 많은 관광객들이 호기심에 도박장을 한 번씩 방문했다.

시작은 호기심이었으나 끝은 족쇄였다. 관광객들이 도박장에 뿌리고 간 재화는 어마어마하여 그 수치가 가늠이 되지 않았다.

이탄이 도박장에서 벌어들이는 이익금은 나날이 급증했다. 이 이익금에 비하면 관광객들에게 행성 여행비를 대주고 숙박업소와 음식점을 저렴하게 제공하는 비용은 아무것도 아니었다.

이탄은 HSE—2 행성의 거주민들 전체를 도박장과 숙박업소, 그리고 음식점의 직원으로 고용했다.

덕분에 HSE—2 거주민들은 갑자기 부유해졌다.

이탄이 거주민들에게 내건 조건은 하나.

모레툼이라는 듣도 보도 못한 교단의 신도가 되라는 것이었다.

HSE—2 행성의 거주민들은 오른 주먹을 왼손으로 덮어서 인사하는 모레툼 교단의 인사법을 새로 배웠다. 그들은 삶이 힘들어 땅에 쓰러졌을 때 최하급 음혼석을 내밀어 은혜를 베풀어주신다는 모레툼 신에 대해서도 알게 되었다.

이탄은 모레툼의 교리 가운데 '은화 한 닢' 부분을 '최하급 음혼석'으로 대체했다.

"이런 게 바로 현지화지. 암, 그렇고말고. 그릇된 차원은 은화를 쓰지도 않는데 교리를 곧이곧대로 적용하면 뭐가 되겠어? 음홧홧홧홧. 역시 사람은, 아니 언데드는 머리를 써야 해. 음홧홧홧."

이탄은 이렇게 자화자찬을 하면서 뿌듯해했다.

HSE—2 행성이 나날이 번창할 동안, 마그리드는 코이오스 가문에 대한 뒷조사에 많은 시간과 공을 들였다. 마그리드 휘하의 귀족들과 일곱 흉성들이 총동원되어 어둠의 무리들을 뒤쫓았다.

마그리드가 조사를 하면 할수록 어둠의 무리들이 얼마나 깊은 뿌리를 내렸는지가 드러났다. 어둠의 무리들은 이미 그릇된 차원에 암세포처럼 퍼지기 시작한 상태였다.

마그리드는 어렵사리 얻은 정보를 이탄과 공유했다. 물론 흐나흐 여왕의 귀에도 어둠의 무리에 대한 내용이 들어갔다.

이탄은 일단 이 부분을 마음속에만 담아두었다.

"녀석들을 당장 뿌리 뽑을 수는 없겠지. 나도 나름 바쁘니까. 하지만 언젠가 그 어둠의 무리들과 다시 부딪치게 될 것 같아. 이곳에서건, 동차원에서건, 아니면 언노운 월드에서건 말이야."

이탄의 서늘한 눈은 캄캄한 밤하늘에서 쏟아져 내리는 별빛을 지그시 응시했다.


7월이 되자 맹렬한 더위가 찾아왔다. 이탄은 HSE—2 행성이 나날이 번창해가는 모습을 흐뭇하게 지켜보았다.

행성의 번영과 함께 이탄이 세운 모레툼 지부도 몰라보

게 커졌다. 이제 도박 전용 행성은 이탄이 돌보지 않아도 무럭무럭 발전했다. 신도의 숫자도 당연히 늘어났다.

그 무렵부터 이탄은 도박 전용 행성인 HSE─2를 떠나서 HRE─1 행성에만 머물렀다.

차원이동을 위한 통로는 이제 절반 이상 뚫린 상태였다. 이탄의 감각에 부정 차원의 기운이 희미하게 감지되었다.

"이거 내 예상보다 더 일찍 통로가 뚫릴 수도 있겠어. 어느 날 갑자기 부정 차원이 개방될 수도 있으니까 하루하루 잘 지켜봐야겠네."

이탄이 HRE─1 행성에 뿌리를 내린 이유가 바로 여기에 있었다.

7월이 지나 8월로 넘어가자 부정 차원의 기운은 한층 더 짙게 배어나왔다. 차원이동 통로 상층부에 형성된 나선형의 회오리는 점점 더 그 깊숙이 파고들어 영역을 넓혀가는 중이었다.

이탄은 매일 아침저녁으로 회오리 속에 드나들었다.

콰르르르─.

무섭게 회전하는 회오리 속에서는 시간과 공간이 복잡하게 얽혀서 뒤틀렸다. 어지간한 귀족 몬스터들은 이 뒤틀린 공간에 단 한 발짝만 진입해도 그대로 몸이 허물어져 내릴 정도였다. 왕의 재목들도 회오리 속에서 30분 이상 버티기 힘들었다.

이탄은 달랐다. 그는 이 험난한 곳에서도 끄떡없었다.

오히려 이탄은 회오리의 가장 뾰족한 첨단 깊숙한 곳까지 파고들어 주먹을 한 방씩 후려갈겼다.

그때마다 꽝! 꽝! 폭음이 터졌다.

차원의 벽이 허물어지는 속도가 한층 빨라졌다.


8월 14일.

이탄이 지켜보는 가운데 강력한 모래폭풍이 몰아쳤다. 점심 무렵부터 시작된 모래폭풍은 단단한 철벽에도 단숨에 구멍을 내버릴 듯한 위세를 뽐내었다.

그 기세 좋은 모래폭풍도 감히 이탄의 차원이동 통로 쪽으로는 접근도 못 했다. 이탄이 설치해놓은 보호 진법이 우르르 일어나 모래폭풍을 차단했다.

이날도 이탄은 차원이동 통로 상공에 형성된 소용돌이 속에 다녀왔다.

이탄이 차원의 벽에 조심스럽게 주먹 몇 방을 날려주고 돌아왔을 무렵이었다. 반가운 손님이 이탄을 찾아왔다.

[어쩌다 언데드 님.]

이탄을 반갑게 부른 이는 다름 아닌 에스더였다.

에스더의 옆에는 150 센티미터가량 되어 보이는 어린 소

녀가 자리했다. 소녀는 고개를 귀엽게 한쪽으로 기울여 이
탄을 올려다보았다.

이탄도 소녀에게 눈길을 주었다.

자그마한 체격의 소녀는 검은 망토로 온몸을 휘감고 있
었다. 그녀의 열 손가락에는 검은색 반지 10개가 하나씩
자리했다. 소녀는 까만 동공이 유난히 또렷하여 무척 영민
해 보였으며, 몸을 감싼 망토는 마치 검은 불꽃이 타오르는
것처럼 위로 솟구쳐 스르렁 스르렁 일렁거렸다.


## Chapter 3


소녀의 뒤쪽에는 뾰족한 로브를 뒤집어쓴 자들 100명이
10열 종대로 줄을 딱딱 맞춰서 늘어서 있었다.

이들이 입고 있는 로브의 색깔은 모두 블랙이었다. 로브
위에는 마치 멜빵이라도 찬 것처럼 은색 쇠사슬을 X자로
둘렀다.

로브를 입은 100명 모두 두 손을 배꼽에 공손히 모으고
허리를 앞으로 살짝 숙인 자세로 꼼짝도 하지 않았다.

'꼭 영혼이 없는 인형들 같네.'

이탄은 얼핏 이런 느낌을 받았다.

이탄의 시선이 에스더에게 향했다.

에스더가 두 손을 들어 공손히 소녀를 가리켰다.

[어쩌다 언데드 님, 인사하세요. 여기 이분은 상족에서 나오신 이자벨라 님이십니다.]

상족이라면 기브흐 일족을 의미한다.

'드디어 왔구나.'

이탄의 눈동자 속에 빠르게 이채가 스쳐 지나갔다.


최근 기브흐 일족의 권력자들은 셋뽀 일족을 괘씸하게 여겼다. 노예에 불과한 셋뽀 일족이 감히 독립을 꿈꾸기 때문이었다.

[제 주제도 모르는 불온한 자들에게 본때를 보여주자.]

기브흐의 권력자들 사이에서 이런 주장이 제기되었다.

기브흐는 늙은 왕—왕이라는 표현보다는 그릇된 차원의 신이라는 표현이 더 적합하지만—으로부터 비롯된 성족이었다.

그에 걸맞게 기브흐 일족의 무력은 타 종족들이 감히 감당할 수 있는 레벨이 아니었다. 따라서 기브흐가 무력무대를 파견하여 셋뽀 일족의 독립 움직임을 힘으로 짓누른다면 금세 해결될 것이 뻔했다.

한데 기브흐 일족은 무력을 동원하지 않았다.

이탄이 이미 예상했던 바와 같이, 기브흐는 타 종족의 손을 빌려서 셋뽀 일족을 벌주려고 들었다.

이것은 기브흐 일족의 성향으로부터 비롯된 일이었다.

뱀 중의 뱀인 닉스로부터 비롯된 기브흐들은 무식하게 힘을 사용하는 것보다는 계략을 즐겼다. 기브흐의 권력자들이 가장 좋아하는 방식이 갈라진 혓바닥으로 타 종족의 운명을 좌우하는 것이었다.

이번에도 이러한 성향이 발동했다. 기브흐의 권력자들은 에스더에게 덫을 놓았다. 에스더가 부이부의 알을 구입한 것이나 코후엠을 납치한 것 자체가 기브흐의 권력자들이 설계한 함정이었다.

에스더는 사실 이러한 점을 짐작하였지만, 어쩔 수 없이 함정 속으로 걸어 들어갈 수밖에 없었다.

에스더가 함정에 걸리자 기브흐의 권력자들은 즉각 다음 단계로 넘어갔다.

[셋뽀 일족이 어린 리종을 납치했다.]

[셋뽀 일족이 부이부의 알을 몰래 입수했다.]

이런 소문들이 외계 성역으로 은근히 퍼져 나갔다.

정상적인 상황이라면 성질이 포악한 리종 일족이 당장 셋뽀 일족의 행성으로 쳐들어와야 마땅했다. 잔혹하기로 유명한 부이부 일족도 등장하여 셋뽀 일족들을 갈가리 찢어버리고 자신들의 알을 회수하는 것이 마땅했다.

한데 위기의 상황에서 에스더가 묘한 짓을 저질렀다. 그녀는 코후엠과 부이부의 알을 엉뚱한 자(이탄)에게 맡겨버린 것이다. 더불어서 에스더는 코후엠의 부하인 투론도 이탄에게 떠넘겼다.

기브흐의 권력자들은 어이가 없었다.

에스더가 코후엠과 부이부의 알을 멀리 피신(?)시킨들 무슨 소용이 있겠는가. 화가 난 리종과 부이부 일족은 그 멍청한 자(이탄)를 수십 갈래로 찢어내고 이어서 셋뽀의 행성으로 군대를 파병할 것이다.

이것이 기브흐 권력자들의 예상이었다.

그 예측이 어긋났다. 무슨 이유 때문인지 리종 일족은 침묵했다. 부이부 일족도 알을 되찾을 생각을 하지 않고 잠잠했다.

기브흐의 권력자들은 비로소 이탄에게 관심을 두었다. 기브흐의 권력자들이 모처럼 한 자리에 모여서 머리를 맞대었다.

[오만하기 이를 데 없는 리종이나 부이부가 셋뽀 일족의 눈치를 보느라 행동을 자제할 리 없지.]

[그 무식한 녀석들이 우리의 눈치를 보느라 침묵할 리도 없어.]

[그렇다면 이탄이라는 녀석이 변수였네.]

[녀석에게 뭔가가 있어. 리종과 부이부를 침묵하게 만드는 열쇠를 이탄이라는 자가 가지고 있다고.]

권력자들 가운데 한 명인 이자벨라가 자청을 했다.

[내가 한번 만나보지. 이탄이라는 녀석 말이야.]

다른 권력자들이 의외라는 표정을 지었다.

[이자벨라 누님이요?]

[어어, 진짜?]

다들 놀랄 만도 그럴 것이, 이자벨라는 닉스로부터 비롯된 가장 오래된 조각들 가운데 한 명이었다. 헤아릴 수 없이 오랜 세월을 살아온 거물답게 이자벨라는 어지간한 일에는 움직이지 않았다.

이자벨라가 가장 최근에 자신의 행성을 떠난 것은 무려 12,000년도 더 전의 일이었다.

지금으로부터 12,000년 전, 기브흐 일족은 포악한 리종 무리와 한 판 크게 붙었다. 바로 그 전쟁에 이자벨라가 나섰다.

그런데 이자벨라가 노예 일족을 벌주는 따위의 하찮은 일에 나선다니! 기브흐의 다른 권력자들은 놀랄 수밖에 없었다.

아자벨라가 입매를 살짝 끌어올렸다.

[마침 일상이 무료하던 참이었어. 그냥 이 기회에 콧구멍에 바람이나 넣어주려고.]

[아아.]

[뭐, 이자벨라 누님이 그렇게 말씀하신다면야.]

다른 권력자들이 일제히 발을 뺐다.

이제 이번 건은 이자벨라의 몫이 되었다.


자신의 행성을 떠난 이자벨라는 딱 100개의 인형들만 이끌고 셋뽀 일족의 주행성을 방문했다. 그런 다음 에스더와 함께 이탄의 HRE—1 행성을 찾았다.

에스더는 이자벨라의 진짜 정체를 알지 못하였다. 이자벨라가 늙은 왕 닉스로부터 비롯된 가장 오래된 조각 가운데 하나라는 점도 몰랐다. 에스더는 그저 이자벨라가 상족에서 파견 나온 전령이라고만 여겼다.

당연히 이자벨라도 에스더에게 자신의 정확한 정체를 밝히지 않았다.


〈다음 권에 계속〉

★
dream
books
드림북스

『제왕록』, 『무림에 가다』 시리즈의 작가 박정수
그가 거침없는 현대 판타지로 돌아왔다!
『신화의 전장』
주먹을 믿지 마라.
우리가 살아가는 이 땅에 인간을 벗어난 자들이 존재한다.
dream books
드림북스

# 정령왕 엘퀴네스

개정판

이환 판타지 장편소설

『숲의 종족 클로네』, 『은빛마계왕』의 작가,
이환 대표작 『정령왕 엘퀴네스』완전 개정판!

어설픈 정령왕의 좌충우돌 모험기를 다시 만난다!

컬러 일러스트 · 네 칸 만화 · 캐릭터 프로필 & QnA
매권 미공개 외전 수록!

dream books
드림북스